Regine Kather

ZEIT UND EWIGKEIT

Die Vieldimensionalität menschlichen Erlebens

Regine Kather

ZEIT UND EWIGKEIT

Die Vieldimensionalität menschlichen Erlebens

ERGON VERLAG

3. unveränderte Auflage

Die Deutsche Bibliothek - CIP-Einheitsaufnahme

Kather, Regine:
Zeit und Ewigkeit : über die Vieldimensionalität menschlichen Erlebens / Regine Kather. - 2. Aufl. Würzburg : ERGON-Verl., 1993
ISBN 3-928034-43-X

Umschlaggestaltung : Jan von Hugo
Satz : Ergon Verlag, Würzburg

Printed in Germany

ISBN 3-928034-43-X

Inhalt

Vorwort

Von Philosophie kann auf ganz unterschiedliche Weise gesprochen werden. Zum einen kann man sie als eine formalisierte und strengen Regeln unterworfene akademische Disziplin betrachten, in der nur mitreden kann, wer sich einem jahrelangen und mühevollen Studium dieses Faches unterzogen hat. In dieser Hinsicht beschäftigt sich Philosophie vor allem mit ihrer eigenen Geschichte und konzentriert sich auf die Analyse und Kritik von in hohem Maße theoretischen und abstrakten Aussagen und Begriffen. Sie lebt, so gesehen, quasi in einem elfenbeinernen Turm, und ihr einziger Zweck scheint im Philosophieren selbst zu liegen.

Zum anderen kann Philosophie als eine mit dem täglichen Leben des Menschen eng verwobene Tätigkeit aufgefaßt werden, eine Tätigkeit, die die kulturellen Hervorbringungen und die einzelnen Lebenspraxen begleitet, ihren Sinn erhellt, sie begründet und rechtfertigt. So gesehen, ist sie nicht in erster Linie damit beschäftigt, die engmaschigen Gedankennetze philosophischer Systeme zu untersuchen, ihre feinnervigen Verknotungen zu überprüfen und etwaige Schwachstellen aufzuspüren, sondern sie zielt darauf, den geschichtlichen Horizont und die kulturellen Voraussetzungen unseres täglichen Lebens aufzuklären.

In den zu diesem stattlichen Band versammelten Aufsätzen der jungen Freiburger Philosophin wird versucht, eine Brücke zwischen dem einen und dem anderen Verständnis von Philosophie zu schlagen, und wenn die Autorin in der Einleitung zu diesem Buch ihre Überlegungen als eine Art prospektiven Rückblick kennzeichnet, so trifft sie in der Tat das gemeinsame Anliegen dieser Texte, nämlich in die Geschichte des abendländischen Denkens zurückzuschauen, um aus der Vergegenwärtigung unserer kulturellen Vergangenheit Lehren und Hilfen für ein auf Zukunft gerichtetes Handeln zu schöpfen. Sie tut das, ohne im geringsten penetrant "belehren" zu wollen; ihr Anliegen ist es, ihre Leser und Leserinnen zu einer eigenen Weltsicht und zu einer reflektierten Einstellung zum eigenen Welt- und Selbsterleben anzuregen.

So bunt die Palette der Einzelthemen auf den ersten Blick auch erscheinen mag, zieht sich doch wie ein roter Faden durch das ganze Buch das, was man, etwas vereinfachend, den Blick auf das Ganze nennen könnte. Dieses Ganze wird dabei nicht im Sinne modischer, irrational durchtränkter Holismen gesehen, sondern als die Totalität der menschlichen Person und der personalen Erfahrung. Von dieser Perspektive her gerät das Buch zu einer kulturkritischen

Schrift gegen Verkürzungen und Abblendungen, gegen Wirklichkeitsverlust und Wirklichkeitsverstellungen, sei es durch eine falsch verstandene Wissenschaftlichkeit, sei es durch monistische Denkgewohnheiten, sei es durch die Macht der Massenmedien etc., etc. Und es bleibt nicht bei hohler Kritik, sondern die Autorin zeigt sich stets bemüht, die aufgewiesenen Reduktionismen und Eindimensionalitäten durch den Blick auf eben jenes Ganze der menschlichen Person und der personalen Erfahrung zu korrigieren und zu "ergänzen".

Der eine oder andere könnte gegen die hier vorgelegten Texte beckmessern, sie bewegten sich nicht immer streng in den ausgetretenen Bahnen der philosophischen Disziplin; gleichwohl müßte ein solcher Einwand der Tatsache Rechenschaft tragen, daß die Verfasserin an keiner Stelle in ein undiszipliniertes Philosophieren abgleitet.

Es sind dem Buch vor allem Leser und Leserinnen zu wünschen, die bereit und willens sind, sich mit der Perspektive der Verfasserin auseinanderzusetzen.

Prof. Dr. Dr. h. c. Winfried Böhm

Einleitung

Die Vielschichtigkeit und Komplexität menschlichen Erlebens ist der Brennpunkt, den alle Beiträge in diesem Band umkreisen: Menschliche Erfahrung erscheint unter so verschiedenen Perspektiven wie Kosmologie, Religion und Naturwissenschaft, den Graden der Aufmerksamkeit, der Rhythmik von vita activa und vita contemplativa, von intuitivem und analytischem Denken, von Sprache wie zuletzt des Zeiterlebens. Immer dreht es sich darum, die verschiedenen Sinnstufen auszuloten, in denen eine Annäherung an die Wirklichkeit stattfindet. Diese erscheint ihrerseits unter wechselnden Perspektiven, die sich gegenseitig ergänzen und vertiefen.

Die Annäherung an eine umfassende Sicht der Wirklichkeit, die die ganze Spannbreite menschlicher Erfahrung ernst nimmt, erfolgt von mehreren Seiten: In der *Lebenswelt* läßt sich in den letzten Jahren ein schmerzhafter Verlust von Erfahrungsfähigkeit, von Sinn und Orientierung beobachten. Der monotone Wechsel von Arbeit und Freizeit verführt zu einer gleichförmigen Routine; das Leben aus zweiter Hand durch die ungefilterte Informationsflut der Medien ersetzt die eigene geduldige Beobachtung, die Phantasie, mit der man sich neue Wege erschließt, das Risiko des Irrens. Manch einer schaut inzwischen eine Sonnenfinsternis im Fernsehen an, obwohl ein Schritt auf den Balkon genügen würde, um sie mit eigenen Augen zu beobachten. Die selbstverständliche Käuflichkeit aller Güter vermittelt das Gefühl, man müsse sich um nichts mehr bemühen; gleichzeitig erzeugt der ständige Konsum eine innere Leere. Um des Überlebens der Menschheit willen wären neue Zielsetzungen und Werte nötig. Fortschrittliche Wirtschaftskonzeptionen und Gesellschaftskritiker berufen sich auf asketische Ideale: Wäre die Einschränkung äußerer Güter aber nicht vielleicht die Chance für eine Steigerung der Lebensqualität? Sollte man nicht statt des Rufes nach Verzicht, der immer Angst macht, betonen, daß die Selbstbegrenzung bereichern kann? Ist nicht sogar Selbstbegrenzung - verstanden als das Finden des je eigenen Maßes - die psychologische Voraussetzung für die Reifung der Person? Nur so können Dimensionen des menschlichen Lebens in den Blick treten, die durch die Konzentration auf materiellen Wohlstand vergessen wurden.

Auch von *philosophischer und wissenschaftlicher Seite* wurde die Vorstellung von dem, was Wirklichkeit ist, seit dem 17. Jahrhundert empfindlich eingeschränkt: Kant begrenzte das Spektrum menschlicher Erfahrung auf die empirische Welt und die Gesetze des Denkens, die diese erfassen. Nur noch über das, was in Raum und Zeit ist, können gültige Aussagen gemacht werden. Von Gott, Freiheit und Unsterblichkeit kann man nur noch im Sinne von Postulaten sprechen, denen keine Erfahrung mehr korrespondiert. Abgeblendet wurde der Reichtum der inneren Erfahrungen, wie sie seit jeher Philosophie und Mystik thematisiert haben. *Was* der Mensch ist, wurde in den folgenden Jahrzehnten immer stärker nur noch unter naturwissenschaftlicher, soziologischer oder psychologischer Fragestellung betrachtet. Dieser Begrenzung der Methode verdanken die empirischen Wissenschaften ihre Sicherheit und ihren unbezweifelbaren Erfolg. Und dennoch fehlen jene Dimensionen, die ihre Methode nicht erfassen kann.

Den *Naturwissenschaften* und vor allem dem bis zum Beginn des 20.Jahrhunderts ungebrochen herrschenden mechanistischen Weltbild galten nur solche Aussagen als objektiv, die naturwissenschaftlich nachweisbar waren. Der lebendige Bezug des Menschen zur Natur, zu ihrem Farbenspiel und ihren vielfältigen Formen ging ebenso verloren wie der Bezug zum Universum als Ganzem. Noch für Giovanni Pico de la Mirandola oder Giordano Bruno konnte der Mensch sich nur selbst verstehen, wenn er seine Stellung zu allen anderen Lebewesen im Kosmos begriff. Heute dagegen taucht selbst der Blick des Forschers in einer naturwissenschaftlichen Beschreibung nicht auf. Der Physiker Erwin Schrödinger formuliert diese Lücke in der Methode der Naturwissenschaft folgendermaßen: "Während alles Material zum Weltbild von den Sinnen qua Organen des Geistes geliefert wird, während das Weltbild selber für einen jeden ein Gebilde seines Geistes ist und bleibt und außer dem überhaupt keine nachweisbare Existenz hat, bleibt doch der Geist selbst in dem Bild ein Fremdling, er hat darin nicht Platz, er ist nirgends darin anzutreffen. ... Und denke... an die 'leuchtenden Augen', mit denen dein Kind dich 'anstrahlt', dem du ein neues Spielzeug gebracht hast, und dann laß den Physiker dir sagen, daß in Wirklichkeit von diesen Augen *nichts* ausgeht - sie ihrerseits werden beständig von Lichtquanten getroffen -, das ist ihre Funktionsweise."[1] Das Auge ist Organ des Sehens und kann rein naturwissenschaftlich beschrieben werden. Der Lichteinfall löst bestimmte Nervenreaktionen aus, die die Informationen dem Sehzentrum im Gehirn übermitteln. Daß es ein Ich ist, das sieht, geht in diese Beschreibung nicht ein. Und dennoch kann das Auge wie kein anderes Organ sonst Freude und Trauer, Tiefe des Erlebens und Hilflosigkeit ausdrücken. In ihm spiegelt sich, wie ein Mensch etwas empfindet. Der Blick drückt aus, wie das, was in der Außenwelt oder in der eigenen Innenwelt geschieht, wahrgenommen wird. Selbstempfindung und Selbstbewußtsein entziehen sich der naturwissenschaftlichen Methode. Wirklichkeit müßte von beiden Seiten betrachtet werden, aus der Sicht des Geistes und der Natur.

Gerade die Ergebnisse der modernen Physik, von Relativitätstheorie und Quantenmechanik, führten dazu, die Frage, was eigentlich Wirklichkeit sei, wie wir Wirklichkeit erfassen und in welchem Verhältnis erkennender Mensch und erkannte Natur stehen, neu zu beantworten. Im 20.Jahrhundert haben vor allem philosophierende Naturwissenschaftler wie A. Einstein, E. Schrödinger, W. Heisenberg, W. Pauli, C.F. v.Weizsäcker oder A.N. Whitehead die Einseitigkeit der naturwissenschaftlichen Methode empfunden und sich um eine umfassende Sicht der Wirklichkeit bemüht. Die Hinwendung zu Platon und Aristoteles wurde als unverzichtbare Anregung gesehen, um die naturwissenschaftlichen Ergebnisse interpretieren zu können; die Auseinandersetzung mit Metaphysik und Mystik wurde, mit Wolfgang Pauli gesprochen, als komplementäre Ergänzung zur naturwissenschaftlichen Sichtweise erlebt.

In der Philosophie des 20.Jahrhunderts dagegen ist nach Heidegger und Wittgenstein das Bemühen um ein umfassendes Weltbild nahezu versiegt. Auch in der Philosophie hat sich immer mehr ein extremer Hang zur Spezialisierung verbreitet. Selbst im Bereich der Ethik wird sich der Experte für Gentechnologie nur ungern dazu äußern, ob die Natur einen Anspruch auf Rechtsschutz hat.

Das entstandene Vakuum drohen irrationale Strömungen zu füllen, die durch eine Flut an Texten aus allen Kulturen den suchenden Menschen Rat, Sinn und einen Weg zu geistiger Entwicklung und Glückseligkeit verheißen. Zu leicht werden dabei Errungenschaften der Moderne, der Naturwissenschaften, des analytischen Denkens, von Ethik und Politik preisgegeben, statt sie in ein umfassenderes Weltbild zu integrieren. Wäre es nicht denkbar, daß eine *Brücke zu anderen Kulturen*, die noch in ihrer religiösen Tradition verankert sind, auch auf dem Weg der Erinnerung an die eigenen metaphysischen Quellen geschlagen werden kann?

In einer Rückbesinnung auf die philosophische und mystische Tradition des Abendlandes erschließen die folgenden Beiträge die Differenziertheit menschlichen Erlebens und die Komplexität der Wirklichkeit. Da sich Zeit jedoch nie zurückdrehen läßt, eine Rückkehr in die Antike oder das Mittelalter also ausgeschlossen sind, dient der Rückblick einer Wendung in die Zukunft. Die tiefen Einsichten der philosophischen Tradition müssen wiederbelebt und mit modernen Erkenntnissen aus Naturwissenschaften und Anthropologie verbunden werden. Ein geschlossenes Weltbild, wie es Antike und Mittelalter kannten, ist für uns im Moment nicht in Sicht und vielleicht auch nicht mehr wünschenswert. Stattdessen zeigt es sich, daß verschiedene Fragestellungen je andere Aspekte der Wirklichkeit erfassen, die sich gleichwohl perspektivisch ergänzen können. Unsere Erkenntnis der Wirklichkeit bleibt unabgeschlossen und dadurch offen für neue Einsichten. Der Komplexität menschlicher Erfahrung entspricht die Vielschichtigkeit von Wirklichkeit.

Die *'Kosmologie der Hildegard von Bingen'*[2] versetzt uns zunächst in das mittelalterliche Weltbild, das durch eine tiefe Einheit gekennzeichnet war: Alle Tätigkeiten des Menschen, Naturforschung ebenso wie Musik und Medizin sollten Wege zur Gotteserkenntnis sein. Hildegards Denken kreist - ungewöhnlich für Philosophie wie Theologie nicht nur ihrer Zeit - um das harmonische Miteinander von Leib und Geist, Mensch und Natur, Frau und Mann. Über die Fremdheit hinweg gewinnt Hildegards Bild vom Menschen und seiner Stellung im Kosmos eine neue Aktualität bei der Suche nach einem ganzheitlichen Weltbild.

Aus dieser Distanz heraus gewinnt die Gegenwart klarere Konturen, so wie es Astronauten ergeht, die plötzlich die ihnen vertraute Erde vom Mond aus betrachten. *'Die Legitimierung religiöser Erfahrung'* muß in der Gegenwart völlig andere Wege beschreiten als im Mittelalter, für das der Rückbezug auf Gott für das Lebensgefühl selbstverständlich und für die Wissenschaft denknotwendig war. Sowohl die Naturwissenschaften wie unvermeidliche Grenzerfahrungen können zur Konfrontation mit einer anderen Dimension der Wirklichkeit, mit dem Unendlichen führen. Die Reflexion auf Methoden und Ziele der Naturwissenschaften wie die Struktur religiöser Erfahrung zeigt die Grenzen der Naturwissenschaften auf. Religiöse Erfahrung fordert ihre eigene sprachliche Ausdrucksweise: Parabeln, Gleichnisse und Symbole sind notwendig, um der Spannung des endlichen Menschen zum Unendlichen Ausdruck zu verleihen. Trotz irreduzibler Unterschiede gibt es verblüffende und bisher wenig beachtete Analogien zwischen Religion und Naturwissenschaften. Auch die Religionskritiker Feuerbach, Freud und Marx kommen zu Wort, um auf die Berechtigung ihres Anliegens hin befragt zu werden.

Die französische Philosophin, Widerstandskämpferin und Mystikerin Simone Weil lenkt durch ihre Überlegungen zur *'Aufmerksamkeit oder die Sinnstufen der Existenz'*[3] den Blick auf die praktische Seite religiöser Erfahrung: Allmählich, durch fortschreitende Sammlung der Aufmerksamkeit, die in den vielen kleinen, oft lästigen und ungeliebten Tätigkeiten des Alltags geschult werden kann, erschließen sich immer tiefere Dimensionen der Wirklichkeit. Aufmerksamkeit ist unverzichtbar nicht nur für Schule und Studium, Wissenschaft und Beruf, Freundschaft und Liebe, sondern gewinnt ihre höchste Intensität, indem sie in die mystische Erfahrung münden kann.

Was eigentlich verstehen wir unter 'Tätigsein', 'Handeln', 'Ruhe', 'Muße' oder 'Meditation'? Im Rückblick auf Aristoteles, Plotin und Meister Eckhart werden die Dimensionen der *'Rhythmik von vita activa und vita contemplativa'* ausgelotet. Arbeiten, Herstellen und die Gestaltung des Gemeinschaftslebens mit anderen Menschen gehören zum tätigen Leben, - Selbstbesinnung, Naturbetrachtung und religiöse Sammlung zum kontemplativen. Doch die moderne Arbeitswelt, die Hannah Arendt analysiert hat, stellt andere Anforderungen als die antike und mittelalterliche Gesellschaft. Arbeitswelt und Dingwelt, die in der Neuzeit aufgewertet wurden und in der Gegenwart nun einseitig dominieren, müssen wieder ergänzt werden durch die Dimension der Zwischenmenschlichkeit. Ein Wirken aus der Stille, wie es Meister Eckhart entfaltet, muß sich in den drei Bereichen der vita activa bewähren.

Die *'kleine Geschichte der Intuition'* verfolgt die unaufhebbare Spannung zwischen analytischem und intuitivem Denken, die nicht nur in unserer Zeit zu unterschiedlichen Einschätzungen der Wirklichkeit führt. An Gedanken von Platon, Aristoteles, Spinoza, Goethe und Einstein wird die Bedeutung der Intuition für die schöpferische Leistung im Alltag, in der Philosophie, in der Kunst und in der Naturwissenschaft deutlich. Fruchtbar wird die Intuition allerdings nur dann, wenn sie durch das analytische Denken gleichsam komplementär ergänzt wird. Die unmittelbare Einfühlung in Zusammenhänge und die sorgfältige Detailarbeit fordern sich gegenseitig. Gerade in einer Zeit, die auf der Suche nach einem neuen Weltbild ist, gewinnt das Zusammenspiel beider Seiten eine nicht zu unterschätzende Bedeutung.

'Der Mensch ist nur durch Sprache Mensch' sagt Wilhelm von Humboldt prononciert: Auch Sprache weist einen Facettenreichtum und eine Vielschichtigkeit auf, die entscheidend ist für das Verständnis von Wirklichkeit. Sie reicht vom lautmalenden und spielerischen Erlernen der Sprache durch das Kind hin zu den Bemühungen um eine Einheitssprache. Diese Vorstellung wird jedoch durch die Beobachtung korrigiert, daß sich in den vielen Sprachen unterschiedliche Weltsichten verdichtet haben. Im Gespräch vor allem zeigt sich, daß Sprache mehr ist als nur ein nützliches Instrument zur Mitteilung von Gedanken. Als Rede vom 'Wort Gottes', die sich in vielen Religionen findet, gewinnt Sprache schließlich eine letzte, tiefste Dimension.

Alle Tätigkeiten vollziehen sich in Zeit, so daß sich der Bogen durch die Überlegungen zur Vielschichtigkeit menschlichen Zeiterlebens, das seinen äußersten Ausdruck in der Spannung von *'Zeit und Ewigkeit'* findet, rundet. Die unwiderrufliche Unumkehrbarkeit der Lebenszeit, die Bedeutung des Kairos, des rechten Augenblicks und die Spannung von Zeit und Ewigkeit werden ebenso thematisch wie die Aufgabe des Gedächtnisses. Auch die kulturell unterschiedlichen Ausprägungen des sozialen Zeiterlebens wie die naturwissenschaftlichen Zusammenhänge, in die die Menschen aufgrund ihrer Leiblichkeit eingebettet sind, gewinnen Bedeutung für die menschliche Lebensgestaltung. Der Mensch ist ein Lebewesen, daß in seiner Einzigartigkeit mit anderen Menschen gemeinsam inmitten der Natur lebt.

Die Vielschichtigkeit menschlichen Erlebens in den Blick zu rücken ist eine Voraussetzung, um sich von einem verengten Verständnis von Wirklichkeit zu lösen. Jedes Ereignis ist komplex und kann unter verschiedenen Perspektiven betrachtet werden, die sich überlagern und ergänzen. Jede Sichtweise gewinnt erst gespiegelt an einer anderen ihre eigentümlichen Konturen. Das Andere und Fremde muß kein ausschließender Gegensatz sein. Diese Einsicht ist die Grundlage eines wirklichen Dialogs. Der Tiefe, in der der Mensch sich selbst in seinen alltäglichen Verrichtungen verstehen lernt, entspricht der Facettenreichtum, in der sich die äußere Welt erschließt.

Anmerkungen

1 E.Schrödinger: Was ist eine Naturgesetz? Beiträge zum naturwissenschaftlichen Weltbild, München 1987, 71.
2 Dieser Aufsatz erscheint auch in: Geist und Leben 65 (1992, Heft 6).
3 Dieser Beitrag erscheint auch in: Geist und Leben 66 (1993, Heft 2).

Die Kosmologie der Hildegard von Bingen

Im 20.Jahrhundert sind Mystik, Naturwissenschaft und Musik völlig getrennte Sphären; Hildegard von Bingen dagegen erlebte sie auf dem Hintergrund des mittelalterlichen Weltbildes zwar als verschiedene, aber doch einander ergänzende Zugangsweisen zur Wirklichkeit. Gott, der die Welt geschaffen hatte, konnte in seinem Werk, der Natur, spurhaft erkannt werden. Musik und Kunst betrieb man 'ad gloriam Dei', so daß sie eine 'manuductio' oder 'Handleitung' zu Gott darstellten. Krankheiten wiederum waren Folgen des gestörten Verhältnisses des Menschen zu seinem göttlichen Ursprung und damit auch zum Kosmos. Auf diese Weise waren alle Tätigkeiten des Menschen hingeordnet auf den göttlichen Usprung.

In dem Moment jedoch, in dem man die Planeten, die Sonne und die Fixsternsphäre nicht mehr auf unveränderlichen Bahnen um die im Weltmittelpunkt ruhende Erde kreisen sah, verschob sich das Verhältnis von Theologie, Naturwissenschaft und Musik[1]. Nikolaus von Kues rückt lange vor Kopernikus in seiner spekulativen Kosmologie die Erde aus dem Zentrum des Kosmos und sieht sie als einen 'edlen Stern'[2], der sich inmitten anderer Sterne bewegt. Galileo Galilei vollzieht etwas später ausdrücklich die Trennung von Naturwissenschaft und Theologie: 'Die Wege der Natur', sagt Galilei, 'sind nicht der Weg zu Gott'. Naturwissenschaft und Theologie sind nun nur noch zwei zueinander komplementäre Sichtweisen der Welt. Naturwissenschaft soll, so argumentiert Leibniz in seinem Briefwechsel mit Clarke, die Welt ganz aus sich heraus, ohne Rückgriff auf einen 'deus ex machina', ein Einwirken Gottes erklären[3]. Die Sätze vom zureichenden Grund und der Erhaltung der Energie verbürgen den geordneten Gang der Dinge, der durch Naturgesetze ohne Bezug auf Gottes Wirken darstellbar ist. Naturwissenschaft hat nicht mehr die Aufgabe, Hinführung zu Gott zu sein.

Dennoch ist das Weltbild Hildegards nicht nur historisch interessant, da für das alltägliche Lebensgefühl nicht allein die abstrakten, in mathematischen Gleichungen darstellbaren naturwissenschaftlichen Erkenntnisse bedeutsam sind. Ein Indiz ist der Sprachgebrauch, in dem sich trotz Kopernikus hartnäckig die Redeweise vom 'Auf- und Untergang' der Sonne erhalten hat. Neue naturwissenschaftliche Untersuchungen bestätigen die Bedeutung, die die alltägliche Rhythmik von Tag und Nacht für die Bildung des menschlichen Zeiterlebens, insbesondere für die biologischen Rhythmen hat[4]. Die ökologische Krise hebt Luft, Wasser, Erde und Sonnenlicht als Lebenselemente des Menschen neu ins Bewußtsein. Die dynamische und labile Verflechtung aller Lebensformen der Erde zeigt, daß neben dem von Darwin beschriebenen Mechanismus des 'Kampfes ums Dasein' die Gemeinschaftlichkeit der Lebewesen mindestens ebenso fundamental ist. Das Bewußtsein, daß der Mensch als Gattungswesen nicht nur in einer langen Evolution aus der Natur hervorgegangen ist, sondern als Individuum aufgrund seiner Leiblichkeit in alle Naturprozesse eingebunden ist, wächst zunehmend. Darin vollzieht sich die Ablösung des mechanistischen Weltbildes, das seit Descartes die Ordnung des Geistes und der Materie streng trennen mußte, um dem Geist gegenüber der mechanisch konzipierten Natur seine Autonomie zu sichern. Eine neue Naturphilosopie bahnt sich an, die durch den Rückblick auf die Tradition befruchtet werden kann[5]. Lesen wir Hildegards Kosmologie von der Alltagserfahrung her, der unmittelbaren und genauen Beobachtung des Geschehens in der Natur, dann sind viele ihrer Gedanken in die heutige Zeit übersetzbar.

Das Staunen über die geordnete Bewegung der Gestirne am Firmament, die, verglichen mit allem was Menschenwerk ist, nahezu ohne Anfang und Ende schien, löste schon bei Platon die Frage nach dem Grund der Ordnung in der Welt aus[6]. Gibt es aber einen Grund allen Seins, der selbst von anderer Art und jenseits alles innerweltlichen Seienden ist, dann kann die Welt nur von ihm her verstanden werden. Das Mittelalter kam daher nicht erst von der Beobachtung der Welt zu dem Schluß, es müsse Gott geben; sondern die Beschreibung der Welt hob mit Gott als ihrem Ursprung an. Nur von Gott her war die Welt verständlich.

Neben den mit rationalen Argumenten geführten kosmologischen Gottesbeweis trat die mystische Erfahrung Gottes. *Mystik* ist ein in vielfältigem Sinne verwendeter Begriff[7]. Hildegard, die als 'prophetissa teutonica' oft eher als Prophetin denn als Mystikerin eingeordnet wird, beschreibt ihre Gotteserfahrung folgendermaßen: "Das Licht, das ich schaue, ist nicht an den Raum gebunden. Es ist weitaus lichter als eine Wolke, die die Sonne in sich trägt. An diesem Licht ist weder Höhe noch Länge noch Breite zu erkennen. Es wird mir bezeichnet als der "Schatten des lebendigen Lichts". Und wie Sonne, Mond und Sterne im Wasser sich spiegeln, so leuchten mir Schriften, Reden, Vermögen und gewisse Werke der Menschen in ihm auf"."Sobald ich es sehe oder höre, geht es mir ins Bewußtsein, ich sehe, höre und weiß gleichzeitig, und wie in *einem* Augenblick erlerne ich alles, was ich weiß." [8] In seinem ursprünglichen, bereits von der Antike herrührenden Sinn meint Mystik ein unmittelbares, erfahrungshaftes Erkennen Gottes (cognitio Dei experimentalis). Hildegard beschreibt es als Schau eines überräumlichen, überzeitlichen und übersinnlichen Lichtes. In ihm erkennt sie alle umgrenzten, bestimmten Gestalten. Sie schildert es als Quelle allen Wissens, das ihr nicht in mühsamem Durchdenken und schrittweisem Analysieren zuteil wird. Stattdessen gewährt es ihr schlagartig Einsicht. Diese bleibt, wie das Licht, dem planenden Zugriff des Menschen entzogen. Die Welt, der Mensch, all sein Tun werden von ihrem Ursprung, in Gott, geschaut, so daß auch Naturkunde und Musik nur aus diesem Bezug verständlich sind. Dies bildet die tiefe Einheit, die dem weitgespannten Wirkungsfeld von Hildegard zugrundeliegt und die nun entfaltet werden wird.

In der mittelalterlichen Theologie galt die Lehre vom vierfachen Sinn der Heiligen Schrift[9]: die buchstäbliche (geschichtliche) Sinnebene, die allegorische, die moralische und die mystische. In der mystischen Sinnerfassung wird die Schrift als inneres Geschehen gedeutet, in dem der einzelne Mensch unmittelbar zum Absoluten steht. Nicht nur hierin, sondern auch in der Schilderung des Göttlichen als Licht steht Hildegard in einer reichen Tradition: Man denke an den Prolog des Johannesevangeliums, aber auch an. Platons 'Höhlengleichnis' und den Neuplatoniker Plotin[10]; Mechthild von Magdeburg spricht vom 'fließenden Licht der Gottheit' und Dante beschreibt auf seiner Jenseitswanderung das 'Paradies' als lichtdurchflutete Gefilde; auch die leuchtenden Fenster der Kathedrale von Chartres sollten die Brechung des zeitlosen Lichtes in der Vielfalt und Farbigkeit des Zeitlichen symbolisieren[11].

So fremd und unzugänglich uns heute viele Aussagen Hildegards erscheinen mögen, so fügten sie sich doch in das Weltbild des Mittelalters ein. Hildegard selbst wendet sich gegen mögliche Mißdeutungen, ihre Visionen seien Ausdruck krankhafter Übersensibilität. Sie betont, daß sie ihre Schaubilder in klarem und völlig bewußtem Zustand empfing und eingebettet blieb in die Aufgaben des alltäglichen und sozialen Lebenszusammenhangs. "Die Gesichte, die ich schaue, empfange ich nicht in traumhaften Zuständen, nicht im Schlaf oder in Geistesgestörtheit, nicht mit den Augen des Körpers oder den Ohren des äußeren Menschen und nicht an abgelegenen Orten, sondern wachend, besonnen und mit klarem Geiste, mit den Augen und Ohren des inneren Menschen, an allgemein zugänglichen Orten."[12]

Der *Kosmos* gilt Hildegard als von Gott geschaffen und durchwaltet. Erst von einem Blickwinkel 'sub specie aeternitatis' wird sein labiles Kräftespiel verstehbar. Vergleichen wir das Verhältnis des Menschen zur Natur, das Hildegard zeichnet mit dem durch Wissenschaft und Technik geprägten, so fällt in Hildegards Visionen der tiefe Einklang und die enge Wechselbeziehung des Menschen mit der Natur auf. Allerdings hebt sich Hildegards Schilderung des Eingebettet-Seins des Menschen in den Kosmos wie der Harmonie von Leib und Geist auch von den meisten Vertretern der philosophischen und theologischen Tradition ab. "Daß aber inmitten dieses Rades (der Welt, R.K.) die Gestalt eines Menschen erscheint, dessen Scheitel sich nach oben, die Füße aber nach unten...erstrecken, während rechts die Fingerspitzen der rechten Hand, links die der linken gegen diese Luftschicht beiderseits gerichtet sind, als habe die Gestalt weit ihre Arme ausgebreitet, das soll folgendes besagen: Mitten im Weltenbau steht der Mensch. Denn er ist bedeutender als alle übrigen Geschöpfe, die abhängig von jener Weltstruktur bleiben. An Statur ist er zwar klein, an Kraft seiner Seele jedoch gewaltig. Sein Haupt nach aufwärts gerichtet, die Füße auf festem Grund, vermag er sowohl die oberen als auch die unteren Dinge in Bewegung zu versetzen. Was er mit seinem Werk in rechter oder linker Hand bewirkt, das durchdringt das All..." [13]

Hildegard schaut den gesamten Kosmos in seiner Ordnung und den Menschen inmitten des Kosmos von seinem göttlichen Ursprung her und beabsichtigt keine Beschreibung des Kosmos im Sinne der modernen Naturwissenschaft, die die Welt unabhängig von ihrem transzendenten Ursprung betrachtet. Die Physik beschreibt die Naturgesetze in Abhängigkeit von Raum und Zeit und vermag daher die Frage, "wer es war, der die Welt in die Physik warf"[14] nicht mehr zu beantworten. Auch warum die Welt so ist, wie sie ist, bleibt der modernen Physik, die erklärt, wie Prozesse ablaufen, verschlossen[15].

"Sonne und Mond, Feuer und Luft, Wasser und Erde sind nach rechtem Gewicht und Zahl und Maß im Universum geordnet."[16] Kosmos im mittelalterlichen Sinne meint in der Auslegung von Sap. 11.21[17] eine durch das Schöpfungswort erwirkte dynamische Ordnung: den Ordo. Auf dem Hintergrund des ptolemäischen Weltbildes erscheint das All als ein Gebilde von übereinandergelagerten Kreisen: Aus den vier Elementen Erde, Wasser, Luft und Feuer, die nach ihrer Schwere aufeinander folgen, ist alles aufgebaut. Die Fixsternsphäre umschließt das All. Es ist eine Einheit von aufeinander wirkenden Kräften, die sich gegenseitig stützen. Jedes Ungleichgewicht beeinträchtigt so das Ganze. Die für den Kosmos als ganzen seit Platons 'Timaios' häufig verwendete Metapher ist die eines Lebewesens[18] oder Organismus, eines in sich lebendigen Ganzen also, das mehr ist als die Summe seiner Teile. "So ist jedes Geschöpf mit einem anderen verbunden, und jedes Wesen wird durch ein anderes gehalten."[19]

Symbol für diese in sich gefügte Dynamik des Kosmos ist das Rad, das Hildegard nicht als bloß mechanisches Instrument gilt. Mit dem Wehen der Winde, die die Weltkräfte symbolisieren, beginnt sich das Weltenrad zu drehen und setzt die Zeit in Bewegung und mit ihr Entwicklung und Verfall. Nun beginnt sich das organische Leben der Natur zu entfalten. Im Zentrum des Weltenrades liegt die Erde als ruhender Pol und lebendige Bewegtheit zugleich.

Alles wiederholt sich in kreisförmiger Rhythmik. In einem zweiten Sinne wird das Rad mit seinem anfangs- und endlosen Kreislauf auch zum Sinnbild für die zeitlose Vollkommenheit, die Ewigkeit[20], die alle Zeiten in sich schließt. Die Gottheit, die als zeitlose Gegenwart alles Werden und Vergehen überragt, trägt das Weltenrad in ihrer Brust. In diesem nach einer von Hildegards Visionen gezeichneten Bild erscheint der Kosmos, in dessen Mitte der Mensch steht, als der Leib Gottes. Die Arme Gottes umgreifen den Kosmos in einer fast mütterlichen Geste bergend und schützend. Inmitten des Kosmos steht wiederum mit erhobenem Haupt und in Kreuzesform ausgespannten Armen und Beinen der Mensch: Auf diese Weise gehalten und geborgen ist ihm die Erfahrung der Geworfenheit und des Unbehaustseins in der Welt, wie sie die Existenzphilosophie M.Heideggers oder J.-P. Sartres als Grundgefühl des Menschen des 20. Jahrhunderts schildert, noch unbekannt.

Doch wie ist es zu verstehen, daß der Mensch inmitten des Kosmos steht und mit seinen Gliedern alle Sphären durchdringt? Eine Interpretation im Sinne räumlich-körperlicher Ausgedehntheit ist ausgeschlossen. "Gott hat vielmehr die Gestalt des Menschen nach dem Bauwerk des Weltgefüges, nach dem ganzen Kosmos gebildet".[21] Dem Makrokosmos entspricht der Mensch als Mikrokosmos, der als kleine Welt alle Bezüge in sich wie in einem Brennpunkt konzentriert[22]. Er hat teil an den anorganischen Stoffen durch den Aufbau seines Leibes. Nach der aristotelischen Seelenlehre hat er ein Wachstumsvermögen wie Pflanzen und Gefühle wie Tiere auch. Darüberhinaus hat er Vernunft und daher Anteil am Bereich der reinen Geistwesen, ja sogar des Göttlichen. In der Differenz des Menschen zu den anderen Seinsstufen bleibt seine Gemeinsamkeit mit ihnen bewußt. Somit nimmt der Mensch eine einzigartige Stellung ein: Er vereint in sich alle Elemente des Kosmos, so daß er Sinnes- und Geisteswelt verbindet und in diesem Sinne Mittelpunkt des Kosmos ist. "So hat Gott die gesamte Schöpfung im Menschen gezeichnet. In sein Inneres aber legte Er die Ähnlichkeit mit dem Engel-Geist, und das ist die Seele."[23]

Den Menschen - und zwar in seiner Ausprägung im weiblichen und männlichen Geschlecht, wie Hildegard sagt - als Mikrokosmos zu verstehen bedeutet, daß alle seine Glieder und Handlungen in Bezug zum ganzen Kosmos stehen. Einerseits konzentriert der Mensch alle Seinsbezüge in sich, andererseits braucht er den Makrokosmos zur Erhaltung seines physischen und psychischen Kräftegleichgewichts. Er braucht die Erde, aus der er gemacht ist, das Wasser, das als Blut in seinen Adern fließt, die Luft, die er atmet und das Feuer, das durch die Seele im Organismus brennt. Die Weltkräfte "halten auch den Menschen zu seinem Wohle an, darauf Rücksicht zu nehmen, weil er ihrer bedarf, um nicht dem Untergang zu verfallen."[24]

Erstaunlich ist, daß sich der Grundgedanke der 'Kette des Seins', wie der

Neuplatoniker Proklos die Stufenfolge der Lebensformen nennt, durch allen Theorienwandel hindurch gerade in den Naturwissenschaften des 20. Jahrhunderts wieder findet. Nicht nur der Phänomenologe Max Scheler zeichnet in seinem Buch 'Die Stellung des Menschen im Kosmos'[25] auf dem Hintergrund der Biologie des frühen 20. Jahrhunderts eine Stufenfolge der Lebenwesen. Auch die moderne Evolutionstheorie, die nicht mehr wie Hildegard von einer einmaligen göttlichen Schöpfung der Lebewesen ausgeht, beschreibt einen Aufbau der Lebensformen in Stufen wachsender Komplexität. Ohne auf den für das Mittelalter zentralen Gedanken einer Teleologie zurückzugreifen, scheint doch eine Tendenz zum Aufbau komplexerer Formen zu bestehen. Die Eigenschaften der komplexeren Systeme sind dabei - im Unterschied zu einer Konzeption der Materie, wie sie der klassischen Mechanik zugrundelag - nicht aus denen der einfacheren ableitbar. Dennoch sind die Übergänge zwischen den Lebensformen fließend, so daß sich bei einfacheren Lebewesen immer schon rudimentäre Vorformen der Eigenschaften der nächsten Stufe finden. Eine Interpretation, die dem Mikrokosmos-Gedanken Hildegards unter den Voraussetzungen des 20.Jahrhunderts vielleicht am ähnlichsten ist, ist die These von Werner Heisenberg, der Mensch sei der 'Schnittpunkt der Ordnungen der Wirklichkeit'[26], da er die verschiedenen Beschreibungsweisen der Wirklichkeit in sich erfahren kann: die mechanische, quantenmechanische, organische Beschreibung seiner Leiblichkeit stehen gleichrangig und komplementär zueinander; aber auch Sprache, Kunst und Religion stellen eigene, nicht auf physikalische Beschreibungen reduzierbare Ordnungen der Wirklichkeit dar, an denen der Mensch teilnimmt. Diese Ordnungen bedürfen der Koordination. Mit seiner Umwelt verflochten ist der Mensch sowohl als Träger der über Generationen hinweg vererbten Anlagen als auch als geschichtliches Wesen. Er muß die verfehlte Geschichte vorangegangener Generationen austragen und bestimmt gleichzeitig durch sein Handeln die Lebensmöglichkeiten künftiger Generationen mit. Sein Denken, Fühlen und Handeln reicht somit weit über den Ort, an dem er sich befindet und die Zeit, in der er lebt, hinaus.

Der Mensch ist für Hildegard aufgrund seiner Vernunft, seiner Fähigkeit zu Selbstreflexion und Selbstbewußtsein, nicht ein fest eingebundenes, determiniertes Glied des Kosmos. Stattdessen hat er ein Leben in Verantwortung zu führen, indem er unterscheiden und wählen und sich in einem Raum der Freiheit entscheiden muß. Damit ist erst die Möglichkeit schöpferischer Erneuerung in der Geschichte gegeben. Somit ist der Mensch nicht nur als leibliches, sondern auch als geistiges Wesen durch sein Erkennen und Handeln in den Kosmos eingebunden. In jedem Schaubild Hildegards greifen physiologische, seelische und kosmologische Sinnebene ineinander.

Ein Beispiel mag dies erläutern: Die Jahreszeiten der Natur sind im Weltenlauf geordnet. Ihnen gleicht der Mensch in seinem körperlichen Rhythmus wie in seinen Lebensphasen. "Wie Gott die Natur im Menschen vorgebildet hat, so hat er auch die Zeiten des Jahres in ihm durchgeordnet. Mit dem Sommer gab Er einen Hinweis auf den wachenden Menschen, mit dem Winter auf den Schlaf. Wie der Winter in seinem Schoße verbirgt, was dann der Sommer mit Freuden hervorbringt, so wird der schlafende Mensch im Schlummer gekräftigt, damit er bereit sein kann, mit wachen Kräften jedwedes Werk durchzuführen. Auch die Monate hat Er im Menschen unterschieden, indem er in ihm die Unterscheidung ihrer Qualitäten und besonderen Vermögen verankert hat."[27]

Auch jedes Körperglied des Menschen ist über seine rein physiologische Funktion hinaus Symbol für eine geistige Haltung und steht zudem mit dem Kosmos in Verbindung. Auf diese Weise geht Hildegard jedem einzelnen Glied des Leibes nach und kommt zu einer Symbolik der menschlichen Gestalt. "Wie durch die Kehle die Speisen zum Magen geschickt werden, nachdem die Mühle der Zähne sie zuvor zerkleinert hat, und wie die Brust des Menschen im Denken und Überlegen alles, was des Menschen ist, mäßigt, und wie der Bauchraum die Eingeweide des Organismus hält und in sich schließt, so sendet auch die erwähnte Luft die grünenden Kräfte in die Frucht und bewahrt so alle Dinge auf der Welt zum Heile des Menschen. Auf die gleiche Weise kaut auch die Seele alles Tun des Menschen durch und übermittelt es dem Gedächtnis, auf daß nichts davon ohne innere Verarbeitung zurückbleibe, wie auch die Speise dem Magen durch den Schlund vermittelt wird. Und wie die Speise durch die Zähne zerkleinert wird, so schreibt auch die Seele mit ihrem Geisthauch die Werke des Menschen ein, sobald dieser sich mit ihnen auseinandersetzt. Was so eingeschrieben ist, sammelt sie im Denken, auf daß der Mensch erkenne, welcher Art sein Tun sei... Der Mensch kann von seinen Taten nichts vergessen, weil diese in seinen Gedanken gleich den Eingeweiden im Bauchraum eingeschlossen aufbewahrt werden... die Gedanken sind gleichsam der Seele Schreibtäfelchen."[28] Beim Magen zeigen sich über die rein physiologische Funktion des Verdauens hinaus die Weltbezüge des Aufnehmens und Aneignens, Bewältigens und Ausstoßens. So wie der Magen die Verarbeitung der Nahrung vollzieht, so muß die Seele mit Hilfe des Gedächtnisses die Verarbeitung der Gedanken und Taten leisten. Alles, was der Mensch tut, denkt und erleidet muß er sich schrittweise und immer wieder vergegenwärtigen. So wie unverdaute Nahrung zu Magenbeschwerden führt, so ziehen unverarbeitete Erlebnisse womöglich traumatische Reaktionen nach sich oder verhindern zumindest einen Reifungsprozeß. Erst verarbeitete Erfahrungen werden sinnbildlich zur Nahrung für einen geistigen Wachstumsprozeß. Daraus bestimmt sich wiederum die Geisteshaltung, der die Taten entspringen. Denken und

Handeln spiegeln, wie Erlebtes 'durchgekaut' wurde. Zudem kann sich Unbewältigtes in somatischen Störungen niederschlagen. Leibliche Funktion und innere Lebenshaltung stehen in einem engen Wechselspiel.

"Alsdann begann der Mensch mit der Kreatur schöpferisch tätig zu sein. Wie ein Feuer das andere anzündet und zum Brennen bringt, so steht der Mensch im Verhältnis zur übrigen Schöpfung... Wäre nämlich der Mensch ohne sein schöpferisches Tun und hätte er keine feste Wohnstätte, so bliebe er ein leeres Ding. So schuf (Gott, R.K.)... im Tönen des Wortes die ganze Welt, die des Menschen Wohnstatt ist."[29] Die entscheidende Auszeichnung des Menschen ist es, *schöpferisch* zu handeln. Sein Werk (opus)[30] zeichnet ihn aus: Das Beackern und Abernten der Felder, das Bauen eines Hauses, das Formen eines Gefäßes, das Schaffen des Künstlers, Gelehrten, Wissenschaftlers. Schon die einfachen Verrichtungen des Alltags zeigen, daß der Mensch nicht mehr wie Tiere nur trieb- und instinktgesteuert handelt. So wie Gott die Welt schuf, so soll der Mensch sich seine Welt schaffen als Zeichen seiner Gottesebenbildlichkeit. Spontaneität meinte im Mittelalter nicht die Reaktion auf Lust und Unlustgefühle, sondern die Fähigkeit, aus sich heraus ohne äußeren Anstoß tätig zu sein. In diesem Sinne galt Gott manchen Denkern als 'actus purus'. Dieses je und je neu geforderte Werk des Menschen gilt Hildegard als eine Entscheidungstat, die Geduld und Klugheit verlangt. Klugheit bestimmt Aristoteles in seiner 'Nikomachischen Ethik' treffend als "ein untrüglicher Habitus vernünftigen Handelns ... in Dingen, die für den Menschen Güter und Übel sind."[31] In der Definition der Klugheit drückt sich aus, was Hildegard trotz ihrer ausgeprägten Intuition und ihrer analytischen Beobachtungsgabe in ihrem eigenen Verhalten verkörpert haben dürfte: Eine nüchterne Klarsichtigkeit für die je besondere Konstellation äußerer Umstände in Verbindung mit der Fähigkeit, die der Situation wie der sittlichen Bestimmung des Menschen gemäßen Mittel zu wählen. Klugheit wächst somit allmählich durch eine Fülle einzelner Erfahrungen, die bewußt reflektiert werden und sich zur Lebenshaltung verdichten. Die Kehrseite der Freiheit ist das Mißglücken, die Bestürzung über Verfehlung und Schuld. Daher muß der Mensch, wie Hildegard sagt, *mit* der Natur, nicht gegen sie wirken. Nur dann kann ihm die Welt 'Wohnstatt' sein und er sich in ihr heimisch und geborgen fühlen.

Dies Miteinander von Natur und Mensch ist für Hildegards Denken grundlegend. Sie selbst sagt: "Auf dieser Welt hat (Gott, R.K.) den Menschen mit allem umgeben und gestärkt und hat ihn mit gar großer Kraft ... durchströmt, damit ihm die ganze Schöpfung in allen Dingen beistünde. Die ganze Natur sollte dem Menschen zur Verfügung stehen, auf daß er mit ihr wirke, weil ja der Mensch ohne sie weder leben noch bestehen kann."[32] Aus zwei Gründen sollte der Mensch mit der Kreatur tätig sein: Erstens schließt die Sichtweise des Menschen als Mikrokosmos ein, daß er aus denselben Elementen aufgebaut ist wie der ganze Kosmos. Er hat eine innere Gemeinsamkeit mit allen anderen Lebewesen. Zweitens ist der Mensch auf die ihn umgebende Natur angewiesen: Er braucht sie zur Deckung seiner leiblichen Bedürfnisse, zur Wahrung seines leiblichen und seelischen Kräftegleichgewichts und, über die reine Selbsterhaltung hinaus, als Umfeld seines schöpferischen Handelns.

"Der Mensch ist das Werk Gottes und steht mit jeder Kreatur und jede Kreatur steht mit ihm in Verbindung."[33] Der Kosmos ist eine hierarchisch gegliederte Ordnung von Lebewesen unterschiedlicher Komplexität, wobei jedes seine ihm eigentümliche Aufgabe erfüllt. Mensch und Natur wirken im ganzen Kosmos in einem fein aufeinander abgestimmten Gleichgewicht der Kräfte ineinander. Undenkbar ist ein Menschenbild, nach dem der Mensch die Natur unterjocht und ausbeutet. Er selbst kann ja nur mit dem Reichtum der Natur und der Vielfalt an Lebewesen seine eigene Freiheit und Würde entfalten: "denn er könnte kein Mensch sein, wenn die übrigen Geschöpfe nicht da wären."[34]

Allerdings hat allein der Mensch Vernunft und somit Handlungsfreiheit. Er soll die ganze Natur erkennen und die Dinge so unterscheiden, daß er bewußt mit ihnen umgehen kann. Zwar wurde die Natur dem Menschen zum Nutzen, zu seiner notwendigen Selbsterhaltung und Erfüllung der leiblichen Bedürfnisse gegeben: Aber dies schließt Verantwortung für sie ein, denn die Natur ist auf die richtige Entscheidungstat des Menschen angewiesen. Diese zeigt sich in seiner Kraft, aufgrund der klaren Unterscheidung in allem Tun das rechte Maß einzuhalten. "Und wiederum hörte ich eine Stimme vom Himmel, die also zu mir sprach: ...Mißbraucht der Mensch seine Stellung zu bösen Handlungen, so veranlaßt Gottes Gericht die Geschöpfe, ihn zu bestrafen. Und wie die Geschöpfe den Menschen für seine leiblichen Bedürfnisse zu dienen haben, so ist doch auch nicht weniger zu verstehen, daß sie zum Heile seiner Seele bestimmt sind."[35]

Das 'freudvolle Erkennen', wie Hildegard es nennt, kann der Mensch durch eigenmächtiges Streben nach Macht, Verfügungsgewalt und der blinden Erfüllung seiner Triebe verlassen. Sein Verhalten verliert das Maß, es wird unbeständig, er fühlt sich hin- und hergerissen. Darüberhinaus schlägt der Mißbrauch der Natur auf den Menschen selbst zurück. Denn dieser Mißbrauch verursacht ein Ungleichgewicht der äußeren Kräfte, die den Menschen doch stützen sollten. "Mit der Harmonie der äußeren Elemente befinden sich nämlich auch die Säfte im Organismus in Ruhe, während bei Erregung und Unruhe der kosmischen Kräfte auch die Säfte zerstört werden. Denn ohne den Ausgleich und die Unterstützung ihrer Weltkräfte könnte der Mensch einfach nicht existieren... Du aber, Mensch, ...verstehe, wie all dieses äußere Geschehen auch zu berücksichtigen ist für die geistigen Vorgänge im Menschen."[36] Das labile Gleichgewicht der kosmischen Kräfte hat eine ausgleichende Funktion für den menschlichen Organismus, so daß sich dieser nur im Gleichgewicht befindet, wenn sich auch die äußeren Kräfte im Gleichgewicht befinden. Dagegen wird bei Erregung und Unruhe der äußeren Kräfte auch das Kräftegleichgewicht des menschlichen Organismus zerstört. Krankheiten entstehen. Da der Mensch ohne Hilfe der übrigen Geschöpfe nicht leben kann, kommt ihre Zerstörung einer Selbstzerstörung gleich. Allerdings kann die Bedrängnis durch die äußeren Kräfte auch helfen, sein eigenes verlorenes leiblich-geistiges Gleichgewicht wiederzufinden.

Man muß diesen Gedanken wieder in unsere heutige Sprache übersetzen, um sich zu vergegenwärtigen, daß der Verlust an Artenreichtum in der Natur zugleich eine Verarmung des Menschen bedeutet. So sagt der Biologe Edward Wilson: "Im Grunde meinen wohl alle Ökologen..., daß mit jeder biologischen Art auch ein Teil humanen Daseins verloren geht. Jeder Mikroorganismus, jedes Tier, jede Pflanze trägt in ihrer Erbsubstanz zwischen einer Million und zehn Milliarden Bits an Information, die in einem langen Evolutionsprozeß über viele Jahrmillionen eingearbeitet worden ist... meines Erachtens sollte niemand die Hoffnung hegen, wir würden je eine natürliche Art auch nur annähernd in ihrer Vielfalt wirklich begreifen,... geschweige denn sie... wieder ersetzen können... Deshalb ist die Artenvielfalt... eine unserer wichtigsten Ressourcen. ... Wir vernichten... mit der Formenvielfalt gleichzeitig die Reserven der Natur für eine genetische Regeneration. ... Wir töten die Fähigkeit, neues Leben hervorzubringen, ab."[37]

Dies enge Wechselspiel von Mensch und Natur wird bei Hildegard ergänzt durch ein ausgewogenes *Verhältnis von Leib und Seele,* denn der Mensch wirkt als leib-geistige Einheit inmitten der Natur. "So wird der Körper durch die Seele bewegt, und die Seele kann nicht vergessen, daß sie den Körper zu seinen verschiedenen Verrichtungen anzuregen hat, da sie Verständnis für das hat, was der Leib fordert, da ja dieser Leib durch sie lebendig ist."[38] Die Seele gilt als die den Leib belebende und durchformende Kraft. Der Leib wiederum ist 'Wohnung' oder 'Gewand'[39] der Seele, denn diese ist in ihrem schöpferischen Wirken in der geschichtlichen Welt, im sinnlichen Erleben und dem Bilden von Erfahrungen auf den Leib angewiesen. Sie bezieht die unübersehbare Flut der Eindrücke und die Fülle des Erlebten zurück auf die Einheit der Person. Person, so darf man sagen, ist somit gerade Einheit im steten Wandel der Erfahrungen, Gefühle und Gedanken.

Der Mensch ist ein Wesen aus zwei Naturen, aus Leib und Seele, die nicht auseinander ableitbar sind[40]. "Und so ist der Mensch von der ersten Bestimmung an zusammengesetzt ... allüberall existiert er als Leiblichkeit. Und das ist das Wesen des Menschen ... und er existiert ... mitsamt aller Kreatur."[41] Leib und Seele sind demnach von völlig verschiedener Art: Der Leib ist in seiner Stofflichkeit äußeren Kräftewirkungen ausgesetzt und ihnen gegenüber anfällig. Er braucht die Umwelt, um sich erhalten zu können. Irgendwann jedoch löst er sich wieder in seine Bestandteile auf, da er nicht die Kraft hat, sich aus sich heraus als Einheit zu erhalten. Sowohl die Kraft zum Wirken wie auch die Empfindsamkeit und Sensibilität für die Außenwelt kommen dem Leib nur durch die Seele zu. Umgekehrt ist die Seele auf diese dem Leib eigentümliche Empfindungsfähigkeit angewiesen, um schöpferisch wirken zu können. Im Unterschied zum Leib ist die Seele unstofflich und kennt keine Verminderung, aber auch kein Wachsen und Zunehmen wie der Körper. Nur sie ist Bewußtheit, so daß sie das Handeln zu lenken vermag, Entscheidungen treffen, fürsorglich sein und das rechte Maß in allem Tun bewahren kann. "Auf diese Weise lenkt die Seele in voller Bewußtheit mit ihren Kräften den Leib des Menschen".[42] Während die Seele als göttlicher und unsterblicher Funke[43] unmittelbar aus Gott lebt, lebt der Leib nur durch die Lebendigkeit der Seele. Sie durchdringt den Leib, der damit die Innerlichkeit des Menschen ausdrückt.

Wenn wir heute von Körpersprache reden, gehen auch wir davon aus, daß sich im Leib eine geistige Haltung des Menschen ausdrückt. Vor allem durch die Psychosomatik sind wir darauf aufmerksam geworden, daß die Leiblichkeit des Menschen nicht nur mechanischen, unveränderlichen Gesetzen folgt, sondern Stimmungen, Leid, Ängste und Konflikte ausdrücken kann. Die Leiblichkeit ist das Äußere eines Inneren, Spiegel gelebten Lebens.

Aufgrund der Unterscheidung von Leib und Seele kann Hildegard drei verschiedene Weisen des Zusammenspiels beschreiben: Sie können derart miteinander wirken, daß der Geist den Leib in seiner Bedürfniserfüllung leitet und der Geist vermittels des Leibes in der Welt schöpferisch tätig ist. - Sie können aber auch gegeneinander wirken: nämlich dann, wenn Leidenschaften und Triebe ihr Maß zu verlieren drohen und die Vernunft um die Leitung kämpft. - Zuletzt können Leidenschaften und Triebe jedes Maß überschreiten. Dies ist dann der Fall, wenn in ihrer Erfüllung schon der Lebenssinn gesehen wird. Dann wird der Geist zum Mittel und Werkzeug ihrer Befriedigung herabgewürdigt. Er dient nur noch dazu, das Streben nach Macht, Ehre, Besitz, Genuß auf möglichst gezielte und sichere Weise zu erlangen. Die Seele wird dann träge, schwerfällig und verliert ihre Bewußtheit. Damit geht auch die Sensibilität des Leibes, die von der Seele stammt, zunehmend verloren. "Stimmt sie aber mit der Gier des Fleisches überein und wird überwunden, dann wird sie gleichsam von dumpfem nächtlichem Schlummer gedrückt".[44]

Daß Triebe und Gefühle nicht die Herrschaft über den Geist erlangen dürfen, leitet sich aus der Stellung des Menschen im Kosmos, seinem Verhältnis zu den anderen Lebewesen also, her: ist es doch - wie die aristotelische Seelenlehre betont[45] - gerade die Vernunft, die den Menschen von den Tieren, die instinktgeleitet leben, unterscheidet. Ein Verhalten, wie es für Tiere angemessen ist, wäre für den Menschen verfehlt. Die durch die Vernunft bestehende Differenz zu den anderen Lebewesen verleiht dem Menschen einen anderen Verhaltensspielraum, den er ausschöpfen muß, will er Mensch sein. Gefühle sollen nicht unterdrückt, verdrängt oder mißachtet werden, sondern alle Vermögen des Menschen, zu denen auch die Vernunft gehört, sollen miteinander in Harmonie sein.

Ziel ist für Hildegard letztlich die Übereinstimmung von Seele und Leib: Dieses Gleichgewicht muß jeder einzelne Mensch gemäß seiner individuellen Anlagen anstreben. Wirken Leib und Seele miteinander, dann entsteht, wie Hildegard immer wieder betont, ein Gefühl der Freude und Leichtigkeit: Leib und Seele stärken sich gegenseitig. "Wo nämlich Seele und Leib in rechter Übereinstimmung miteinander leben, da erreichen sie in einmütiger Freude den höchsten Lohn." "Die Seele unterstützt ja das Fleisch, wie auch das Fleisch die Seele. Wird doch durch die Seele und durch das Fleisch ein jedes Werk ausgeführt. Und daher vermag die Seele mit dem Leib Gutes... zu vollbringen und so wieder aufzuleben... Wie der Leib durch die Seele lebt, so wird auch die Seele, mit dem Leibe Gutes wirkend, wiederbelebt"."Und doch besitzt die Seele alles in allem die umarmende Liebe zu ihrem Leibe, mit dem sie am Werke ist."[46]

Erst auf dem Hintergrund dieses Zusammenwirkens von Leib und Geist, Mensch und Kosmos läßt sich die *Heilkunde* Hildegards verstehen. Sie wird heute immer noch an einzelnen Orten praktiziert und vor allem ihre Pflanzenkunde erfreut sich zunehmender Beliebtheit. Aufgabe der Heilkunde ist es, die leibgeistige Harmonie des Menschen zu befördern. Infolge des Mikrokomos-Gedankens behandelt Hildegard in ihrer Heilkunde alle Krankheitsbilder auf dem Hintergrund ihrer Kosmologie.

Manche der dort geschilderten Zusammenhänge erscheinen uns heute als in einer fremden, nur schwer verstehbaren Sprache dargestellt. Doch spricht sich überall Hildegards vorurteilsfreie Art aus, in der sie Lebensvorgänge darlegt. Nüchtern und offen schreibt sie nicht nur über Krankheiten, sondern auch über Probleme der Pubertät, der Menstruation, der Sexualität und der Menopause. Vor allem sind aufgrund der von uns besprochenen Einheit von Leib und Geist körperliche Symptome und Lebenshaltung untrennbar. "Wenn die... Säfte ...sich im richtigen Maß und in einem angemessenen Verhältnis durch die Glieder des Menschen ergießen, dann bleibt er in seinem Körper heil und blühend in der Erkenntnis des Guten und Bösen. Wenn die Gedanken des Menschen sich weder zu leichtsinnig und flüchtig noch zu hartnäckig und schwerfällig verhalten, sondern... gut und zueinander passend harmonieren, dann machen sie den Menschen auch im Leiblichen durch die Gewohnheit ruhig und im Wissen gründlich."[47]

Für Hildegard bewirkt eine Verhärtung in Gedanken und Lebenshaltung auch körperliche Krankheiten. Umgekehrt befördert eine Störung des Gleichgewichts der Körpersäfte auch eine Störung des Seelenlebens. Daher kann Hildegard für geistige Krankheiten auch physisch wirksame Heilmittel geben, um durch die Wiederherstellung des physischen Kräftegleichgewichts die Voraussetzung für eine geistige Heilung zu schaffen. Entsprechend können aber auch für physische Krankheiten Änderungen der Lebenseinstellung nötig sein. "Mitunter bereiten die widerspruchsvollen Gedanken in diesem Menschen einen solchen Aufruhr, daß sie das Gehörvermögen seiner Seele derart verwirren, daß er weder das Gute erkennen noch bei sich zu behalten vermag...Sie verwirren auch sein Herz bis zur Sinnlosigkeit derart, daß er keine ruhige Minute zu fruchtbarer Tätigkeit seiner Seele mehr behält... Durch das Übermaß an Überschwemmung werden auch die Eingeweide um die Nabelgegend des Menschen in Bewegung versetzt, und so steigen sie zu seinem Gehirn hoch und machen ihn oftmals irrsinnig; sie erschüttern weiter die Gefäße seiner Lendengegend und rühren damit die schwarze Galle in ihm an. Und so wird jener Mensch von alldem verwirrt; er wird traurig, und zwar über das natürliche Maß hinaus".[48]

Krankheit gilt als Schwächung und Abweichung vom heilen Leben aufgrund einer Störung von Gleichgewichten. Die 'Säfte' des Körpers verlieren ihr Maß und geraten in Unordnung. Außerdem werden Krankheiten ausgelöst durch die durch menschliches Handeln gestörten kosmischen Kräfte, die in den menschlichen Organismus hineingreifen. "Es ist schon mehrfach geschildert worden, in welcher Weise die Elemente die Welt in ihrem Zusammenhang halten; auf die gleiche Art und Weise sind die Elemente auch das Gefüge des menschlichen Organismus... Sobald sie aber von dieser Funktionsordnung abgehen, machen sie ihn krank und bringen ihn zu Tode."[49]

Die von Hildegard vertretene Lehre von den Temperamenten geht schon auf den römischen Arzt Galenos, der von 131-201 lebte, zurück: Als Leibarzt von Kaiser Mark Aurel vertrat er den Standpunkt, daß der wahre Arzt auch Philosoph sein müsse. Auch die heute noch weitgehend in der Naturheilkunde anwendbare Pflanzenkunde dürfte Hildegard aus einer reichen Tradition geschöpft haben. Sie hat sie systematisch geordnet und auf dem Hintergrund ihrer Kosmosvisionen gedeutet.

Alles Tun des Arztes dient der Restitution des gestörten leib-geistigen Gleichgewichts. Im allgemeinen arbeitet Hildegard mit natürlichen Heilmitteln, vor allem Pflanzen. Die härtesten Heilmethoden waren Aderlaß und

Schröpfen. Ausleerung, Reinigung und Beruhigung sollten das Gleichgewicht wieder herstellen. Anwendung fand vor allem der auf die antike Heilkunde zurückgehende Grundsatz der Entsprechung von Krankheitserreger und Heilmittel. Danach muß Ähnliches mit Ähnlichem behandelt werden. - Hinzu trat die Qualitätenlehre, wonach Krankheiten Heilmittel entgegengesetzter Eigenschaften zugeordnet werden. Kältekrankheiten etwa sind mit Wärmemitteln zu behandeln. Entscheidend ist schon die Vorbeugung: Regelmäßigkeit in der Lebensführung, im Wechsel von Schlafen und Wachen, Ruhe und Arbeit, Tätigsein und Muße waren wichtig.

Aus der Stellung des Menschen im Kosmos ergeben sich Konsequenzen für seine Lebensführung. "Die Diskretion allein mäßigt nämlich alles, was für das leibliche Dasein wie für das Seelenleben notwendig ist."[50] Die Tugend der Diskretion sollte die Lebensführung lenken: Diskretion meint Unterscheidungsgabe und Maßhalten zugleich. Unterscheidungsgabe ist notwendig, um zu erkennen, wozu etwas dient: Ein Gift kann schon im geringsten Maß tödlich wirken. Zur Unterscheidungsgabe hinzu tritt die Fähigkeit, das rechte Maß einzuhalten. Im Gedanken des Maßes ist immer auch der des Verhältnisses zu anderem eingeschlossen. In Hinblick auf die leiblichen Bedürfnisse sollte der Mensch dem Leib soviel geben, daß er gestärkt wird, und sich der 'Seele freuen'[51] kann, wie Hildegard sagt. Zu große Enthaltsamkeit wäre ein Unmaß, da sie den Leib derart beieinträchtigt, daß auch die Erfahrungsfähigkeit leidet.

"So ist die 'discretio' das Firmament: das Irdische - das aktive Leben - hält sie unter sich, das Göttliche - das beschauliche Leben - hat sie über sich. Dadurch ist sie die Treppe, auf der des Menschen Geist durch die guten Werke zum Himmel steigt, auf der er aber auch den irdischen Bedürfnissen zuliebe zur Erde herabklettert... Und so bestehe das Gefüge der Tugend in beiden Lebensweisen".[52] Der Mensch kennt durch seine leib-geistige Natur sowohl die Sehnsucht nach dem göttlichen Ursprung wie die Notwendigkeit der Befriedigung der leiblichen Bedürfnisse und des schöpferischen Wirkens. Dadurch ist er ausgespannt zwischen das aktive, handelnde und das kontemplative, meditative Leben. Er muß, um ein ganzer Mensch zu sein, sowohl schöpferisch wirken wie Muße für die Betrachtung des zeitlos Gültigen finden. Auch hier ist Diskretion gefordert: Nur wenn Sinnliches und Geistiges im rechten Maß genutzt werden, ist der Mensch davor bewahrt, seine Kräfte zu zerstreuen und sich in Extremen zu verlieren.

Alle Handlungen wirken auf die umgebenden Weltbezüge bildend oder zerstörend ein. Somit wird das Gleichgewicht des Kosmos nicht nur durch physische Kräfte aufrechterhalten, sondern auch durch die menschlichen 'Tugendkräfte', wie Hildegard sie nennt[53]. Wenn Maß und Verhältnishaftigkeit das Zusammenspiel des Kosmos ermöglichen, dann ist es der Verstoß gegen diese Tugend der Diskretion, der das Zusammenspiel zerreißt und die Ordnung der Dinge verwirrt. Dies beeinträchtigt wiederum das leibliche und seelische Gleichgewicht, so daß die Handlungsverkettungen der Menschen wieder auf sie selbst zurückwirken[54]. "Und ich hörte eine mächtige Stimme aus den Elementen der Welt, die da sagte: Wir können unsern Weg nicht laufen, wie unser Schöpfer ihn uns vorzeichnete; denn die Menschen werfen uns mit ihren bösen Werken wie Mühlsteine durcheinander."[55]

Das Bild des Menschen als Mikrokosmos umgreift beide Geschlechter, *Frau und Mann*. Hildegards um Ausgewogenheit bemühtes Denken zeigt sich - in wenigen Worten zusammengefaßt - auch in ihrer Schau des Geschlechterverhältnisses.

Zunächst scheinen viele Äußerungen Hildegards dem Stereotyp der Zeit von der Unterordnung und Unwissenheit der Frau zu folgen. Doch vergegenwärtigen wir uns zunächst Hildegards eigene biographische Situation: Das Heraustreten aus dem Schutz der Klostermauern in die Öffentlichkeit durch Schriften, Predigten, Reisen und Klostergründungen, wie es Hildegard tat, war für die Lebensmöglichkeiten der Frau ein äußerst ungewöhnlicher Schritt: In der Gemeinde hatte die Frau nach der Auslegung von 1Kor.14,34 und 1Kor.11,3-16 zu schweigen und zu gehorchen; weltliche und kirchliche Rechtsgeschäfte im öffentlichen Leben waren untersagt und der Zugang zu den Universitäten versperrt. Innerhalb der Klöster hatten Frauen bessere Wirkungsmöglichkeiten und zudem häufig eine eigene kleine Bibliothek für ihre Studien. Dennoch unterstand die Äbtissin dem Abt des übergeordneten Männerklosters. Daher ist es verständlich, daß Hildegard selbst sich zunächst weigerte, dem göttlichen Auftrag, in die Öffentlichkeit zu treten, nachzukommen, bis sie Krankheit dazu zwang. Sie selbst berichtet: "All dieses sah und hörte ich, und dennoch - ich weigerte mich zu schreiben. Nicht aus Hartnäckigkeit, sondern dem Empfinden meiner Unfähigkeit, wegen der Zweifelsucht, des Achselzuckens und des mannigfachen Geredes der Menschen, bis Gottes Geißel mich auf das Krankenlager warf. Da endlich legte ich, bezwungen durch die vielen Leiden, Hand ans Schreiben."[56]

Auffällig ist Hildegards Selbstbezeichnung als 'armseliges Weibsbild' und 'ungelehrtes Weib'. Dies steht in großer Diskrepanz zu dem regen Kontakt zu bedeutenden Zeitgenossen wie Kaiser und Papst, dem oft kämpferischen Verfechten der eigenen klösterlichen Interessen sowie den Schriften, die Hildegard als eine der gelehrtesten Frauen ihrer Zeit zeigen. Es dürfte drei Gründe für diese Selbsteinschätzung geben: Aufgrund ihrer Gotteserfahrung und der intuitiven Schau der Dinge kannte Hildegard keine Trennung zwischen Erlerntem und Empfangenem und erfuhr ihre eigene Kraft als gering. Zweitens sah sich die 'prophetissa teutonica' zu einem Auftrag gerufen, zu dem sie nicht die nötigen Voraussetzungen in sich fühlte. Darüberhinaus darf ihre stete Selbstverleugnung auch als literarischer Kunstgriff bezeichnet werden: Als Frau, die nicht wie männliche Theologen ihrer Zeit im eigenen Namen lehren durfte, erlangte sie die nötige Autorität, indem sie allein im Namen Gottes sprach[57].

Ihre Texte zeigen immer wieder eindrucksvoll das Bemühen, trotz der Unterschiede der Geschlechter deren Gleichrangigkeit und polare Ergänzung sichtbar zu machen. "Doch fehlte dem Menschen noch eine Hilfe, die ihm gleichkäme. So gab Gott ihm eine Gehilfin in der Gestalt des Weibes, gleichsam eine Spiegelgestalt, in der das ganze Menschengeschlecht latent vorhanden war...Mann und Frau sind auf eine solche Weise miteinander vermischt, daß einer das Werk des anderen ist... Ohne die Frau könnte der Mann nicht Mann heißen, ohne Mann könnte die Frau nicht Frau genannt werden."[58] Hildegard betont die wechselseitige Angewiesenheit von Frau und Mann und hebt ihre Gleichwertigkeit hervor, denn als Spiegelgestalt kommt die Frau dem Manne gleich. Zudem wird der Mann häufig als Hinweis auf die Gottheit, die Frau als Hinweis auf die Menschheit des Gottessohnes gedeutet[59]. Hierin spricht sich die Wesensgleichheit aus. Nur durch die Frau, die die Menschheit latent in sich trägt, konnte die gottgewollte Schöpfung überhaupt entstehen und vollendet werden[60].

Hildegard ergänzt gewissermaßen Theorien von der Unterordnung der Frau unter den Mann durch die dieser entsprechenden Unterordnung des Mannes unter die Frau. Nicht nur die Frau blickt zum Mann auf, sondern auch dieser zur Frau. "Und so ist das Weib schwach und blickt zum Manne auf, um von ihm umsorgt zu werden... Deshalb ist die Frau auch dem Manne unterworfen und muß jederzeit zum Dienen bereit sein. Sie bedeckt mit den Werken ihrer Kunstfertigkeit den Mann, weil sie ja von Fleisch und Blut gebildet ist, während der Mann zuerst Lehm war. Aus diesem Grunde blickt er in seiner Nacktheit zum Weib hinauf, um sich von ihm bekleiden zu lassen."[61] Die Frau, wie Hildegard vielleicht mit humorvollem Lächeln ob der Logik dieses Gedankens schrieb, erscheint hier als das privilegierte Geschöpf, denn der Mann ist ja nur aus Lehm geschaffen. Hinzu kommt, daß die Frau nicht nur als Mutter, sondern auch über ihre kulturschaffende Tätigkeit, die Kunstfertigkeit ihrer Werke bestimmt wird.

Damit ist die Gemeinschaft von Frau und Mann sowohl auf der Ebene geschlechtlicher Zeugung, wie auch auf der Ebene der Verbundenheit in Tätigkeit und Gespräch begründet. Einer gewinnt sich in einer Art polarem Zusammenwirken erst durch die schöpferische Werktätigkeit des anderen. Demgemäß sollte die Ehe geschlossen werden zwischen einem gereiften Mann *und* einer gereiften Frau[62].

Über die polare Ergänzung der Geschlechter hinweg hat Hildegard die Vision des vollendeten, weisen Menschen, der die traditionell den Geschlechtern zugewiesenen Verhaltensweisen und Eigenschaften in sich selbst verbindet: In diesem für beide Geschlechter gültigen Leitbild sollte sich die weibliche Weichheit, die in Schwäche umzuschlagen droht, mit Stärke verbinden. Die männliche Kraft dagegen, die in Gefahr ist, in Gewalt, Härte und Grausamkeit umzuschlagen, sollte durch Sanftmut und Milde ergänzt werden. Durch Sanftheit und Weichheit gemilderte Stärke, Kraft und Handlungsfähigkeit ist das Ziel des weisen Menschen. Dadurch werden Vereinseitigungen jeder Haltung überwunden und in ein Gleichmaß gebracht. Dies ist die Grundlage der Balance von tätigem und kontemplativem Leben[63], das schon bei der Heilkunde auf dem Hintergrund der leibgeistigen Ganzheit des Menschen thematisch wurde.

Nach Mystik, Naturforschung und Heilkunde gewinnt nun auch die *Musik* im Weltbild Hildegards ihre eigentümliche Bedeutung: "Aber auch Gesang mit der Melodie habe ich zum Lobe Gottes und der Heiligen ohne Unterricht von Seiten irgendeines Menschen hervorgebracht und gesungen, obwohl ich niemals eine Neume (Note) oder irgendeinen Gesang erlernt hatte."[64] Die Melodien von Hildegards Kompositionen sind dem Gregorianischen Choral entwachsen, in dem Hildegard, die sich selbst gerne als 'Zither des heiligen Geistes' bezeichnete, von Kindheit an gelebt hat. Sie wandelt den Choral, der eher in ruhigem, gemessenem Stil dahinfließt und den Umfang einer Oktave selten verläßt, stark ab: Die Melodien umgreifen häufig zwei Oktaven und steigen an einzelnen Stellen noch eine Quinte darüber hinaus. Auffallend sind Quart- und Quintensprung, steile, zackige Tonlinien und kurze, sich manchmal häufig wiederholende Notengruppen. Da die Melodien übergangslos aufeinanderstoßen, sind Hildegards Lieder nicht leicht zu singen. Sie strahlen große Ursprünglichkeit, Sammlung, Einfachheit und Differenziertheit zugleich aus. Es handelt sich um etwa 70 Stücke, die sie als liturgische Kompositionen für den Gebrauch im Kloster bei Kirchenfesten komponiert hat[65].

Für Hildegard, die den Menschen als leib-geistige Einheit inmitten des Kosmos sieht, konnte Musik nicht nur Beiwerk zur Liturgie sein: Musik war Abbild der geistigen Harmonie des Kosmos. So dachten auch Cicero[66], Plotin[67], Augustinus und die Erbauer der Kathedrale von Chartres. Das Hören der Musik konnte den Menschen an jene geistige Wirklichkeit erinnern und ihn momenthaft auf das Weltganze einstimmen. Dies machte die heilende Wirkung der Musik aus. Symphonia ist demnach ein Schlüsselbegriff bei Hildegard: Er meint den Einklang von Leib und Seele und des Menschen mit dem Kosmos ebenso wie den der hörbaren Musikinstrumente[68].

Kosmologie, Heilkunde und Musik, die untrennbar mit der Anthropologie verknüpft sind, führen jeweils auf ihre Weise zurück zum göttlichen Ursprung und sind als einzelne Disziplinen erst von diesem her verständlich. Darin zeigt sich die tiefe Einheit von Hildegards Weltbild und die innige wechselseitige Verbundenheit und Verwiesenheit der einzelnen Disziplinen aufeinander. Naturkunde, Heilkunde und Musik dienen letztlich der Frage, wie der Mensch sich mit dem göttlichen Ursprung verbinden und darin auch seine Gestalt vollenden kann. Ein gestörtes Verhältnis zur Natur wie zur eigenen Leiblichkeit ist Symptom für eine Fehlhaltung gegenüber dem göttlichen Schöpfungsplan. Die Erforschung der Natur erhellt wiederum die Stellung des Menschen zum Weltganzen. Musik dient dazu, die Erinnerung an die tiefe Ordnung der Dinge zu erwecken und momenthaft den Einklang mit dem Ganzen zu erzeugen.

Im Unterschied zu Hildegards Denken ist für den heutigen Menschen durch die Erkenntnisse der Naturwissenschaften ein in sich geschlossenes, vorstellbares Weltbild unmöglich geworden. Dadurch, daß die Welt nicht mehr nur von ihrem Ursprung her betrachtet wird, sind zudem Physik und Theologie zwei getrennte Disziplinen mit unterschiedlichen Zielen und Methoden. Gleichwohl kann die Physik in theologische Fragen münden, wie viele Naturwissenschaftler bezeugen. Dennoch kann Hildegards Denken einen Anstoß dazu geben, die kosmologische Dimension wieder zu gewinnen, die einen wesentlichen Aspekt nicht nur unseres alltäglichen Selbstverständnisses bildet, sondern gerade von Seiten der Naturwissenschaft wieder in den Blick rückt: Einsteins Relativitätstheorie, die vom Universum und seiner Geschichte ausgeht, liefert auch entscheidende Impulse für ein neues Sich-Verstehen des Menschen[68]. Vor allem kann Hildegards Weltbild dazu anregen, die alltägliche Lebenserfahrung in ihrer sinnlichen Unmittelbarkeit und Anschaulichkeit zurückzugewinnen und so die wesentlich abstrakteren Ergebnisse der modernen Naturwissenschaften gleichsam komplementär zu ergänzen. Nachdenklich macht Hildegard da, wo sie vom Einfluß des menschlichen Handelns auf die Natur und dessen Rückwirkungen auf das Befinden der Menschen spricht. Deutlich werden die Grenzen der Machbarkeit und des Verfügungswillens über Natur, wenn der Mensch sich selbst als leib-geistige Einheit begreift. Dann kann auch Hildegards intensive Erfahrung der Schönheit der Natur seine unser Denken korrigierenden Impulse entfalten.

Anmerkungen

1 Vgl. T.S.Kuhn: Die kopernikanische Revolution, Braunschweig/ Wiesbaden 1980. - A.Koyré: Von der geschlossenen Welt zum unendlichen Universum, Frankfurt/M. 1980, 15 - 62.

2 Nikolaus von Kues: De Docta Ignorantia, II, in: Philosophisch-Theologische Schriften, (Hg.: L. Gabriel; Übers.: D.u.W. Dupré), (Studien- und Jubiläumsausgabe lat.-dt.), Wien 1982 (Nachdr. 1964), Bd.I, 401; 407.

3 G.W.Leibniz: Hauptschriften zur Grundlegung der Philosophie, Bd.I, (Hg.: E.Cassirer), Hamburg 1966^{3}, 121,127,150,171.

4 J.Aschoff: Die innere Uhr des Menschen, in: (Hg.: H. Gumin/H. Meier): Die Zeit. Dauer und Augenblick, München/ Zürich 1989, 133-144.

5 Eine erste Zusammenstellung gibt G.Böhme (Hg.): Klassiker der Naturphilosophie. Von den Vorsokratikern bis zur Kopenhagener Schule, München 1989.

6 Platon: Politeia 509 b; 516 c.

7 K.Ruh: Geschichte der abendländischen Mystik: Bd.I: Die Grundlegung durch die Kirchenväter und die Mönchstheologie des 12.Jahrhunderts, München 1990, 13-27.

8 Hildegard von Bingen: Gotteserfahrung und Weg in die Welt, (Hg.: H.Schipperges), Olten/ Freiburg 1980^{3}, 24; M.zu Eltz: Hildegard, Freiburg/Basel/Wien 1963, 51.

9 H.de Lubac: Exégèse médiéval. Les quatre sens de l'écriture, 2 Bde., Paris 1959.

10 Vgl. zur Lichtmetaphysik: W.Beierwaltes: Die Metaphysik des Lichtes in der Philosophie Plotins, in: (Hg.: C.Zintzen): Die Philosophie des Neuplatonismus, Darmstadt 1977, 75 - 117.

11 O.v.Simson: Die gotische Kathedrale. Beiträge zu ihrer Entstehung und Bedeutung, Darmstadt 1982^{4}, 36-92. - J.Koch: Über die Lichtsymbolik im Bereich der Philosophie und der Mystik des Mittelalters, in: Studium Generale, Jg.13, 11 (1960), 653 -670.

12 Hildegard von Bingen: Wisse die Wege (Scivias) (zit. als Sci), (Übers. u. Bearb.: M.Böckeler), Salzburg 1954, 89.

13 Hildegard von Bingen: Welt und Mensch (De operatione Dei) (zit. als OD), (Übers. u. Erl.: H.Schipperges), Salzburg 1965, 44f; auch: 35f.

14 R.Kippenhahn: Licht vom Rande der Welt. Das Universum und sein Anfang, München 1987, 326.

15 So äußert sich sogar S.Hawkings, der für sich selbst eine religiöse Überzeugung verneint: S.Hawkings: Eine kurze Geschichte der Zeit. Die Suche nach der Urkraft des Universums, Hamburg 1988, 215ff. - Ebenso: J.D.Barrow/ J.Silk: Die asymmetrische Schöpfung. Ursprung und Ausdehnung des Universums, München /Zürich 1986, 232ff.

16 Zit.n. Magna Ungrund: Die metaphysische Anthropologie der hl. Hildegard von Bingen, Münster 1938, 17.

17 Vgl. W.Beierwaltes: Augustins Interpretation von Sapientia 11.21, in: Revue des Augustiniennes, XV 1-2, 1969 (51-61).

18 Platon: Timaios 30 b - d; 69 c.

19 OD 53.

20 Zur Kreismetapher: D.Mahnke: Unendliche Sphäre und Allmittelpunkt. Beiträge zur Genealogie der mathematischen Mystik, Halle 1937. - Plotin: Über Ewigkeit und Zeit, Enn. III,7, (Übers., Einltg. u. Komm.: W.Beierwaltes), Frankfurt/M., 1981^{3}.

21 OD 152.

22 R.Allers: Microcosmus: from Anaximandros to Paracelsus, in: Traditio, II, 1944, 319-408.

23 OD 234.

24 OD 52. In Hildegards bildlicher Sprache steht der Mensch am Kreuzweg der Entscheidung: Er schaut nach Osten als Ort des Lichts und wendet sich ab vom Norden als Ort der Finsternis.

25 M.Scheler: Die Stellung des Menschen im Kosmos, Bern/ München 1983[10], 11-48.
26 W.Heisenberg: Ordnung der Wirklichkeit, München 1989.
27 OD 153.
28 OD 124f.
29 OD 201f.
30 H.Schipperges: Das Menschenbild Hildegards von Bingen. Die anthropologische Bedeutung von 'opus' in ihrem Weltbild, Leipzig 1962.
31 Aristoteles: Nikomachische Ethik, 1140b, (Hg.: G. Bien; Übers.: E. Rolfes), Hamburg 1985[4].
32 OD 37.
33 Zit.n.Magna Ungrund: Die metaphysische ..., op.cit., 64.
34 OD 284; auch: 37;172;177.
35 OD 65; auch: 48; 152.
36 OD 55.
37 Edward O.Wilson: Bedrohung des Artenreichtums, in: Spektrum der Wissenschaft 11/1989, 93.
38 OD 88. "Und die Seele, deren Wesen Leben ist, lebt als ein lebendiges Feuer im Körper, der Körper aber ist ein ausgestaltetes Werk" (OD 88); "Denn wie das Wort Gottes alles im Schaffen durchdrang, so durchdringt die Seele den ganzen Körper, um in ihm zu wirken. Die Seele ist die grüne Lebenskraft des Fleisches, da ja der Körper durch sie wächst und vorwärtskommt, wie die Erde durch die Feuchtigkeit fruchttragend ist." OD 91.
39 OD 94; 110.
40 "Dabei kann sie nicht mehr ausrichten, als die Grenzen des Leiblichen ihr erlauben." OD 90; 93.
41 OD 167f.
42 OD 94.
43 OD 177.
44 OD 94.
45 Aristoteles: De anima, 414 a 24 - 417 b 15; 428 b 30 - 431 b 13.
46 OD 80; 95; 100.
47 OD 77.
48 OD 76.
49 Hildegard von Bingen: Heilkunde (Causae et Curae). Das Buch von dem Grund und Wesen und der Heilung der Krankheiten. (Übers. u. Erl.: v. H. Schipperges), Salzburg 1957, 112.
50 OD 81; auch: 43; 56.
51 OD 221.
52 OD 214f.
53 OD 67; 30.
54 OD 73.
55 Zit.n.Magna Ungrund: Die metaphysische ..., op. cit. 67.
56 OD 90.
57 E.Gössmann: Das Menschenbild der Hildegard von Bingen und Elisabeth von Schönau vor dem Hintergrund der frühscholastischen Anthropologie, in: (Hg.: P.Dinzelbacher/ D.R.Bauer): Frauenmystik im Mittelalter, Ostfildern 1985, 24-47. - R.Beyer: Die andere Offenbarung. Mystikerinnen des Mittelalters, Bergisch Gladbach 1989, 15 - 78. - E.Ennen: Frauen im Mittelalter, München 1986. - F.Heiler: Die Frau in den Religionen der Menschheit, Berlin/New York 1977, 87 - 186.
58 OD 164.
59 OD 164.
60 Sci 101.

61 OD 126; auch: 127.

62 Sci 104.

63 Daher ist für Hildegard die Weisheit eine starke Frau, die dies Ideal verkörpert: "Wer aber von den Menschen, der wirklich auf die Schwierigkeiten des Lebens achtet, wird wohl noch einmal eine solche Frau, die Weisheit nämlich finden, die das Weichliche ablegt, um stark in der Tüchtigkeit dazustehen ... Alles unterscheidet sie, was nur auf der Welt unterschieden werden kann ... Daher soll ihr der ... Mensch seine Seele derart zueignen, daß er sie in der beschaulichen Betrachtung an sich zieht wie in der handelnden Tätigkeit." in: Hildegard von Bingen: Der Mensch in der Verantwortung. Das Buch der Lebensverdienste (Liber vitae meritorum). (Übers. u. Erl.: H. Schipperges), Salzburg 1965 , 196f.

64 Zit.n.M.zu Eltz: Hildegard, op.cit. 185.

65 Es handelt sich um Antiphonen, Responsorien, Sequenzen und Hymnen: Preisgesänge an Gott, Begrüßungen der Gottesmutter, Hymnen auf die Patriarchen, Propheten, Engel, Kinder und einzelne Heilige: 1) 'A feather on the breath of God', Sequences and hymns by Abbess Hildegard of Bingen, Gothic Voices with Emma Kirkby; dir. by Christopher Page, Hyperion, London, A 66039. 2) Hildegard von Bingen, Geistliche Gesänge, Ensemble für Musik des Mittelalters, El 19 9976 1.

66 Cicero: De re publica / Vom Gemeinwesen, (Übers. u. Hg.: K. Büchner), Stuttgart 1979, 342f: Scipios Traum.

67 Plotin: V,8, 1, 30-40.

68 Ästhetisches Erleben ist daher nicht nur subjektives Empfinden und nicht auf den Bereich der Kunst beschränkt. Hildegard erfährt Schönheit in der Musik, in den lichtdurchlässigen Edelsteinen, im Kunstwerk der menschlichen Gestalt und vor allem in der Natur: In Samen, Quellen und der Fruchtbarkeit des Lebens in seinen vielfältigen Formen. "Ich, das feurige Leben göttlicher Wesenheit, zünde hin über die Schönheiten der Fluren, ich leuchte in den Gewässern und brenne in Sonne, Mond und Sternen. Mit jedem Lufthauch, wie mit unsichtbarem Leben, das alles erhält, erwecke ich alles zum Leben. Die Luft lebt im Grünen und Blühen. Die Wasser fließen, als ob sie lebten. Die Sonne lebt in ihrem Licht, und der Mond wird nach seinem Schwinden wieder vom Licht der Sonne entzündet, damit er gleichsam von neuem auflebe." OD 25. "Das Firmament ist der Thron aller Schönheit" OD 278.

69 vgl. B.Kanitscheider: Das Weltbild Albert Einsteins. München 1988, 179f.

Religion und Wissenschaft
Zur Legitimierung religiöser Erfahrungen

Im Mittelalter und noch in der frühen Neuzeit war die Schilderung religiöser Erfahrungen ein nicht hinwegzudenkendes Element des Alltags. Ihre höchste Intensität erreichte religiöse Erfahrung in der 'cognitio Dei experimentalis', dem erfahrungshaften Erkennen Gottes. Für kurze, kostbare und geschenkte Augenblicke war nach der Lehre der Mystik die 'Visio Beatifica' oder Schau Gottes als Vorwegnahme ewiger Glückseligkeit bereits im Leben möglich. In ihr aktualisierte der Mensch seine höchsten Möglichkeiten und vollzog die Rückbindung an den göttlichen Urquell. Noch 1585 gibt Johannes vom Kreuz eine Ausdeutung tiefster Gotteserfahrung, die ganz aus der mittelalterlichen Tradition erwächst. "Nun, da sich die Seele schon ganz in der Gotteinigung entflammt fühlt, nun, da sie nach Herzverlangen von Seligkeit und Liebe überspült ist und aus der tiefsten Brunnenstube ihres Wesens ganze Ströme von Herrlichkeit hervorbrechen ... da will es ihr angesichts ihrer Umwandlung in Gott und angesichts seiner erhabenen Aneigung ihres Seins wie des überreichen Schmuckes ihrer Gaben und Tugenden erscheinen, daß sie schon ganz nahe der ewigen Seligkeit ist, so nahe, daß nur noch ein leichtes und zartes Gewebe sie von jenem Leben trennt."[1]

Der mittelalterliche Mensch lebte in einem geschlossenen, endlichen Kosmos, in dem alle Lebensäußerungen auf Gott hingeordnet sein sollten. Die Naturbetrachtung beschrieb das 'Buch Gottes', seine Schöpfung und erweckte dadurch im Menschen die Sehnsucht nach Gott selbst. Architektur, Musik und Dichtung wollten die göttliche Ordnung nachbildend darstellen. Die Kunst solle die Natur nachahmen, sagte man, dann würde auch sie zur 'Manuductio', zur Handleitung zu Gott.

Der Ausgangspunkt der Gegenwart ist ein völlig anderer. Mit der Ablösung des mittelalterlichen Weltbildes und der Entwicklung der modernen Naturwissenschaften ging ein einheitliches Weltbild verloren. 'Die Wege der Natur sind nicht der Weg zu Gott', sagt Galileo Galilei. Die Naturwissenschaften beanspruchten zunehmend, die Welt vollständig ohne Bezug auf ein weltjenseitiges Prinzip erklären zu können bis hin zur Entstehung des Lebens wie des Universums. Religion ist daher nicht mehr das selbstverständliche und alltägliche Lebenselexier der Menschen. Der gläubige und fraglose Rückbezug auf Offenbarung ist für viele unmöglich, so daß in einer von den Naturwissenschaften geprägten Zeit die Begründung religiöser Erfahrungen andere Wege beschreiten muß.

Gegenwärtig lassen sich zwei Tendenzen beobachten: In breiten Bevölkerungskreisen gilt das Ernstnehmen religiöser Dimensionen als unwissenschaftlich. Gleichzeitig mehrt sich die Zahl derer, die nach einer neuen religiösen Orientierung suchen. Dies führt sie häufig über den abendländisch-christlichen Kulturkreis weit hinaus zu buddhistischer, indischer oder islamischer Religiosität. Will man die Sehnsucht nach religiösen Erfahrungen nicht als bloß naive, unkritische und vor allem unwissenschaftliche Haltung abwerten, dann stellt sich die Frage, welche *Motive* sich dahinter verbergen. Warum ist die Auseinandersetzung mit religiöser Erfahrung trotz aller Teilerfolge des Menschen, die Umwelt zu beherrschen und nach eigenen Plänen über sie zu verfügen, unverzichtbar? Selbst die Versuche, die Entstehung des Lebens und den Prozeß des Sterbens zu steuern, können das Ringen um existentielle Dimensionen nicht ersetzen.

Der Mensch ist das einzige uns bekannte Lebewesen, das über seinen Anfang und sein Ende so wie über den Anfang des Weltganzen nachdenken kann. Anthropologie und Naturwissenschaft regen gleichermaßen zu Fragen an, die an die Grenzen von Raum und Zeit führen und mit Hilfe der Naturwissenschaften nicht mehr beantwortet werden können. Schon die ältesten Texte der Menschheit zeugen von dem Bemühen, die Entstehung des Universums und des Menschen zu enträtseln. Im 8.Jahrhundert vor Christus berichtete der Grieche Hesiod in der Sprache des Mythos vom Ursprung einer Götter und Menschen umfassenden Weltordnung aus dem Chaos, der klaffenden Leere; Platon entwickelt in seinem Dialog 'Timaios' philosophische Begriffe, um über Raum, Zeit und Materie wie über die Entstehung des Menschen sprechen zu können; der erste Schöpfungsbericht der Genesis schildert, wie sich durch das schöpferische und gestaltverleihende Gotteswort aus einem chaotischen Anfangszustand allmählich eine vielfältige und reich gegliederte Ordnung von Lebensformen entwickelt; die moderne Astrophysik beschreibt den Ursprung des Universums in der Sprache der Mathematik. Raum, Zeit und Materie sind vermutlich mit dem Urknall entstanden. Fein aufeinander abgestimmte Gesetze und physikalische Konstanten ermöglichen die Entwicklung komplexer Strukturen, von Sonnen, Planeten und Galaxien bis hin zum intelligenten Leben. Die Faszination für die Frage nach dem Ursprung der Welt verbindet die unterschiedlichen Antworten von Mythos, Religion, Philosophie und Naturwissenschaft über die Jahrtausende hinweg[2].

Nur der Mensch kann sich lange vor seinem Tod mit seiner Sterblichkeit auseinandersetzen und nach seinem Woher und Wohin fragen. Wird Sinn jedoch nicht mehr als von Gott verbürgt erfahren, werden Leid und Unrecht nicht mehr als von ihm gerechtfertigt verstanden, dann muß sich der Mensch selbst in einem eigenen Entwurf Sinn und Wert geben. Dieser gilt nur für ihn selbst und vergeht mit ihm, so daß die erschütternden Erfahrungen des Ausgesetztseins und der Geworfenheit bestimmend werden. Für Jean-Paul Sartre, der diese Grundbefindlichkeit des modernen Menschen analysiert, sind alle Versuche dem Leben in einer als sinnlos erfahrenen Welt einen dauernden Sinn zu verleihen, letztlich zum Scheitern verurteilt. Sie mißlingen durch die Widerständigkeit der Natur und die Eigenwilligkeit anderer Menschen. Albert Camus schildert im 'Mythos von Sisyphos' die Situation eines Menschen, der angesichts eines unausweichlichen und sinnlosen Schicksals den äußersten Entschluß aufbringt, dies Schicksal in seiner Härte anzunehmen. Dadurch wird es *sein* Schicksal und er wird innerlich frei. "Sein Fels ist seine Sache.... Der absurde Mensch sagt Ja, und seine Mühsal hat kein Ende mehr. Wenn es ein persönliches Geschick gibt, dann gibt es kein übergeordnetes Schicksal oder zumindest nur eines, das er unheilvoll und verächtlich findet. Darüber hinaus weiß er sich als Herr seiner Zeit. Gerade in diesem Augenblick, in dem der Mensch sich wieder seinem Leben zuwendet (ein Sisyphos, der zu seinem Stein zurückkehrt), bei dieser leichten Drehung betrachtet er die Reihe unzusammenhängender Taten, die sein Schicksal werden, seine ureigene Schöpfung, die in seiner Erinnerung geeint ist und durch den Tod alsbald besiegelt wird. Überzeugt von dem rein menschlichen Ursprung alles Menschlichen, ist er also immer unterwegs - ein Blinder, der sehen möchte und weiß, daß die Nacht kein Ende hat. Der Stein rollt wieder."[3]

Nicht jedem gelingt es, wie Sisyphos durch die Annahme seiner Begrenztheit zum glücklichen Menschen zu werden. In Existenzkrisen wird die eigene Ohnmacht tief durchlitten, indem sie den Menschen zur Einsicht in seine Grenzen zwingen. Was ihm entgegentritt, entzieht sich seiner Verfügung. Leid, Krankheit, Schuld und erlittenes Unrecht werden als unabtrennbar zum Menschsein gehörig erfahren. Durch die Annahme der eigenen Entmächtigung und Hilflosigkeit können Grenzerfahrungen in ihr Gegenteil umschlagen: Der Einzelne gewinnt seine Ganzheit, indem er seine Endlichkeit als die Kehrseite seiner weltgestaltenden, schöpferischen Aktivität erfährt. Er wird sich nicht nur seiner selbst in seiner Einzigartigkeit und Unverwechselbarkeit bewußt, sondern auch seiner Verwiesenheit auf die ihn umfassende Mitwelt. Das existentielle Wissen um die eigene Begrenztheit entbindet die verantwortliche Teilnahme an der menschlichen Gemeinschaft. Karl Jaspers schreibt zur unersetzbaren Bedeutung von Grenzerfahrungen: "Situationen wie die, ... daß ich nicht ohne Kampf und ohne Leid leben kann, daß ich unvermeidlich Schuld auf mich nehme, daß ich sterben muß, nenne ich Grenzsituationen. ...

Sie sind *nicht überschaubar*; in unserem Dasein sehen wir hinter ihnen nichts anderes mehr. Sie sind wie eine Wand, an die wir stoßen, an der wir scheitern. Sie sind durch uns nicht zu verändern, sondern nur zur Klarheit zu bringen... Auf Grenzsituationen reagieren wir daher sinnvoll nicht durch Plan und Berechnung, um sie zu überwinden, sondern durch eine ganz andere Aktivität, *das Werden der in uns möglichen Existenz*; wir werden wir selbst, indem wir in die Grenzsituationen offenen Auges eintreten. ...Ich sage 'ich selbst' in einem neuen Sinn."[4]

Die Philosophie der Stoa bildete die Auseinandersetzung mit den Erfahrungen menschlicher Begrenztheit zu einer systematischen Übung aus: Die 'Praemeditatio Malorum' bedeutet ein Nachdenken über das größtmögliche Übel, das einen treffen kann. Für die Stoa ist dies der Tod. Das Wissen um diese absolute Grenze menschlichen Wollens und Könnens soll sich jedoch, wie auch Jaspers sagte, in einem bewußteren und intensiveren *Leben* auswirken, da Wesentliches und Unwesentliches klarer unterschieden werden. Die Kostbarkeit der Zeit, ihre Unumkehrbarkeit und die Einzigartigkeit jedes Augenblicks werden voll bewußt. Seneca schreibt: "Wieder und wieder muß unser Herz daran erinnert werden, daß alles, woran es hängt, von uns gehen wird, ja, daß es schon im Begriff ist, von uns zu gehen. Was das Geschick gegeben hat, besitze man mit dem Gedanken, man könne es jeden Augenblick verlieren. Schöpft in vollen Zügen Freude aus dem Verkehr mit euren Kindern, solange ihr könnt, und lasset andererseits eure Kinder sich eurer Liebe erfreuen; ergreifet jede Freude ohne Aufschub, ihr wisset nicht, ob die kommende Nacht - doch ich habe zuviel gesagt -, ob die nächste Stunde euer ist. Eilen muß man; im Rücken droht der Tod."[5]

Grenzerfahrungen, Krisen, das Ringen um Sinn, das Leiden unter innerer Leere, Ruhelosigkeit und Ausgesetztsein sind entscheidende Impulse für die Suche nach einer die Endlichkeit überschreitenden Dimension. Karl Jaspers spricht von 'Chiffren der Transzendenz', auf die der Mensch immer wieder stößt. Sie verweisen ihn auf etwas ihn weit Übersteigendes und öffnen ihn der 'Spur des Anderen', wie der französische Philosoph Emanuel Lévinas betont. Der Mensch erfährt seine eigene Endlichkeit in der Spannung zum Unendlichen. Blaise Pascal formuliert: "Das ist unser wahrer Zustand. In ihm sind wir unfähig, sicher zu wissen und absolut nichts zu wissen. ... wir verbrennen vor Sehnsucht, einen festen Ort und ein endgültiges bleibendes Fundament zu finden, um einen Turm darauf zu erbauen, der sich bis ins Unendliche erhebt; aber alle unsere Fundamente bersten und die Erde tut ihre Abgründe auf. ... Da diese Mitte, die unser Los ist, stets von den Extremen entfernt bleibt - hat es da etwas zu bedeuten, wenn ein Mensch ein wenig mehr Einsicht in die Dinge hat? Wenn er sie hat, holt er ein wenig weiter aus - aber steht er nicht immer noch in unendlicher Entfernung vom Ende? Und ist nicht in gleicher Weise die Dauer unseres Lebens von der Ewigkeit so unendlich entfernt, daß es gar nicht darauf ankommt, ob sie zehn Jahre länger währt? Vor diesen Unendlichkeiten sind alle Endlichkeiten gleich..."[6]

Die Motive zur Auseinandersetzung mit religiösen Fragen entspringen den Naturwissenschaften wie der Grundbefindlichkeit des Menschen, da er unweigerlich immer wieder an die Grenzen dessen stößt, was erkennbar, machbar und verfügbar ist. Er erfährt seine eigene Endlichkeit, in der seine Verwiesenheit auf Unendliches unwiderruflich ins Bewußtsein treten kann. Dem Willen zur völligen Entzauberung der Welt steht die Sehnsucht nach dem Geheimnisvollen, dem Mysterium entgegen.

Wie kann man auf dem *Hintergrund eines an den Naturwissenschaften orientierten Weltverständnisses* religiöse Erfahrung legitimieren? Die Naturwissenschaften und ihre Erkenntnisse sind aus der Welt des 20. Jahrhunderts nicht mehr wegzudenken und doch fordern sie eine Ergänzung durch andere Sichtweisen der Wirklichkeit. Überall in der Welt und über alle Epochen hinweg lassen sich religiöse *Phänomene* beobachten: Religiöse Schriften; Schilderungen von Offenbarungen, die zu Religionsgründungen führen können; Glaubenszeugnisse und Berichte mystischer Erfahrungen von Menschen, die sich inmitten eines von Tätigkeit erfüllten Lebens bewährten.

Gerade in den Naturwissenschaften wurde der Fortschritt immer wieder dadurch ausgelöst, daß man Phänomene ernst nahm, die die bisherigen Theorien empfindlich störten: Bei der Kopernikanischen Revolution waren die Wissenschaftler gezwungen, die Erdbewegung zu berücksichtigen; die Nicht-Nachweisbarkeit des Äthers führte Einstein zu seiner Relativitätstheorie, die des Äthers nicht mehr bedurfte; außerdem mußte er den für die klassische Mechanik grundlegenden Begriff der Gleichzeitigkeit aufgeben; der Gültigkeitsbereich der klassischen Mechanik wurde durch die Quantentheorie eingegrenzt, als man einsah, daß die Bewegungen der Elementarteilchen nicht den klassischen Bewegungsgesetzen gehorchen. Werner Heisenberg schreibt zu der Herausforderung, die von neu entdeckten Phänomenen ausgeht: "In ähnlicher Weise kann wirkliches Neuland in einer Wissenschaft wohl nur gewonnen werden, wenn man an einer entscheidenden Stelle bereit ist, den Grund zu verlassen, auf dem die bisherige Wissenschaft ruht, und gewissermaßen ins Leere zu springen. ... Wenn wirkliches Neuland betreten wird, kann es aber vorkommen, daß nicht nur neue Inhalte aufzunehmen sind, sondern daß sich die Struktur des Denkens ändern muß, wenn man das Neue verstehen will."[7]

Das nüchterne und aufmerksame Betrachten von Phänomenen ist ein fruchtbarer Ausgangspunkt für ein umfassendes und sich ständig vertiefendes Verständnis der Wirklichkeit. Er ist Religion und Naturwissenschaften gemeinsam. Eine Haltung, die zwar die Natur in all ihren Facetten mit Ausdauer und höchster Präzision erforscht, aber nicht mit ebenderselben Nüchternheit sich dem aufmerksamen Betrachten religiöser Phänomene widmete, wäre gänzlich unwissenschaftlich. Dennoch unterscheiden sich Religion und Naturwissenschaft in der Weise, wie sie Wirklichkeit erfassen und teilweise durch das, was sie beschreiben. Gott, der jenseits von Raum und Zeit ist, entzieht sich einer naturwissenschaftlichen Theorie ebenso wie Beweis oder Widerlegung der menschlichen Freiheit. Wirklichkeit in ihrer unausschöpfbaren Komplexität kann nicht durch eine einzige Zugangsweise vollständig erfaßt werden.

Schon in der modernen Physik ist eine einzige Theorie unzureichend, um alle physischen Phänomene zu erklären. Klassische Mechanik, Quantentheorie und Relativitätstheorie haben streng definierte *Gültigkeitsbereiche*. Aussagen, die in der klassischen Mechanik gelten, können daher in unauflöslichem Widerspruch zu denen der Quantentheorie stehen. Außerdem bedient sich die Naturwissenschaft einer ganz bestimmten *Methode*, um das, was sie beobachtet, zu präparieren. Sie will erklären, *wie* Prozesse in der Natur ablaufen ohne Aussagen über Zwecke, Ziele und Werte zu machen. Naturwissenschaftliche Erfahrung bezieht sich auf Vorgänge, die im Experiment beliebig oft wiederholt werden können, so daß einmalige Geschehnisse ausgeblendet werden. Sie sieht von allen sinnlichen Qualitäten der Natur, von Farben, Gerüchen und Geräuschen ab, die für die mathematische Beschreibung der Natur unwichtig sind. Der Mathematiker und Philosoph Alfred North Whitehead, der von 1861 bis 1947 lebte, konstatiert trocken: "Die Natur ist eine öde Angelegenheit, tonlos, geruchlos und farblos; nichts als das endlose und bedeutungslose Vorbeihuschen von Material"[8]

Mit der Geburt der modernen Naturwissenschaften durch Galileo Galilei und Isaac Newton, die die mathematische Beschreibung der Natur und das Wechselspiel von Hypothese und Experiment begründeten, vollzog sich ein grundlegender Wandel im ganzen Weltbild, der ein neues Verständnis von Wirklichkeit herbeiführte. Whitehead schildert, wie seit Jahrhunderten vertraute und alltägliche Phänomene plötzlich aufgrund einer veränderten Blickrichtung in einem völlig neuen Licht erscheinen. "Millionen von Menschen hatten Äpfel vom Baum fallen sehen; aber die Bedeutung dieses Vorgangs sah erst Newton, in dessen Bewußtsein das Gedankenschema der mathematischen Dynamik gegenwärtig war; Millionen hatten in Kirchen und Tempeln Leuchter schwingen sehen; aber erst Galilei, in dessen Bewußtsein das gleiche Schema ... war, wußte etwas damit anzufangen".[9]

Naturwissenschaft blendet nicht nur manche Phänomene methodisch aus, sondern betrachtet alles unter einem besonderen Blickwinkel. Physikalisch gesehen ist es falsch, vom Auf- und Untergang der Sonne zu sprechen. Und dennoch drückt das hartnäckige Fortdauern dieser Redeweise aus, daß diese Beschreibung für die Alltagserfahrung und die Lebensrhythmik der Menschen unverzichtbar ist. Der Apfel Newtons, der in der Physik auf einen Massenpunkt reduziert wird, ist nicht der schon gelbe, überreife Apfel mit seiner gerunzelten Haut, den der Dichter beschreibt; er ist nicht der Apfel als Symbol in der Paradiesesgeschichte und er ist vor allem nicht der Apfel, den man essen kann, um satt zu werden. Es hängt von der Absicht des Beobachters ab, wie der Apfel ihm erscheint und welche Bedeutung er erlangt. Es gibt somit unterschiedliche Zugangsweisen zur Wirklichkeit, die Brillen mit verschiedenfarbigen und unterschiedlich geschliffenen Gläsern gleichen: die Gegenstände erscheinen jedesmal in einem anderen Licht. Die verschiedenen Sichtweisen der Welt können nicht aufeinander reduziert werden, will man Wirklichkeit in ihrer ganzen Komplexität und Vielschichtigkeit erfassen.

Gewohnheit verleitet dazu, häufig nur eine Blickrichtung für die einzig mögliche zu halten und die Vielfalt von Perspektiven auszublenden. Das dogmatische Festhalten an einer einzigen, einheitlichen und geschlossenen Weltsicht, sei es der naturwissenschaftlichen oder der religiösen, unterbindet die Integration neuer Impulse und führt letztlich zur Stagnation. Sie stellt eine Gefahr für jedes Zeitalter und jede Form des Wissens dar. Für Whitehead hat sich der Dogmatismus von der Geistlichkeit in früheren Jahrhunderten lediglich zu den Wissenschaftlern des 20.Jahrhunderts verlagert. Viele Naturwissenschaftler begehen heute denselben Fehler wie viele Geistliche damals: Sie wollen die gesamte Wirklichkeit allein mit der naturwissenschaftlichen Methode erklären und übersehen vollkommen den Prozeßcharakter und die Geschichtlichkeit der naturwissenschaftlichen Erkenntnis. Damit verstoßen sie gegen ihre eigene Methode, nach der jede Theorie nur innerhalb bestimmter Grenzen gilt, so daß man mehrere Theorien zur Erklärung der Wirklichkeit braucht; außerdem entscheidet die Weise des Zugriffs, wie ein Phänomen erscheint. "Obskurantentum ist die Weigerung, frei über die möglichen Begrenztheiten traditioneller Methoden zu spekulieren. ... Vor einigen Generationen war ...ein nicht unbeträchtlicher Teil der Geistlichkeit ... *der* Repräsentant des Obskurantentums. Aber inzwischen sind ... die Wissenschaftler an ihre Stelle getreten. In jedem Zeitalter rekrutieren sich die Obskuranten vor allem aus der Mehrheit derjenigen, die die dominierenden Methoden praktizieren. Heute herrscht die wissenschaftliche Methodik, und die Obskuranten sind Wissenschaftler."[10]

Staunen, Neugier, Verunsicherung und die fruchtbare Kraft des Zweifels bewirken ein Durchbrechen der gewohnten Weltsicht und verhindern eine Erstarrung, die nur eine einzige Sichtweise der Wirklichkeit gelten läßt. Sie ermöglichen eine Öffnung gegenüber Phänomenen, die sich hartnäckig und widerspenstig gegen eine bruchlose Integration in das bisherige Weltbild sperren und zu einer Erklärung herausfordern. Zweifel und Verunsicherung zwingen dazu, als sicher Geglaubtes neu und eigenständig zu befragen. Vorurteile und für selbstverständlich gehaltene Denkgewohnheiten werden sichtbar, so daß bisher Übersehenes in den Blick treten kann. Beispielhaft thematisiert René Descartes die bewegende Kraft des Zweifels: Mit dem methodischen Zweifel an bisher als unumstößlich Geltendem leitete er die Philosophie der Neuzeit ein. "Obschon der Nutzen eines so umfassenden Zweifels nicht auf den ersten Blick einleuchtet, so ist er doch insofern außerordentlich groß, als er uns von allen Vorurteilen befreit ... Schließlich aber bewirkt er, daß man an dem, was man alsdann für wahr befinden wird, nicht mehr zweifeln kann."[11]

Auch in der Religion ist der Zweifel eine unverzichtbare und treibende Kraft. Für die französische Philosophin und Mystikerin Simone Weil, die von 1909 bis 1943 lebte, kann sogar der Atheismus als Zweifel an der Existenz Gottes ein Schritt zu Gott hin sein. Bloß übernommene religiöse Vorstellungen werden abgeschüttelt, so daß die Dinge geläutert und unverschleiert angeschaut werden.

Das nüchterne und vorurteilsfreie Betrachten der Vielfalt unterschiedlicher Phänomene und die Einsicht in die Grenzen jeder Sichtweise und Methode sind Voraussetzung einer wissenschaftlichen und kritischen Haltung. Sie ermöglicht die sachliche Auseinandersetzung mit religiösen Erfahrungen ebenso wie die Anerkenntnis der naturwissenschaftlichen Einsichten, so daß beide Sichtweisen nicht in ausschließendem Gegensatz zueinander stehen, sondern sich auf komplementäre Weise ergänzen. Sie erschließen jeweils andere Facetten der Welt, in der der Mensch lebt. Die Bedeutung dieser perspektivischen Ergänzung hebt Albert Einstein hervor. "Nun, selbst bei einer reinlichen Scheidung von Naturwissenschaft und Religion bleiben starke wechselseitige Beziehungen und Abhängigkeiten bestehen. Obwohl die Religion das Ziel bestimmt, hat sie doch weitgehend von der Wissenschaft gelernt, mit welchen Mitteln sich diese von ihr gesetzten Ziele erreichen lassen. Die Wissenschaft kann indessen nur von denen aufgebaut werden, die durch und durch von dem Streben nach Wahrheit und Erkenntnis erfüllt sind. ... Naturwissenschaft ohne Religion ist lahm, Religion ohne Naturwissenschaft ist blind."[12]

Doch schon das Bemühen, genau zu sagen, *was* denn eigentlich *religiöse Erfahrungen* sind, scheint angesichts der Fülle unterschiedlicher Vorstellungen zum Scheitern verurteilt. Diese Schwierigkeit erinnert an Aristoteles' Gedanken, daß alles auf vielfältige Weise ausgesagt werde. Ein und dasselbe Wort kann auf mehreren Sinnebenen verstanden werden. In jedem Kontext gewinnt es eine andere Bedeutung. Religiöse Erfahrung durchläuft die ganze Spannbreite von der Glaubenserfahrung bis zur mystischen Einung, der unio mystica, von der Johannes vom Kreuz berichtete. Auch Hildegard von Bingen schildert das erfahrungshafte Erkennen Gottes als äußerste Möglichkeit des Menschen, in dem der Mensch für ein Nu Überzeitliches und Überräumliches berührt. "Das Licht, das ich schaue, ist nicht an den Raum gebunden. Es ist weitaus lichter als eine Wolke, die die Sonne in sich trägt. An diesem Licht ist weder Höhe noch Länge noch Breite zu erkennen. Es wird mir bezeichnet als der 'Schatten des lebendigen Lichts'".[13]

Die Überzeitlichkeit und Überräumlichkeit Gottes, der in der religiösen Erfahrung augenblickhaft geschaut wird, führen zu einem entscheidenden Problem: Wieweit ist Gott überhaupt durch den Menschen erkennbar? Warum gibt es gerade bei der Frage nach dem Absoluten und dem menschlichen Heil zwischen den religiösen Überzeugungen soviel Dissens? Sogar in der Mystik gibt es eine große Spannbreite von Gotteserfahrungen. Alltagserfahrungen beruhen auf Geschehnissen, die in Raum und Zeit gegeben sind. Religiöse Erfahrung dagegen unterscheidet sich von jeder anderen Erfahrung, weil sie auf der Spannung zwischen der Ewigkeit Gottes und der Zeitlichkeit des Menschen beruht. Was Gott in seiner unermeßlichen Fülle ist, kann durch den endlichen Menschen nicht erschöpfend erkannt werden, so daß immer wieder neu anhebende Annäherungen nötig sind.

Dionysius Pseudo-Areopagita verleiht dem Ausgespanntsein des Menschen auf das Unendliche Sprache. Er lebte im fünften Jahrhundert und genoß große Autorität, da er bis in die Neuzeit hinein als der Schüler des Apostels Paulus galt, der diesem nach seiner Predigt auf dem Areopag in Athen nachfolgte. Unermüdlich betont Dionysius Areopagita die Unaussprechlichkeit Gottes und die Begrenztheit aller menschlichen Rede über ihn. Möglichkeiten und Grenzen von Sprache angesichts von Gottes Unendlichkeit werden sichtbar. "Noch höher steigend sprechen wir jetzt aus, daß ... (Gott, R.K.) weder Einbildungskraft zueigen sein kann, noch Meinung, noch Vernunft, noch Erkenntnis, daß Gott weder ausgesprochen noch gedacht werden kann. ... Er ist auch nicht Sohnschaft und Vaterschaft, nicht was sich mit etwas uns Bekanntem oder von irgendwem Erfahrenem vergleichen ließe. ... Wenn wir ihm etwas zusprechen oder absprechen, so ist er es nicht, dem wir zusprechen oder absprechen: er steht über jeder Zusprechung, er ist die absolute und alleinige Ursache aller Dinge. Er steht auch über jeder Verneinung..."[14]

Sprache ist gebildet an der Alltagswelt und geprägt durch einen bestimmten kulturellen und zeitgeschichtlichen Hintergrund. Sie dient der Mitteilung von Gedanken und Vorstellungen wie der Bezeichnung begrenzter und bestimmter Dinge. Schon im Gespräch mit anderen Menschen taucht häufig das

Problem auf, daß der Andere von seinem Verständnishorizont her das Gesagte anders versteht. Je präziser und differenzierter eine Mitteilung sein soll, desto schwieriger und langwieriger ist das Ringen um die adäquaten Worte. Bei der religiösen Erfahrung soll Sprache gar dem Unendlichen Ausdruck verleihen. Wäre dies möglich, wäre es nicht das Unendliche, so daß Sprache an eine unübersteigbare Grenze stößt. Gott kann nicht adäquat in menschlicher Rede gefaßt werden. Man kann nicht sagen, was er ist. Aber ebensowenig kann man ausdrücken, was er nicht ist, denn noch die Verneinung einer Aussage über Gott drückt den menschlichen Verständnishorizont von ihm aus. Der Kardinal Nikolaus von Kues, der von 1401 bis 1464 lebte und einer der wenigen Vorkämpfer für Toleranz zwischen den verschiedenen Religionen war, spricht daher von Gott in Paradoxa. Die Rede in logischen Gegensätzen drückt aus, daß Gott jenseits dessen ist, was man ihm an Eigenschaften zu- oder absprechen kann. "Da Du, o Herr, das Ende bist, das alles beendet, bist Du das Ende, welches kein Ende hat, und darum Ende ohne Ende, oder unendliches Ende, das sich jedem Verstand entzieht; es schließt ja einen Widerspruch ein. Stimme ich zu, daß es das unendliche Ende gibt, dann räume ich auch ein, daß das Dunkel Licht ist, die Unwissenheit Wissen und das Unmögliche das Notwendige ist. ... Also geben wir die Koinzidenz der Widersprüche zu, über der das Unendliche steht.... der Gegensatz der Gegensätze ist der Gegensatz ohne Gegensatz..." [15]

Endgültige Aussagen über Gott sind in menschlicher Sprache nicht möglich. Selbst Offenbarung als Vermittlung Gottes in Zeit und Geschichte bedient sich einer der vielen Menschensprachen. Die Menschen wiederum verstehen sie nur im Kontext ihres Sprachhorizontes und ihrer Kultur. Wie aber soll sich das schöpferische Wort, dem die Macht zugesprochen wird, die Welt erschaffen zu haben, vollständig in einer der endlichen Sprachen ausdrücken und vollkommen vom endlichen Verstand erfaßt werden? Religiöse Fanatismen und Dogmatismen entstehen immer dann, wenn die Struktur religiöser Erfahrung übersehen wird. Dann werden die eigenen fragmentarischen Einsichten schon als das Ganze angesehen und andere, ebenso bruchstückhafte Einblicke als unverträglich und widersprüchlich abgewehrt.

Eine indische Parabel faßt diese Gedanken in ein Bild: Drei Blinde betasten einen Elefanten. Der eine befühlt die Stoßzähne und kommt zu dem Schluß, der Elefant sei hart, kalt, schmal und spitz. Der zweite Blinde betastet die Beine des Elefanten. Er beschreibt den Elefanten als säulenartig und rund. Der dritte Blinde wiederum betastet den Körper. Für ihn erscheint der Elefant als rauh und eben. Wenn jeder der Blinden meint, er habe den ganzen Elefanten erfaßt, dann widersprechen sich die drei Beschreibungen völlig, so daß ein unschlichtbarer Streit die Folge wäre. Und trotzdem betasten alle drei den einen

Elefanten. Sie beziehen sich, wenn auch auf unterschiedliche Weise, auf ein und dieselbe Wirklichkeit. Obwohl eine endgültige Übereinstimmung mit den Mitteln, die den drei Blinden zur Verfügung stehen, ausgeschlossen ist, ergänzen sich ihre Sichtweisen. Das Bemühen um Objektivität ist bei religiösen Erfahrungen, obwohl sie sich in der Innerlichkeit des Menschen vollziehen, genauso wie in den Naturwissenschaften grundlegend.

Gleichnisse, Paradoxien, Dichtung und Symbole sind die vielfältigen Sprachen religiöser Erfahrung. Mathematik als Sprache der Naturwissenschaften und logische Schlußformen sind ungeeignet. Paradoxien drücken aus, daß Gott, wie Nikolaus von Kues sagt, 'supra opposita', jenseits der Gegensätze ist. Er ist nicht im menschlichen Sinne gut oder böse, lebendig oder tot. Symbole schließlich verweisen auf eine übersinnliche Wirklichkeit und erinnern an sie. Dichtung wiederum drückt die feinen Gefühlstönungen des Erlebens aus: Verlassenheit, Geborgenheit, Not, Hoffnung, Flehen, Liebe oder Vertrauen schwingen in der Schilderung religiöser Erfahrung mit, die den ganzen Menschen, sein Denken und Fühlen umfaßt. Rainer Maria Rilke verleiht im 'Stundenbuch' in einem Gedicht der innigen Nähe und wechselseitigen Verwiesenheit von Gott und Mensch Sprache. Nicht nur Gott sorgt sich um den Menschen; sondern der Mensch sorgt sich um die Heimstatt Gottes, die der Mensch selbst ist.

"Was wirst du tun, Gott, wenn ich sterbe?
Ich bin dein Krug (wenn ich zerscherbe?)
Ich bin dein Trank (wenn ich verderbe?)
Bin dein Gewand und dein Gewerbe,
mit mir verlierst du deinen Sinn.

Nach mir hast du kein Haus, darin
dich Worte, nah und warm, begrüßen.
Es fällt von deinen müden Füßen
die Samtsandale, die ich bin.

Dein großer Mantel läßt dich los.
Dein Blick, den ich mit meiner Wange
warm, wie mit einem Pfühl, empfange,
wird kommen, wird mich suchen, lange -
und legt beim Sonnenuntergange
sich fremden Steinen in den Schoß.

Was wirst du tun, Gott? Ich bin bange."[16]

Viele Worte der Alltagswelt erhalten einen neuen Sinn, weil sie auf eine andere Ebene der Wirklichkeit angewendet werden. Jeder Begriff ist vielschichtig: Leben meint nicht mehr primär das physische Überleben noch das gesellschaftliche Wohlergehen, sondern bedeutet eine geistige Neugeburt. Tod meint nicht mehr den physischen Tod, auch nicht intellektuelle Erstarrung, sondern die Abgetrenntheit von Gott. Die Begriffe Leben und Tod erfahren eine völlige Umdeutung. Dies löste schon im Johannes-Evangelium die verwunderte Frage von Nikodemus an Jesus aus, wie er in seinem betagten Alter wiedergeboren werden könne. "Wahrlich, wahrlich, ich sage dir: Wenn einer nicht geboren wird von oben, kann er das Reich Gottes nicht schauen." Nikodemus sprach zu ihm: "Wie kann ein Mensch geboren werden, der alt ist? Kann er noch einmal in den Schoß seiner Mutter eingehen und geboren werden?" Jesus antwortete: "Wahrlich, wahrlich, ich sage dir: Wenn einer nicht geboren wird aus Wasser und Geist, kann er nicht eingehen in das Reich Gottes. Was geboren ist aus dem Fleisch, ist Fleisch, und was geboren ist aus dem Geist, ist Geist. Wundere dich nicht, daß ich dir sagte: Ihr müßt geboren werden von oben."[17]

Daß viele Begriffe der Alltagswelt unzureichend sind, um religiöse Erfahrungen zu beschreiben, stellt wiederum eine Analogie zur modernen Physik dar: Im Übergang von der klassischen Mechanik zur Quantentheorie versagt die Sprache der klassischen Physik, so daß völlig neue Begriffe gefordert sind und sogar eine neue Logik entwickelt werden mußte. Nur im Vertrauen auf äußerst exakte Meßapparaturen und komplizierte Berechnungen schließt man auf die Existenz von Elementarteilchen. Man erforscht Bereiche, die der unmittelbaren Erfahrung des Alltags und der Vorstellbarkeit gänzlich unzugänglich sind. Werner Heisenberg formuliert: "Wir wollen in irgendeiner Weise über die Struktur eines Atoms sprechen und nicht etwa nur über die Tatsachen - zu denen etwa schwarze Punkte auf einer photographischen Platte oder Wassertröpfchen in einer Nebelkammer gehören. Aber wir können in der gewöhnlichen Sprache nicht über die Atome selbst reden."[18]

Erfahrung ist, wie die Wirklichkeit, vielschichtig: Wir unterscheiden die Alltagserfahrung vom naturwissenschaftlichen Experiment, von der Traumerfahrung, von der Evidenzerfahrung intuitiver Einsichten und schließlich auch von der religiösen Erfahrung. Diese ist nicht nur gekennzeichnet durch die Spannung des endlichen Menschen zur Unendlichkeit Gottes, sondern religöse Erfahrung verwandelt, indem sie die ganze Person erfaßt, sich in deren Denken, Fühlen, Wollen und Handeln auswirkt. Nach der religiösen Erfahrung ist die Wirklichkeit eine andere geworden, sie zeigt Dimensionen, die zuvor verborgen waren und führt zu einem anderen Verhalten. Dagegen verändert das Ergebnis eines naturwissenschaftlichen Versuchs den Experimentator nicht tiefgehend. Er ist lediglich um eine weitere Erkenntnis bereichert, ohne daß dies einschneidende Auswirkungen auf seinen Alltag hätte. Da jeder Mensch einzigartig ist, ist religiöse Erfahrung notwendig einmalig und individuell. Sie kann nicht technisch hergestellt oder beliebig oft reproduziert werden, so daß sie nicht mit naturwissenschaftlichen Methoden nachgewiesen oder widerlegt werden kann. Auch dies liegt in der Natur der Sache: Schon das eigene Leben und seine Rhythmik ist nicht vollständig planbar und das, worauf sich religiöse Erfahrung richtet, Gott selbst, ist unverfügbar.

Aus diesem Grund können religiöse Techniken immer nur Hinführung sein. Viele Erzählungen berichten, wie jemand jahrelang bestimmte Übungen verrichtet und sich in äußerster Disziplin geübt hat. Doch erst in dem Moment, in dem er sich gestattete, auszuruhen, erlangte er die Erfüllung seiner geduldigen Mühen. Weder mit Willensanstrengung und Disziplin allein noch ohne sie kann das ersehnte Ziel erlangt werden. Die paradoxe Rede vom 'Nicht-Tuenden Tun' drückt diese Koinzidenz von Aktivität und Passivität aus. Martin Buber sagt: "Wenn wir eines Wegs gehen und einem Menschen begegnen, der uns entgegenkam und auch eines Wegs ging, kennen wir nur unser Stück, nicht das seine, das seine nämlich erleben wir nur in der Begegnung. Von dem vollkommnen Beziehungsvorgang wissen wir, in der Art des Gelebthabens, unser Ausgegangensein, unser Wegstück. Das andre widerfährt uns nur, wir wissen es nicht. ... Womit wir ... uns zu bekümmern haben, ist nicht die andre, sondern unsre Seite; ist nicht die Gnade, sondern der Wille. Die Gnade geht uns insofern an, als wir zu ihr ausgehn und ihrer Gegenwart harren".[19]

Unverfügbar sind nicht nur religiöse Erfahrungen, sondern auch Begegnungen mit anderen Menschen, vor allem Freundschaft und Liebe. Tiefe Einsichten treten plötzlich und unerwartet ins Bewußtsein nachdem oft lange, mühevolle Auseinandersetzungen vorangingen. Dabei verändert die Erkenntnis der menschlichen Beziehung oder eines Sachverhalts auch diese selbst, indem sie eine andere Bedeutung erlangen oder in einen neuen Kontext eintreten. Dadurch verwandelt sich wiederum das Verhältnis zu ihnen wie der Umgang mit ihnen.

Gegen religiöse Erfahrungen kann man *einwenden*, daß bestimmte Drogen, Psychopharmaka oder extreme Belastungen Halluzinationen hervorrufen können. Wenn religiöse Erfahrungen lediglich durch physiologische Vorgänge ausgelöst wären, dann würde ihnen keine objektive Realität entsprechen. Die Rede von Gott wäre sinnlos und Wirklichkeit ließe sich vollständig naturwissenschaftlich beschreiben.

Ohne Zweifel können Einwirkungen auf die Physiologie auch bestimmte Bewußtseinszustände hervorrufen. Doch bedeutet das keine Widerlegung religiöser Erfahrungen, denn der Mensch ist eine leib-geistige Einheit. Er nimmt immer auch an biologischen Zusammenhängen teil, ohne daß das gesamte Erfahrungsspektrum aus ihnen ableitbar wäre. Da der Mensch der Brennpunkt der verschiedenen Erfahrungen ist, müssen die unterschiedlichen Ordnungen der Wirklichkeit koordiniert sein. Religiöse Erfahrungen müssen sich auch in der Sphäre der Leiblichkeit spiegeln. Erinnern wir uns daran, daß Wirklichkeit mit verschiedenen Brillen betrachtet werden kann: Es ist möglich, die religiösen Erfahrungen entsprechenden physiologischen Prozesse naturwissenschaftlich zu beschreiben, ohne daß damit die Bedeutung religiöser Erfahrung vollständig ausgeschöpft wäre. Werner Heisenberg kommentiert die Verzahnung der physiologischen Sphäre mit der Ebene geistiger Inhalte und Bedeutungen folgendermaßen: "Die Tatsache, daß geistige Inhalte ... von Mensch zu Mensch übertragen werden können, gehört zu der Schicht der Wirklichkeit, die ... keiner 'Erklärung' durch Zusammenhänge in niederen Wirklichkeitsschichten fähig (ist). Trotzdem kann diese Tatsache wieder nicht als völlig unabhängig von solchen Zusammenhängen betrachtet werden ... Wenn also in der Zusammenstellung von Farben geistiger Inhalt weitergegeben werden soll, so ist dies nur möglich, sofern auch in unseren optischen Organen diese Zusammenstellungen charakteristische Wirkungen auslösen."[20]

Gegenargumente gegen Religion und religiöse Erfahrung werden seit dem 19.Jahrhundert vor allem von Feuerbach, Marx und Freud formuliert. Feuerbach wendet sich gegen die Verneinung der Sinnesnatur und Leiblichkeit des Menschen, dessen Weltzugewandtheit er wieder herstellen möchte. Gott ist für Feuerbach nichts anderes als ein Spiegelbild des Menschen. Der Mensch stellt seine eigene Idealvorstellung von sich aus sich heraus und betet sie als selbständige Gestalt an. Sie soll menschliches Handeln, Kriege, Grausamkeiten, Verfolgungen und erlittenes Unrecht rechtfertigen und ihm Leitbilder geben. Die Eigenschaften des göttlichen Wesens wie Liebe, Gerechtigkeit und Weisheit sind in Wirklichkeit Eigenschaften des Menschen, so daß Religion auf Anthropologie zurückführbar ist. Nicht Gott schuf den Menschen nach seinem Bilde, sondern der Mensch schuf sich Gott nach dem seinen: "das *absolute Wesen*, der Gott des Menschen ist *sein eigenes Wesen*. Die Macht des *Gegenstandes* über ihn ist daher die Macht *seines eigenen Wesens*."[21]

Schon in der griechischen Antike kritisierten Epikureer und Stoiker die vielen Götter als Abbilder der Ideale, Wünsche und Befürchtungen der Menschen. Auch Sigmund Freud sieht Gott als Projektion menschlicher Sehnsüchte und Ängste, so daß die Wurzeln des religiösen Bedürfnisses untrennbar mit dem Wesen von Religion zusammenhängen: Religion entspringt für Freud dem Bedürfnis nach Autorität. Sie entsteht aus kindlichen Sehnsüchten nach Geborgenheit in einer ungerechten, harten Welt. Angesichts der eigenen Ohnmacht und Hilflosigkeit in einer unüberschaubaren Gesellschaft und fortdauernder Unsicherheit werden in einer übermächtigen Vaterfigur Anleitung und Macht gesucht. Religion wird zu einer Ideologie, die die Selbständigkeit und das Erwachsenwerden des Menschen unterbindet. Er kann zu keiner realistischen Einschätzung seiner Kräfte noch seiner Grenzen gelangen, die die Voraussetzung für eine schöpferische und eigenständige Bewältigung der Wirklichkeit ist. "Die Psychoanalyse hat uns den intimen Zusammenhang zwischen dem Vaterkomplex und der Gottesgläubigkeit kennen gelehrt, hat uns gezeigt, daß der persönliche Gott *psychologisch* nichts anderes ist als ein erhöhter Vater, und führt uns täglich vor Augen, wie jugendliche Personen den religiösen Glauben verlieren, sobald die Autorität des Vaters bei ihnen zusammenbricht. Im Elternkomplex erkennen wir so die Wurzel des religiösen Bedürfnisses."[22]

Freuds Kritik hat zweifellos teilweise ihre Berechtigung. Religion kann die freie und eigenverantwortliche Entfaltung der Persönlichkeit unterbinden und zur Weltflucht werden, zur Rechtfertigung für Vernunftfeindlichkeit, Hemmungen, Verklemmtheit und ein nicht gelebtes Leben. Aber es gibt mindestens ebensoviele Gegenbeispiele, die belegen, daß Religion die Frucht der Reifung und eines intensiv gelebten Lebens sein kann. Menschen gelangen inmitten eines tätigen, eigenverantwortlichen Lebens und aus innerer Übereinstimmung zur Religion. Sie erwächst aus tiefer und kritischer Durchdringung des Erfahrenen. Viele Naturwissenschaftler finden, häufig nach einer Phase des Atheismus, zu einer geläuterten Form der Religiosität, die nichts mehr mit dem Gottesbild ihrer Kindheit gemein hat. Sie tut ihrer wissenschaftlichen Arbeit keinerlei Abbruch, sondern ergänzt sie komplementär. Der Physiker Wolfgang Pauli sagt: "Ich glaube, daß es das Schicksal des Abendlandes ist, diese beiden Grundhaltungen, die kritisch rationale, verstehen wollende auf der einen Seite und die mystisch irrationale, das erlösende Einheitserlebnis suchende auf der anderen Seite, immer wieder in Verbindung miteinander zu bringen. In der Seele des Menschen werden immer *beide* Haltungen wohnen, und die eine wird stets die andere als Keim ihres Gegenteils in sich tragen."[23]

In allen Religionen entspricht dem Menschenbild ein Gottesbild. Gottesbilder entstammen der Psyche des Menschen, spiegeln sie und sind kritisierbar. Sie sind ebenso begrenzt wie die Sprache. Wie wenig sie Gott erreichen, betont schon Meister Eckhart, der große Theologe, Mystiker und Prediger des 14. Jahrhunderts: "der Mensch muß aus allen Bildern und aus sich selbst ausgehen und allem dem gar fern und ungleich werden, wenn anders er wirklich ... Sohn werden will und soll in des Vaters Schoß und Herzen. Jederart Vermittlung ist Gott fremd."[24] 'Du sollst Dir kein Bild von Gott machen' heißt es bereits in der Hebräischen Bibel. Daß Gott jenseits aller Vorstellungen, Bilder und Begriffe des Menschen ist bedeutet auch vom religiösen Standpunkt aus eine Kritik aller anthropomorphen Gottesbilder. Hier hat die Psychologie ihre Berechtigung, da die Bilder von Gott ein Licht auf die Persönlichkeitsstruktur werfen.

Karl Marx verbindet die Kritik an Religion mit der Kritik an ungerechten Gesellschaftsstrukturen: Religion ist Instrument der Mächtigen, um das Volk zu knechten, zur Unterwürfigkeit anzuhalten und auszubeuten. Sie wird gebraucht, um egoistische Interessen durch hehre Ideale zu stützen. Nur weil die Menschen in einer verkehrten gesellschaftlichen Welt leben, gibt es Religion. Sie ist Ausdruck menschlicher Selbstentfremdung, die die falschen Verhältnisse stützt, indem sie von der diesseitigen Welt und den notwendigen Veränderungen in ihr ablenkt und auf ein Jenseits vertröstet. Unterwürfigkeit wird als Tugend der Demut gedeutet; berechtigte Gegenwehr wird durch den Sinn des Leidens niedergehalten. Das Christentum wird, wie Friedrich Nietzsche sagt, zur 'Sklavenmoral'. Religion wird zum Beruhigungs- und Betäubungsmittel, zum 'Opium des Volks'. "Das *religiöse* Elend ist in einem der *Ausdruck* des wirklichen Elendes und in einem die *Protestation* gegen das wirkliche Elend. Die Religion ist der Seufzer der bedrängten Kreatur, das Gemüt einer herzlosen Welt, wie sie der Geist geistloser Zustände ist. Sie ist das Opium des Volks. Die Aufhebung der Religion als des *illusorischen* Glücks des Volkes ist die Forderung seines *wirklichen* Glücks. Die Forderung, die Illusionen über seinen Zustand aufzugeben, ist die *Forderung, einen Zustand aufzugeben, der der Illusionen bedarf.* Die Kritik der Religion ist also im *Keim* die *Kritik des Jammertales*, dessen *Heiligenschein* die Religion ist."[25]

Marx wendet sich zurecht gegen den Mißbrauch von Religion für Machtinteressen, die bestehendes Unrecht festschreiben und hebt die Dringlichkeit der sozialen Frage hervor. Eine christliche Soziallehre, die auf die Beseitigung des Unglücks des Einzelnen, auf Mitleid und Nächstenliebe eingeschränkt wäre, wäre in der modernen Massengesellschaft mit ihren komplexen Institutionen unzureichend. Andererseits übersieht Marx die wichtige Unterscheidung zwischen der Religion als gesellschaftlicher Realität und dem Kerngehalt religiöser Aussagen. Er schließt unmittelbar von bestimmten sozialen Mißständen auf das Wesen des Christentums. Religionen aber haben immer einen inneren Kern und eine äußere, soziale Seite, die oft weit von der religiösen Botschaft entfernt ist.

Das 20. Jahrhundert weist große Gestalten auf, die die bestehenden ungerechten Gesellschaftsstrukturen gerade mit Hilfe der Religion kritisiert und verwandelt haben. Mahatma Ghandi und Martin Luther King begründeten die kämpferische Methode der militanten Gewaltlosigkeit auf dem Gedanken der Göttlichkeit jedes Menschen und dem daraus sich herleitenden Gebot der Nächstenliebe und des Nichtverletzens in Gedanken, Worten und Taten. Diese Haltung fordert innere Stärke und Furchtlosigkeit und erwächst aus dem unerschütterlichen Vertrauen auf die Möglichkeiten einer Entwicklung des Menschen, durch die er blinde Aggressivität überwinden kann. Leo Tolstoi sieht in der gelebten Religion eine verwandelnde Kraft, die eine mit Unrecht und Gewalt verflochtene Gesellschaft kritisch spiegelt. Der Kern von Religion, wie er für Tolstoi von den Weltweisen aller Religionen gelehrt wurde, beleuchtet die Widersprüche einer Gesellschaft, die sich zu ihrer Stützung auf ebendiese Religion beruft. Aus der Spannung zwischen Ideal und Wirklichkeit kann die Dynamik der Gesellschaftsveränderung entstehen. In einem Brief an Mahatma Ghandi, der als junger Rechtsanwalt in Südafrika die Grundzüge der militanten Gewaltlosigkeit erprobte, schreibt der zweiundachtzigjährige Tolstoi: "In dem Bekenntnis zum Christentum, wenn auch nur zu einem derart entstellten, wie es bei uns gelehrt wird, und in dem Glauben zugleich an die Notwendigkeit von Heeren und ihrer Ausrüstung zu Schlächtereien allergrößten Maßstabes, darin liegt ein solch offenbarer, himmelschreiender Widerspruch, daß er über kurz oder lang, wahrscheinlich aber sehr bald in voller Nacktheit zutage treten muß; das aber wird entweder die christliche Religion vernichten, die zur Aufrechterhaltung der Staatsgewalt nicht zu entbehren ist, oder es wird das Militär und alle damit verbundene Gewaltanwendung, die der Staat nicht weniger benötigt, hinwegfegen. Diesen Widerspruch empfinden alle Regierungen, ihre britische ebensowohl wie unsere russische, und daher wird seine Erkenntnis von den Regierungen aus Selbsterhaltungstrieb energischer verfolgt, als jede andere staatsfeindliche Tätigkeit".[26]

Nicht nur Tolstoi und Ghandi waren der Überzeugung, daß die verschiedenen Religionen und die Vielfalt religiöser Erfahrungen auf einen gemeinsamen Kern hinführen, da sie doch alle, wenn auch mehr oder weniger verstellt, im Absoluten gründen. Religiöse Erfahrungen sind demnach nicht nur subjektiv, sondern weisen einige *objektive Merkmale* auf. Vor allem die Sprache der Symbole zeigt eine verblüffende Übereinstimmung zwischen verschiedenen Religionen. In allen großen Religionen gibt es Rituale oder Sakramente, die eine Läuterung und innere Neugeburt des Menschen ausdrücken. Nach ihrer äußeren Form sind die Rituale und Sakramente nicht miteinander zu vereinbaren. Erst als Symbole gelesen, die auf ein inneres, geistiges Geschehen hindeuten, erschließen sie ihr gemeinsames Grundanliegen: Das Judentum kennt das Untertauchen in Wasser, von dem noch die Evangelien von Jesus bei seiner Taufe durch Johannes den Täufer berichten; im Christentum steht die Taufe meist am Beginn des Lebensweges; der Muslim vollzieht rituelle Waschungen; die Hindus nehmen ein Bad im Ganges; die Sikhs schließlich sollen im heiligen See von Amritsar untertauchen. Wasser als Sinnbild innerer Läuterung und geistiger Neubelebung verbindet die unterschiedlichen religiösen Ausdrucksweisen.

Licht ist in vielen Religionen Sinnbild des Geistigen und Ewigen, dessen, was seiner selbst völlig durchsichtig und bewußt ist, reine, bewegende Kraft. Lichtvisionen stehen im Zentrum griechischer wie christlicher Mystik: Platon schildert den Aufstieg aus der Finsternis der Höhle als einen Aufstieg zum blendenden Licht der Sonne; das Johannesevangelium spricht vom Licht, das in der Welt war und das das Wort Gottes ist; Mechthild von Magdeburg schildert das fließende Licht der Gottheit; Dante schließlich beschreibt den Aufstieg von der Hölle über den Läuterungsberg zum Paradies als Aufstieg zum Licht; Nikolaus von Kues spielt mit den Metaphern Licht und Finsternis: das Überschreiten des sichtbaren Lichts, das das Auge wahrnimmt, führt in ein Dunkel, das bar jeglichen sichtbaren Lichts ist. In diesem Dunkel kann sich jenes göttliche, geistige Licht offenbaren, dem der Mensch nicht nur sein Leben, sondern letztlich alle wahren Erkenntnisse verdankt. "Weil ... (das Auge, R.K.) das Licht sehen will, das es nicht sehen kann, weiß es, daß, solange es irgendetwas sieht, dies nicht das ist, was es sucht und daß es eben deshalb alles sichtbare Licht überschreiten muß. Wer aber jedes Licht überschreiten muß, tritt notwendigerweise in etwas ein, das kein sichtbares Licht mehr in sich birgt. ... Jene Dunkelheit im Auge entsteht nämlich aus dem alles überstrahlenden Licht der Sonne. Je tiefer es also die Dunkelheit erkennt, in umso größerer Wahrheit erreicht es in der Dunkelheit das unsichtbare Licht."[27]

Die Sprache der Mystik ist dem Mystiker über zeitliche und kulturelle Distanzen hinweg verständlich, da sich ihm die objektiven Strukturen religiöser Erfahrungen in Symbolen und schriftlichen Zeugnissen enthüllen. Zuvor schwer verständliche Texte erschließen sich neu. Religiöse Erfahrung ist letztlich nur durch eigenen Nachvollzug überprüfbar. Doch auch im Alltag wird erlerntes Wissen erst durch selbständige Durchdringung und gesättigt von eigenen Erfahrungen lebendig.

Die Person des Mystikers gleicht einem Reisenden, der aus einem fernen Land zurückkehrt und anderen, die nicht da waren, davon berichtet. Die Rückkehr nach einem Aufenthalt in einem Land mit völlig anderer Kultur fordert eine Umstellung, die Zeit braucht. Weil beide Kulturen bereist wurden, kann man sie miteinander vergleichen, so daß man auch in der Heimat nun vieles schärfer erkennt. Aber wollen die Daheimgebliebenen das wirklich? Platon schildert im 'Höhlengleichnis' den Rückstieg von der lichtdurchfluteten Welt in die Höhle als verwirrend nicht nur für den, der draußen war. Die bloße Existenz dessen, der die Höhle verlassen hatte und nun mehr und anderes gesehen hat, ist beunruhigend, befremdlich und störend für diejenigen, die in der Höhle geblieben sind. Sie weigern sich zur Kenntnis zu nehmen, daß Wirklichkeit komplexer und vielschichtiger ist, als sie es bisher annahmen. Verunsicherung aber löst Abwehr und Anfeindungen aus. "Auch das bedenke noch... Wenn ein solcher nun wieder hinunterstiege und sich auf denselben Schemel setzte, würden ihm die Augen nicht ganz voll Dunkelheit sein, da er so plötzlich von der Sonne herkommt? ... Und wenn er wieder in der Begutachtung jener Schatten wetteifern sollte mit denen, die immer dort gefangen gewesen, während es ihm noch vor den Augen flimmert, ehe er sie wieder dazu einrichtet, ... würde man ihn nicht auslachen und von ihm sagen, er sei mit verdorbenen Augen von oben zurückgekommen und es lohne nicht, daß man versuche hinaufzukommen"?[28]

Religiöse Erfahrung und ihre Legitimierung in einer modernen, von Naturwissenschaften und Technik geprägten Welt, führt in ein weites Gebiet von Argumenten und Gegenargumenten. Da religiöse Erfahrung auf der Spannung zwischen der Unendlichkeit Gottes und dem endlichen Menschen beruht, hat sie ihre eigene Form von Rationalität und ihre eigene Sprache, die sich von der der Lebenswelt wie der der heutigen Naturwissenschaften unterscheidet und diese komplementär ergänzt. Daß Wirklichkeit sich in ihrer Komplexität und Vielschichtigkeit nicht vollständig in einem einzigen Zugriff enthüllt, ist Ausdruck ihres Reichtums. Wie verschiedenfarbige Lichtstrahlen einen Gegenstand immer anders zeigen, so beleuchten auch Theorien und Erfahrungen Fragmente einer umfassenden Wirklichkeit, von der der erkennende Mensch selbst ein Teil ist.

Anmerkungen

1 Johannes vom Kreuz: Die lebendige Flamme. Die Briefe und die kleinen Schriften. (Übers.: Irene Behn), Einsiedeln 1981², 17.

2 Vgl. J.Audretsch/ K.Mainzer (Hg.): Vom Anfang der Welt. Wissenschaft, Philosophie, Religion, Mythos, München 1989.

3 Albert Camus: Der Mythos von Sisyphos. Ein Versuch über das Absurde. (Übers.: H.G.Brenner/ W.Rasch), Reinbek 1959, 99f.

4 Karl Jaspers: Philosophie II: Existenzerhellung, Berlin/Heidelberg/New York 1973⁴, 203 - 207.

5 Seneca: Vom glückseligen Leben und andere Schriften, (Hg.: P.Jaerisch; Übers.: L.Rumpel), Stuttgart 1987, 128f.

6 B.Pascal: Gedanken, (Übers.: W.Rüttenauer), Birsfelden-Basel, o.J., 152f.

7 W.Heisenberg: Der Teil und das Ganze. Gespräche im Umkreis der Atomphysik, München 1976³, 88.

8 A.N.Whitehead: Wissenschaft und moderne Welt, (Übers.: H.G.Holl), Frankfurt/M. 1974, 70.

9 A.N.Whithehead: Die Funktion der Vernunft, (Übers.: R.Bubser), Stuttgart 1974, 59f.

10 A.N.Whitehead: Die Funktion der Vernunft, op.cit. 38.

11 R.Descartes: Meditationen über die Grundlagen der Philosophie, (Hg.: L.Gäbe: Nach d. Ausgb. v. A.Buchenau, 1910), Hamburg 1960, 11.

12 A.Einstein: Naturwissenschaft und Religion, in: Physik und Transzendenz, (Hg.: H.-P.Dürr), Bern/München/Wien 1988, 75.

13 Zit. n. R.Beyer: Die andere Offenbarung. Mystikerinnen des Mittelalters, Bergisch - Gladbach 1989, 31f.

14 Dionysius Pseudo-Areopagita: De mystica theologia V Patrologia Graeca 3, 1045 D-1048 B. Zit. in: K.Ruh: Geschichte der abendländischen Mystik, Bd.I: Die Grundlegung durch die Kirchenväter und die Mönchstheologie des 12. Jahrhunderts, München 1990, 51f.

15 Nikolaus von Kues: De Visione Dei (Die Gottesschau), in: Philosophisch-Theologische Schriften (Hg.: L.Gabriel; Übers.: D.u.W. Dupré), Studien- und Jubiläumsausgabe lat.-dt.), Wien 1982 (Nachdr. 1964), Bd. III, 149.

16 R.M.Rilke: Das Stundenbuch, Frankfurt/M. 1980, 31.

17 Johannes 3,3-7.

18 W.Heisenberg: Physik und Philosophie, Frankfurt/M./Berlin/Wien 1973, 150.

19 M.Buber: Ich und Du, in: Das dialogische Prinzip, Heidelberg 1979, 77f.

20 W.Heisenberg: Ordnung der Wirklichkeit, München 1989, 143.

21 L.Feuerbach: Das Wesen des Christentums, in: (Hg.: W.Schuffenhauer), Gesammelte Werke Bd. V, Berlin 1973, 41. Zit. in: Hans Küng: Existiert Gott? Antwort auf die Gottesfrage der Neuzeit, München 1981, 233.

22 S.Freud: Eine Kindheitserinnerung des Leonardo da Vinci, in: Studienausgabe X, 146. Zit.in: H.Küng: Existiert Gott. Antwort auf die Gottesfrage der Neuzeit, München 1981, 317f.

23 W.Pauli: Die Wissenschaft und das abendländische Denken, in: Physik und Transzendenz, op. cit. 195.

24 Meister Eckhart: Deutsche Predigten und Traktate: Vom edlen Menschen, (Hg. u. Übers.: J. Quint), o.O., 1979, 144f.

25 K.Marx: Zur Kritik der Hegelschen Rechtsphilosophie, in: Die Frühschriften, (Hg.: S.Landshut), Stuttgart 1971, 208.

26 L.Tolstoi: Rede gegen den Krieg. Politische Flugschriften, (Hg.: P.Urban), Frankfurt/M. 1983, 176f.

27 Nikolaus von Kues: op. cit. 117.

28 Platon, Politeia 516e - 517a, in: Werke in acht Bänden, Bd. IV, (Hg.: G.Eigler; Übers.: F.Schleiermacher), Darmstadt 1971.

Simone Weil

Aufmerksamkeit oder die Sinnstufen der Existenz

"Die Welt ist ein Text mit mehrfachen Bedeutungen, und man gelangt von einer Bedeutung zur andern durch eine Arbeit. Eine Arbeit, ... wie wenn man das Alphabet einer fremden Sprache erlernt, dieses Alphabet der Hand durch beständiges Schreiben der Buchstaben geläufig werden muß. Ohne dies ist jede Veränderung unserer Denkungsart eine Täuschung."[1] Meist gilt das Wahrgenommene unbefragt als Wirklichkeit, die unerschütterlich und festgegründet scheint. Woher aber stammt diese Sicherheit? Wie die französische Philosophin, Widerstandskämpferin und Mystikerin Simone Weil, die schon 1943 im Alter von 34 Jahren starb, sagt, gibt es unterschiedliche Zugangsweisen zur Wirklichkeit. Gewohnheit bewirkt, daß nur eine Zugangsweise für gültig gehalten wird. Das Geschehen wird nicht rein und unverstellt erfaßt, sondern durch einen Schleier von Konventionen, Meinungen, Vorstellungen, Absichten und gebunden an die einzigartige Perspektive unserer Weltsicht, so daß kein Standpunkt endgültige, eindeutige und ausschließliche Geltung hat. Verstehen ist ein organischer Prozeß fortschreitenden Durchdringens und geduldigen Vertiefens, der Zeit braucht und bei dem sich stufenweise immer komplexere Zusammenhänge erschließen. Alle bisherigen Erkenntnisse treten in eine gewandelte Konstellation, erscheinen in einem neuen Licht und in anderen Bedeutungen. Der jeweilige Kontext verleiht dem Geschehnis einen anderen Sinn. Schon Platon schildert im 'Symposion' einen Stufenweg zur Schau der Wahrheit, und, etwa zeitgleich mit Simone Weil, führt Walter Benjamin in seine Sprachphilosophie den Begriff der Konstellation und der Sinnstufen des Verstehens ein[2].

Verstehen allerdings ist für Simone Weil ein Prozeß, an dem Leib und Seele beteiligt sind. Alles Wissen muß leibhafte Erfahrung werden und die ganze Person durchdringen. Nicht nur das Unglück gräbt seine Spuren in die Leiblichkeit, auch Arbeit, religiöse Erkenntnisse und vor allem die Liebe bedürfen der leibhaften Vergegenwärtigung.

Der Prozeß des Verstehens vollzieht sich nicht automatisch, aber er ist auch nicht machbar, planbar oder verfügbar. Paradox formuliert geschieht er weder von selbst noch ohne uns. Es bedarf gesammelter, konzentrierter Anstrengung, um den eigenen Welthorizont zu überschreiten und zu erweitern: der Aufmerksamkeit. "Meistens verwechselt man eine gewisse Muskelanstrengung mit der Aufmerksamkeit. Wenn man den Schülern sagt: "Nun paßt einmal gut auf", sieht man sie die Brauen runzeln, den Atem anhalten, die Muskeln anspannen. Fragt man sie dann nach zwei Minuten, worauf sich ihre Aufmerksamkeit richtet, so wissen sie keine Antwort. Sie haben überhaupt nicht aufgepaßt; sie waren nicht aufmerksam. Sie haben ihre Muskeln angespannt."[3] Aufmerksamkeit ist ein Schlüsselbegriff in der Gedankenwelt Simone Weils, der die Lebenshaltung, die in Schule und Studium, Freundschaft und Mitmenschlichkeit, in der Politik und vor allem im Gebet entscheidend ist, kennzeichnet.

Aufmerksamkeit ist kein Willensakt, kein verbissener, ermüdender Fleiß, kein gewaltsames Ergreifen des Gegenstandes, nicht die mühsame Ausübung lastender Pflichten. "Die Aufmerksamkeit ist eine Anstrengung, vielleicht die größte von allen, aber sie ist eine negative Anstrengung. Sie selbst ermüdet nicht. ...Die Aufmerksamkeit besteht darin, das Denken auszusetzen, den Geist verfügbar, leer und für den Gegenstand offen zu halten, die verschiedenen bereits erworbenen Kenntnisse, die man zu benutzen genötigt ist, in sich dem Geist zwar nahe und erreichbar, doch auf einer tieferen Stufe zu erhalten, ohne daß sie ihn berührten. ... Und vor allem soll der Geist leer sein, wartend, nichts suchend, aber bereit, den Gegenstand, der in ihn eingehen wird, in seiner nackten Wahrheit aufzunehmen."[4] Aufmerksamkeit ist Ausgespanntheit des Geistes, Offenheit, die Vorbehaltlosigkeit, etwas so zu erfassen, wie es sich zeigt. Jedes absichtsvolle Suchen dagegen läßt zu wenig Raum für das Gegenüber, sondern ergreift es. Gerade bei dem, was sich der Verfügbarkeit entzieht wie der Prozeß des Verstehens, das Schreiben eines Textes, die Begegnung mit Menschen, das Erforschen der Natur oder das Gestalten eines Kunstwerkes führt das aktive, etwas zu hastige Suchen leicht zum Ergreifen des Falschen. Als Ringen um Objektivität, um Unparteilichkeit, Vorurteilslosigkeit und Klarheit fordert Aufmerksamkeit die Konzentration auf *einen* Inhalt, während alles andere lediglich als unscharfer Horizont mitwahrgenommen wird. Dennoch führt diese Einschränkung auf einen Gehalt nicht zu einer Verarmung des Bewußtseins, sondern bewirkt als Ausdruck geistiger Intensität gerade dessen Steigerung und Ausweitung. Die Präzision und Klarheit, die im Erfassen eines Gegenstandes gewonnen wurde, kommt allen anderen Bereichen des Lebens zugute. Treffend sagt Meister Eckhart: "Je mehr sich die Seele gesammelt hat, um so enger ist sie, und je enger sie ist, um so weiter ist sie."[5]

Innere Sammlung wirkt der Trägheit, der eigenen Schwere und Zerstreuung entgegen. Zerstreuung kennt Erleben nur als quantitatives, als flüchtiges Berühren der Welt, ohne sich auf sie einzulassen. Sie ist angewiesen auf die Flut der Außenreize, die ihm das Gefühl der Lebendigkeit verleihen. Sie erschöpft, verausgabt und ermüdet und hungert doch unersättlich nach Neuem, das sie ebensoschnell wieder verbraucht. Aufgesogen von der Außenwelt und zerrissen durch die Flut an Eindrücken und Wünschen geht die eigene Identität mehr und mehr verloren. Dagegen bewirkt Sammlung als Gegenbewegung zur Zerstreuung eine allmähliche Steigerung von Erlebnisintensität, Klarheit und Bewußtheit. Aufmerksamkeit ist Ausdruck spontanen Tätigseins, das dem eigenen Innersten entwächst und als Ausdruck innerer Freiheit und Selbstübereinstimmung beglückend ist und zugleich zu einer Teilhabe und Verwurzelung in der Wirklichkeit in ihrer Vielschichtigkeit führt. Henri Bergson schildert diese Ausgespanntheit des Menschen zwischen zwei Formen der Unendlichkeit: der der leeren Dauer, die in Langeweile und Stillstand mündet und der der Intensität, der die Kraft zur lebendigen, unerschöpflichen Erneuerung innewohnt: Verfall oder Aufbau der Person: "in beiden Fällen können wir uns durch eine immer kräftigere Anstrengung ins Unbegrenzte erweitern, in beiden Fällen gehen wir über uns selbst hinaus. Im ersten gehen wir auf eine immer zerstreutere Dauer zu, deren Pulsschläge schneller als die unseren sind, indem sie unsere einfache Wahrnehmung zerteilen, ihre Qualität in Quantität verdünnen: an der Grenze wäre das rein Homogene, die reine *Wiederholung* .... In der andern Richtung gehen wir auf eine Dauer zu, die sich immer mehr in sich spannt, sich zusammenzieht, immer intensiver wird: an der Grenze würde die Ewigkeit sein."[6]

Ein weiterer Aspekt tritt durch die Übung der Aufmerksamkeit hinzu: die Ausbildung eines *ethischen Bewußtseins*. Gemeinhin herrscht die Überzeugung, Tugenden würden erworben durch Ge- und Verbote, die das Verhalten regeln und ihm Grenzen ziehen. Aber auch durch das aufmerksame Betrachten der Phänomene wird eine ethische Haltung gewonnen, ohne daß diese ausdrücklich einem willentlichen Vorsatz entspringen würde. Dieselbe Redlichkeit, die zur Betrachtung der Phänomene aufgewendet wird, wendet sich dem eigenen Ich zu, so daß die eigenen Fehler in den Blick treten und die dunklen Seiten der Person nicht auf andere projiziert werden. Außerdem führt das aufmerksame Betrachten einer Sache, der Natur oder eines anderen Menschen über das eigene Ich hinaus. Das Gegenüber tritt ins Zentrum des Blicks, ohne daß der eigene Ausgangspunkt aufgegeben würde. Nicht falsche Selbstsicherheit und Arroganz, sondern Demut vor dem Anderen entwickeln sich. Eine Äußerung Albert Einsteins verdeutlicht diesen Gedanken für die Naturwissenschaft: "Wenn es ein Ziel der Religion ist, den Menschen nach Möglichkeit von der Sklaverei egozentrischen Begehrens, Wünschens und Fürchtens zu befreien, so vermag die wissenschaftliche Vernunft der Religion noch in einem zweiten Sinne zu helfen. Es ist richtig, daß die Wissenschaft bestrebt ist, die Regeln aufzufinden, welche Tatsachen zu verknüpfen und vorauszusagen gestatten. ... Wer aber erfolgreiche Schritte auf diesem Gebiete intensiv erlebt, der wird von einer tiefen Verehrung für die in dem Seienden sich manifestierende Vernunft ergriffen. Er gelangt auf dem Wege des Begreifens zu einer weitgehenden Befreiung von den Fesseln des persönlichen Wünschens und Hoffens und zu jener demütigen Einstellung des Gemüts gegenüber der in ihren letzten Tiefen dem Menschen unzugänglichen Größe der im Seienden verkörperten Vernunft."[7]

In Graden also vollzieht sich die Annäherung an die höchste Intensität von Aufmerksamkeit. *Wahrheitsliebe*, die unbeirrbar nach dem forscht, 'was die Welt in ihrem Innersten zusammenhält', ist ihre Grundlage, so daß Aufmerksamkeit im tiefsten Sinne eine religiöse Haltung ist. Zugleich ist sie eine äußerst kritische Instanz, die Vorstellungen, Meinungen und Glaubenssätze bis auf ihren innersten Sinn hin immer wieder neu befragt.

Diese intellektuelle Redlichkeit führt Simone Weil zu der Überzeugung, daß sogar der Atheismus eher ein Schritt hin zu Gott sein kann als das fraglose und konfliktfreie Hinnehmen religiöser Dogmen. In diesen Gedanken spiegelt sich mehr als nur der biographische Hintergrund Simone Weils, die als überzeugte Atheistin plötzlich den Einbruch des Transzendenten erlebte. Auch Edith Stein verstand sich, nachdem ihr Kinderglaube zerbrochen war, für mehrere Jahre als Atheistin. Es handelt sich um einen Atheismus, der sich nicht zur Haltung bloßer Negation verfestigt, sondern gerade jenes aufmerksame, vorurteilsfreie Betrachten der Phänomene, also auch religiöser, praktiziert. Gänzlich unwissenschaftlich ist eine Haltung, die zwar naturwissenschaftliche Phänomene geduldig erforscht, aber nicht gleichermaßen die über die ganze Welt verbreiteten religiösen Phänomene mit ebenderselben Nüchternheit betrachtet. So kann Atheismus ein fruchtbarer Durchgang sein, der zu besonders intensivem, aufmerksamem Befragen der Dinge führt und schließlich in eine geläuterte, gereifte religiöse Überzeugung münden kann. "Es gibt zwei Arten des Atheismus, deren eine eine Läuterung unseres Begriffs von Gott ist. ... Von zwei Menschen ohne Gotteserfahrung ist der, welcher ihn leugnet, ihm vielleicht am nächsten."[8]

Dies fordert Mut nicht nur in religiösen Dingen, sondern schon in den alltäglichen, verlangt doch die Suche nach Klarheit und innerer Gewißheit das Aufgeben beruhigender Sicherungen. Ausgesetztsein und Verzweiflung, der Durchgang durch 'die dunkle Nacht', wie Johannes vom Kreuz sie nennt, gehören dazu. Diese Erfahrung ist für Kant untrennbar mit dem äußerst beschwerlichen Prozeß des Selbständig- und Mündigwerdens. In seinem Traktat 'Was ist Aufklärung' schildert Kant den 'Ausgang des Menschen aus seiner selbstverschuldeten Unmündigkeit': Nur allmählich löst sich der Mensch von Vormündern und lernt, sich seiner eigenen Vernunft und Urteilsfähigkeit zu bedienen, denn Unmündigkeit ist nahezu zur Gewohnheit geworden und äußerst bequem. Darüberhinaus lähmt die Angst vor den unvermeidbaren Fehlern. Auch Goethes 'Wilhelm Meister' kennt zu Beginn seines Weges nur das tiefe, unbewußte Drängen, sich selbst auszubilden, während Weg und Ziel ihm verborgen sind. Viele und verschlungene Pfade mit manchen schmerzhaften Fehltritten führen ihn schließlich ans Ziel: Dieses ist allerdings kein einmal erreichter Zustand, sondern der sich nun in innerer Selbstübereinstimmung unabschließbar vollziehende Prozeß der Ausbildung der Person. Schon der Römer Apuleius, der im 2. Jahrhundert nach Christus lebte, bearbeitet dieses Motiv in seinem in Anlehnung an Einweihungsmysterien geschriebenen Roman 'Amor und Psyche': Psyche, die Seele, ist durch ihre Neugier aus dem nächtlichen Schlummer erwacht: Ein Verbot durchbrechend, schaut sie beim Licht einer Öllampe ihren Geliebten an, der unerkannt bleiben will. Eros aber wird wach und flieht. Nach langer, leidvoller Irrfahrt durch die Welt bis hinab in die Unterwelt, die Welt der Toten, getrieben von Eros, der Liebe und Sehnsucht, erlangt Psyche, nun ihrer selbst bewußt geworden, die Versöhnung mit dem Geliebten[9].

Wahrheitsliebe wirkt der Schwere und Trägheit, sich in Vorgefundenes bruchlos einzufügen, entgegen. Allerdings: Sie bedarf der *geistigen Schulung*. Diese setzt in der alltäglichen Lebenshaltung, in den kleinen und womöglich auch ungeliebten Tätigkeiten ein. Für die von ihren Schülerinnen wegen ihrer Authentizität geliebte Lehrerin Simone Weil sind Schule und Studium ein fruchtbares Beispiel für die Übung der Aufmerksamkeit. "Es gibt für jede Schulübung eine eigentümliche Art und Weise, die Wahrheit zu erwarten, indem man sie begehrt, ohne daß man sich gestattet sie zu suchen. Eine Weise des Aufmerkens auf die Gegebenheiten eines geometrischen Problems, ohne seine Lösung zu suchen, auf die Worte eines lateinischen oder griechischen Textes, ohne nach ihrem Sinn zu suchen, oder, wenn man schreibt, eine Art des Wartens, bis das richtige Wort von selbst aus der Feder fließt, während man nichts tut, als nur die unzulänglichen Worte abzuweisen."[10]

Ungeachtet aller äußeren Leistungsnachweise sollen die Schüler selbständig denken lernen und soll sich die Aufmerksamkeit entwickeln, die die Grundlage für ein differenziertes, klares und präzises Erfassen eines Gedankens ist. "Sucht man mit einer wahrhaften Aufmerksamkeit die Lösung eines geometrischen Problems, und ist man nach Verlauf einer Stunde nicht weiter als am Anfang, so ist man dennoch, während jeder Minute dieser Stunde, in einer anderen, geheimnisvolleren Dimension vorgeschritten. Ohne daß man es gewahr wird und ohne daß man es weiß, hat diese scheinbar vergebliche ... Anstrengung die Seele mit hellerem Licht erfüllt. Die Früchte aber erntet man eines Tages, später, im Gebet. Gewiß erntet man sie auch einmal, als Dreingabe, auf irgendeinem anderen Felde der Erkenntnis, das unter Umständen mit der Mathematik gar nichts gemein hat. Wer diese ergebnislose Anstrengung geleistet hat, wird vielleicht einmal imstande sein, die Schönheit eines Verses von Racine ... unmittelbarer zu erfassen."[11] Schulübungen und Studium werden meist nach dem Nutzen beurteilt, den sie für eine spätere Berufswahl oder wenigstens für Mußestunden haben. Sie erscheinen daher als sinnlose Zeitverschwendung, wenn dieser Nachweis nicht mehr erbracht werden kann. Übersehen wird hierbei eine entscheidende Dimension, die nicht einen sichtbaren Nutzen vorweisen kann: die Schulung der Aufmerksamkeit, die durch jede Übung erfolgen kann und sich womöglich in Gebieten und Lebensphasen auswirkt, die mit der gestellten Aufgabe nichts mehr zu tun haben. "Jede Anstrengung fügt ein Körnchen Gold zu einem Schatz, den nichts auf der Welt uns rauben kann. Die vergeblichen Anstrengungen, denen sich der Pfarrer von Ars während langer und schmerzlicher Jahre unterzogen hatte, um das Latein zu erlernen, trugen all ihre Früchte in der wunderbaren Gabe der Unterscheidung, mit der er die Seele derer, die zu ihm zur Beichte kamen, hinter ihren Worten und sogar hinter ihrem Schweigen bis auf den Grund erkannte."[12] Auch die spezifische Begabung ist nicht entscheidend. Gerade wo keine Begabung vorliegt, kann die Übung der Aufmerksamkeit am größten sein, da die schnelle Lösung des gestellten Problems oft nur wenig Konzentration fordert. Die Schulung der Aufmerksamkeit entzieht sich damit dem Bereich dessen, was gesellschaftlich als Leistung anerkannt und belohnt wird. Sie gehört einer anderen, nicht auf diese Weise normierbaren Sphäre an, indem sie Auffassungsgabe und Unterscheidungsvermögen insgesamt bildet.

Jede mit voller Aufmerksamkeit ausgeführte Tätigkeit wirkt in dieser Weise auf den Menschen zurück. Wahrheitsliebe, nicht das Streben nach gesellschaftlicher Anerkennung, ist die ausschlaggebende Motivation, sich in die gestellte Aufgabe zu versenken. "Jedesmal, wenn ein menschliches Wesen, selbst außerhalb jedes expliziten religiösen Glaubens, eine Anstrengung der Aufmerksamkeit leistet, mit dem einzigen Verlangen, dadurch tüchtiger zu werden zur Erfassung der Wahrheit, erwirbt es diese vermehrte Tüchtigkeit, auch wenn seine Anstrengung keine sichtbaren Früchte gezeitigt hat."[13]

In *Mathematik und Philosophie* drückt sich für Simone Weil besonders deutlich das Ringen um ein objektives Erfassen der Seinsordnung aus. Schon in der Schule interessiert sich Simone leidenschaftlich für Philosophie und Mathematik und diskutiert auch später mit ihrem Bruder André, der zunächst in Göttingen Mathematik studiert und bis 1940 in Straßburg lehrt, intensiv mathematische Fragen. In der Verbindung von Mathematik und Philosophie ist sie nicht nur Pythagoras und Platon nahe, dem sie sich verwandt fühlt und über dessen Schule die Inschrift gestanden haben soll: "Keiner trete hier ein, er sei denn Mathematiker."[14] Auch Philosophen wie Gottfried Wilhelm Leibniz, Edmund Husserl und Alfred North Whitehead beherrschten die Mathematik ihrer Zeit. Spinoza verfaßte eine Ethik 'more geometrico', die Erbauer der Kathedrale von Chartres sahen in dieser ein nach mathematischen Prinzipien konstruiertes Abbild des mittelalterlichen Kosmos und schließlich ist die Mathematik die Sprache der modernen Physik.

Mathematik erscheint Simone Weil als eine verlängerte Funktion der Sinnesorgane, durch die man der Phänomene dieser und sogar jener Welt durch aufmerksames Betrachten innewerden kann. Vorrangig dient sie dem Erfassen der Gesetze der Notwendigkeit und lenkt den Blick auf eine verborgene göttliche Ordnung, auf die Wahrheit. Erkenntnis gewinnt durch Mathematik ihre unverzichtbare Strenge und Objektivität. Mathematische Verhältnisse erlauben es, eine Ordnung in der Natur darzustellen, so daß diese nicht als Wirken launenhafter Götter oder gänzlich ungeregelter Geschehnisse erscheint. Die der stoischen Philosophie entlehnte Vorstellung einer ehernen Notwendigkeit in allem Geschehen macht es Simone allerdings unmöglich, die Ergebnisse der Quantentheorie, in deren Zentrum der Begriff der Wahrscheinlichkeit steht, zu akzeptieren. Einsteins berühmter Ausspruch 'Gott würfelt nicht', entspricht ganz ihrer Überzeugung. "Grundsätzlich bildet die Mathematik ..., d.h. wenn unter diesem Namen jedes theoretische, strenge und reine Studium der notwendigen Beziehungen einbegriffen wird, zugleich die einzige Erkenntnis des stofflichen Universums, in dem wir leben und die offenbare Spiegelung der göttlichen Wahrheiten. ... Um den Umfang dieses Wunders zu begreifen, muß man sich klar machen, daß selbst die Wahrnehmung der Sinnesdinge sogar bei den weniger entwickelten Menschen stillschweigend eine große Menge von mathematischen Zusammenhängen einschließt, die die Bedingung dazu sind; daß selbst die primitivste Technik immer zumindest stillschweigend irgendwie angewandte Mathematik ist".[15]

In der Gedankenwelt Simone Weils kommt der Mathematik durch die von ihr geforderte Strenge allerdings nicht nur die Aufgabe zu, die Aufmerksamkeit zu schulen. Ein zweiter Aspekt ist für unsere Zeit mindestens genauso bedeutsam: Die Bestimmung des Verhältnisses von Naturwissenschaften und Religion, von präziser Verstandestätigkeit zur religiösen Erfahrung. "Die naturwissenschaftliche Anschauung der Welt muß, recht verstanden, nicht abgetrennt sein vom wahren Glauben. Gott hat dieses Universum geschaffen als ein Gewebe auseinander hervorgehender Ursachen."[16] Für Simone Weil schließen sich von Seiten der Mystik Verstand und religiöse Erfahrung nicht gegenseitig aus. Im Gegenteil: Das aufmerksame Betrachten der Phänomene, wie es Mathematik und Naturwissenschaften üben, führt letztlich über deren eigenen Gegenstandsbereich, die Sphäre dieser Welt, hinaus.

Auch von Seiten der *Naturwissenschaft* gibt es viele Zeugnisse, daß Religion und autonome Naturwissenschaft als einander ergänzend erfahren wurden: Albert Einstein wurde bereits genannt, Werner Heisenberg und Carl Friedrich von Weizsäcker sind die bekanntesten. Da in unserer Zeit die gefühlsmäßige Verwurzelung in der religiösen Sphäre schwach geworden ist, ist es umso wichtiger, soweit irgend möglich den Sinngehalt von Religion und Mystik mit Hilfe des Verstandes begreiflich zu machen. Dies entspricht dem Abbau von blinde Gläubigkeit und Gehorsam fordernden Institutionen und dem Übergang zur eigenständigen Orientierung der Menschen in religiösen Fragen. Hierbei nimmt die Auseinandersetzung über die Vereinbarkeit naturwissenschaftlicher Erkenntnisse mit religiösen Phänomenen eine Schlüsselstellung ein. Simone Weils Impuls aufgreifend und eine vorschnelle Gleichsetzung beider Sphären vermeidend, dürfen wir sagen: Aufgabe der Naturwissenschaft wäre es, die Grenzen ihres Gegenstandsbereiches und der von ihr zur Beschreibung der Welt verwendeten Begriffe genau zu bestimmen. Dies ließe Raum für andere Zugangsweisen zur Wirklichkeit, ohne die Bedeutung der naturwissenschaftlichen Erkenntnis zu schmälern. Auch Religion und Philosophie müßten die Reichweite ihrer Begriffe bedenken. Um aber aus der Defensive, in die sie im Unterschied zu den Naturwissenschaften geraten sind, herauszukommen, ist eine andere Haltung gegenüber den naturwissenschaftlichen Erkenntnissen nötig. Treffend formuliert der Mathematiker und Philosoph Alfred North Whitehead den fatalen Kontrast, in dem Naturwissenschaft und Religion jeweils auf neue Erkenntnisse über die Natur reagieren: "Jeder dieser Anlässe traf die religiösen Denker unvorbereitet. Etwas, das für lebenswichtig erklärt wurde, hat schließlich, nach Kampf, Verzweiflung und Anathema, eine ... neue Interpretation erfahren. Die nächste Generation von religiösen Apologeten gratuliert dann der religiösen Welt zu der tieferen Einsicht. Das Ergebnis der unausgesetzten Wiederholung dieses unwürdigen Rückzugs über viele Generationen hinweg hat letzten Endes die intellektuelle Autorität der religiösen Denker fast vollständig zerstört. Man denke an folgenden Kontrast: Wenn Darwin oder Einstein Theorien verkünden, die unsere Ideen modifizieren, dann ist das ein Triumph der Wissenschaft. Wir sagen nicht, daß die Wissenschaft schon wieder eine Niederlage erlitten hat, weil ihre alten Ideen aufgegeben wurden. Wir wissen, daß ein weiterer Schritt der wissenschaftlichen Einsicht gelungen ist."[17] Wissenschaft begreift sich als Prozeß, der die Auseinandersetzung mit bisher unerkannten Phänomenen, deren Integration in bestehende Theorien oder die Modifikation der grundlegenden Theorien fordert. Jede Theorie erfaßt immer nur einen Teibereich der Wirklichkeit. Auch die Interpretation der Grundgehalte von Religion vollzieht sich in der Wandelbarkeit und Unabgeschlossenheit von Zeit und Geschichte und ist angewiesen auf das begrenzte Auffassungsvermögen der jeweils lebenden Menschen. Keine Religion *ist* das Absolute, sondern sie kann lediglich die Darstellung des Absoluten in der Gebrochenheit der Zeit sein. Insbesondere die naturwissenschaftlichen Vorstellungen der religiösen Texte sprechen jeweils die Sprache ihrer Zeit. Wenn Religion diese Offenheit gegenüber ihrer eigenen Entwicklung gewinnen könnte, wäre wieder eine fruchtbare Auseinandersetzung mit den Naturwissenschaften möglich. Auseinandersetzung aber heißt auch, Widersprüchen auszuhalten, bis vielleicht die Möglichkeit einer Synthese auf höherer Ebene sichtbar wird.

Die unverzichtbare Bedeutung von Aufmerksamkeit zeigt sich nicht nur in der Wissenschaft, sondern noch in einer weiteren Sphäre: der der *Mitmenschlichkeit*. Sie gewährt in der Freundschaft die nötige Distanz zum Anderen, durch die er so, wie er ist, in den Blick treten kann. Sie ergreift ihn nicht, formt ihn nicht nach den eigenen Vorstellungen, Bildern und Wünschen, sondern läßt ihn frei. Gesucht wird im Anderen nicht die Bestätigung des eigenen Ich, sondern eine von diesem untrennbar unterschiedene Wirklichkeit. "Die beiden Freunde willigen völlig darin ein, daß sie zwei und nicht einer sind; sie achten den Abstand, der zwischen ihnen gesetzt ist ... Die Freundschaft ist das Wunder, durch welches ein menschliches Wesen einwilligt, das andere, das ihm wie eine Nahrung unentbehrlich ist, aus der Ferne zu betrachten... - Die höfische Liebe hat ein menschliches Wesen zum Gegenstand; aber sie ist nicht lüstern. Sie ist nur eine Aufmerksamkeit, die sich auf das geliebte Wesen richtet und dafür um Zustimmung bittet ... Eine solche Liebe in ihrer Fülle ist Gottesliebe durch das geliebte Wesen hindurch."[18] Wieder zeigt sich uns Aufmerksamkeit als eine Haltung, in der sich Welt über das eigene, beschränkte Ich hinausgehend erschließt, durch die eine Ausrichtung auf anderes gewonnen wird, ohne dies zu vereinnahmen. Will ich Begegnung, Freundschaft, Liebe erzwingen, zerstöre ich sie unweigerlich. Die Wirklichkeit des Anderen, der unverfügbar ist, entschwindet. Was bleibt, ist das Gefängnis der eigenen Wünsche. Nur indem der Andere frei bleibt, kann *er* mir begegnen, kann er mich lieben. Und doch, und dies ist ein schmaler Grat, bedeutet Aufmerksamkeit keine handlungslose Passivität. Martin Buber drückt diesen Gedanken der Koinzidenz von Aktion und Passion, von tätiger Erwartung oder ausgerichteter Empfänglichkeit folgendermaßen aus: "Das Du begegnet mir von Gnaden - durch Suchen wird es nicht gefunden. Aber daß ich zu ihm das Grundwort spreche, ist Tat meines Wesens, meine Wesenstat. Das Du begegnet mir. Aber ich trete in die unmittelbare Beziehung zu ihm. So ist die Beziehung Erwähltwerden und Erwählen, Passion und Aktion in einem."[19]

Aufmerksamkeit gegenüber dem Anderen muß sich gerade in Leid und unabwendbarer Not bewähren. Schon 1921, im Alter von 12 Jahren, trifft Simone Weil ein persönliches, rein körperliches Unglück: Heftige Anfälle von Kopfschmerzen, die um den Mittelpunkt des Nervensystems angesiedelt sind und häufig auch im Schlaf andauern, quälen sie von nun an unaufhörlich und verlangen von ihr ein Höchstmaß an innerer Konzentration, um die Fähigkeit zur Teilnahme am Schicksal anderer und ihre intellektuelle Schöpferkraft nicht zu verlieren. Die eigene Not wird zum Anstoß, intensiv über Leid und Unglück nachzudenken, das Simone Weil später bei den Arbeitern, im spanischen Bürgerkrieg wie in dem von den Nationalsozialisten besetzten Frankreich mit durchlitt. "Ein nur körperlicher Schmerz hingegen ist etwas Geringes und hinterläßt keine Spuren in der Seele. So zum Beispiel der Zahnschmerz... Anders verhält es sich mit einem sehr lang andauernden oder sehr häufigen körperlichen Leiden. Aber ein solches Leiden ist oft etwas völlig anderes als ein Leiden; es ist oft ein Unglück."[20] Schmerz und Leiden, auch materielle Verluste und Mangel an äußeren Gütern können vorübergehen, ohne tiefe Spuren in der Seele zu hinterlassen. Wirkliches Unglück dagegen trifft den Menschen als leibgeistige Einheit in allen Fasern seiner Existenz. Jede tiefe seelische Qual, Demütigungen, ungerechte Verurteilungen, ständige Erniedrigungen sind unlösbar verknüpft mit einem physischen Schmerz. Das ganze körperliche Sein möchte sich gegen die erlittene Gewalt aufbäumen und muß diesen Wunsch aus Ohnmacht oder Angst unterdrücken. Das Unglück brennt sich in die Seele ein, fesselt sie, lähmt und unterwirft den Menschen dem Kräftespiel der rein mechanischen Notwendigkeit. Er verliert die Freiheit zu entscheiden und selbständig zu handeln. Das Unglück stürzt einen Menschen in tiefe innere und äußere Verlassenheit, in der er die Abwendung und Verachtung der Menschen und die Abwesenheit Gottes, Hiob und Christus vergleichbar, erleidet. Mit zwingender Gewalt prägt das Unglück dem Menschen unauslöschlich Verachtung, Ekel, Selbsthaß, Grauen und die Empfindung eigener Schuld auf. "Das Unglück ist eine Entwurzelung des Lebens, etwas, das in mehr oder minder abgeschwächter Form dem Tode gleichkommt... Wahrhaftes Unglück liegt nur dann vor, wenn das Ereignis, das ein Leben ergriffen und entwurzelt hat, es unmittelbar oder mittelbar in allen seinen Teilen, in seinem sozialen, psychologischen und physischen Teil, getroffen hat."[21]

Das Unglück erscheint als eine blinde, gleichgültige und anonyme Macht, die die Persönlichkeit zum bloßen Gegenstand herabwürdigt. Einsamkeit und die Sinnlosigkeit des Geschehens, die den Unglücklichen umschließen, lassen ihn verstummen. Er findet für das, was ihm geschieht, keine Worte mehr, um sich anderen mitzuteilen. Zuletzt meidet er unbewußt sogar Mittel und Wege zu einer Veränderung seiner Lage und neigt dazu, sich immer wieder neu ins

Unglück zu stürzen. Er mißtraut denen, die ihm helfen wollen und spürt die geringste Überlegenheit seiner Wohltäter als verletzende Verachtung, die ihn nur noch tiefer ins Unglück stürzt. "Eine andere Wirkung des Unglücks ist, daß es die Seele nach und nach zu seinem Mithelfer macht, indem sie ihr ein Gift der Trägheit einspritzt. Jeder, der lange genug unglücklich war, handelt wie in heimlichem Einverständnis mit seinem eigenen Unglück."[22] Unglück ist die Erfahrung radikalen Ausgesetztseins und des Verlusts von mitmenschlicher Anerkennung, durch die es die Macht gewinnt, die lebensnotwendige Selbstachtung völlig zu lähmen und zu zerstören. Daher bezeugt Aufmerksamkeit mehr als alle Gefühle, den Wert des Anderen. Sie schenkt ihm sein Selbstwertgefühl, indem sie ihn als diesen einzigartigen Menschen anschaut. Das, was der Andere nutzen könnte, ist kein Kriterium, unter dem er angesprochen wird. Auch die Erinnerung daran, daß es vielen anderen ebenso gehe, spendet keinen Trost und selbst pragmatische, hilfreiche Ratschläge können die Aufmerksamkeit nicht ersetzen. "Die Unglücklichen bedürfen keines anderen Dinges in dieser Welt als solcher Menschen, die fähig sind, ihnen ihre Aufmerksamkeit zuzuwenden. Die Fähigkeit, dem Unglücklichen seine Aufmerksamkeit zuzuwenden, ist etwas sehr Seltenes und sehr Schwieriges. ... Die Wärme des Gefühls, die Bereitschaft des Herzens, das Mitleid genügen hierzu nicht."[23]

Die Deutung der Welt als vielschichtige Textur zeigt uns auch Aufmerksamkeit als Haltung mit verschiedenen Sinnstufen und Graden der Intensität, die sich gegenseitig ergänzen. Aufmerksamkeit verklammert die Welt des Alltags mit der religiösen Sphäre, indem das alltägliche Tun auf die Fähigkeit zur Aufmerksamkeit auch in der Zuwendung zu Gott zurückwirkt.

Die tiefste Bedeutung gewinnt Aufmerksamkeit für die *religiöse Sphäre*. Wider ihren Willen und ohne ausdrückliche Suche mündet Simone Weils Weg in den schmalen Pfad der Mystik ein. "Ich hatte bohrende Kopfschmerzen, jeder Ton tat mir weh wie ein Schlag; und da erlaubte mir eine äußerste Anstrengung der Aufmerksamkeit, aus diesem elenden Fleisch herauszutreten, es in seinen Winkel hingekauert allein zu lassen und in der unerhörten Schönheit der Gesänge und Worte eine reine und vollkommene Freude zu finden."[24] Die äußerste Anspannung der Aufmerksamkeit kehrt die Bewegung der Schwere, die Simone niederdrüken will, um und zieht sie empor in einen Bereich reiner, lichtvoller Freude. Diese Wirkung äußerster Konzentration erschloß sich Simone zunächst bei der absichtslosen Rezitation des Gedichtes 'Love' von George Herbert, das der englischen metaphysischen Dichtung des 17.Jahrhunderts angehört. Simone Weil rezitierte es zunächst absichtslos mit höchster Aufmerksamkeit und Zustimmung immer dann, wenn sie die nahezu unerträglichen Kopfschmerzen überfielen:

Liebe bot mir Willkomm; doch meine Seele schrak zurück,
In Schuld des Staubes, Schuld der Sünde.
Sie aber, Liebe, flinken Auges merksam, wie ich träg
Den Fuß kaum von der Schwelle setzte,
Drang näher an mich, zärtlich fragend,
Ob etwas mir zu mangeln schien.

Ein Gast, gab ich zur Antwort, würdig dieses Orts.
Und Liebe sprach: Du sollst es sein.
Ich, der des Undanks, der Ungüte voll? ach, lieber Freund,
Der nicht dich anzuschaun vermag.
Liebe ergriff mich bei der Hand und sagte lächelnd:
Wer schuf die Augen, wenn nicht ich?

Zu wahr, Herr, aber ich verdarb sie nur; laß meine Schande
Dort hingehn, wo sie es verdient.
Und weißt du nicht, spricht Liebe, wer den Tadel auf sich nahm?
Dann will ich, lieber Freund, dir dienen.
Du mußt, spricht Liebe, niedersitzen und mein Mahl genießen.
So setzte ich mich denn und aß. [25]

Das Gedicht gewinnt die Kraft eines meditativen Gebets, bei dem Simone Weil einmal völlig unerwartet die liebende Gegenwart Christi erfährt. "Ich glaubte, nur ein schönes Gedicht zu sprechen, aber dieses Sprechen hatte, ohne daß ich es wußte, die Kraft eines Gebetes. Einmal, während ich es sprach, ist Christus herabgestiegen und hat mich ergriffen. ... Ich empfand nur durch das Leiden hindurch die Gegenwart einer Liebe gleich jener, die man im Lächeln eines geliebten Antlitzes liest."[26]

Die selbstkritische, nüchterne Intellektualität Simone Weils lassen sie immer wieder prüfen, ob es sich bei dieser Übermächtigung nicht um ein durch Autosuggestion hervorgerufenes Erleben oder um bloße Gefühle handelt. Deutlich unterscheidet sie die Aufmerksamkeit von jedem nur gefühlsmäßigen Akt oder dem alltäglichen Denken. Man darf sagen, daß letztlich die Kraft des Denkens und Fühlens erst aus der gesammelten Aufmerksamkeit entspringt. Nur durch die höchste Konzentration der Aufmerksamkeit kann der Mensch für ein Nu dem Gesetz der Notwendigkeit zu entrinnen und wird in seltenen, unverfügbaren, geschenkten Momenten einer übersinnlichen Erkenntnis teilhaftig. In dieser 'connaissance surnaturelle' steht der Mensch für einen blitzartigen Augenblick unmittelbar vor Gott: "Der Mensch entrinnt den Gesetzen dieser Welt nur für die Dauer eines Blitzstrahls. Augenblicke des Innehaltens, der

Kontemplation, der reinen Intuition... Durch diese Augenblicke ist er des Übernatürlichen fähig."[27] Intellektuelle Aufmerksamkeit liegt also gleichsam am Schnittpunkt zwischen Natürlichem und Übernatürlichem. Sie zeigt ihre Wirksamkeit im Alltag, vermag aber auch in einem Moment äußerster Sammlung, einem Nu, den Menschen hierüber hinaus zu tragen.

Am Vaterunser bildet Simone Weil die Schulung der Aufmerksamkeit zu einer systematischen Übung aus, indem sie sich bemüht, es ohne den geringsten abweichenden Gedanken einmal jeden Morgen zu sprechen. "Seitdem habe ich mir als einzige Übung die Verpflichtung auferlegt, es jeden Morgen ein Mal mit unbedingter Aufmerksamkeit zu sprechen. Wenn meine Aufmerksamkeit unter dem Sprechen abirrt oder einschläft, und sei es auch nur im allergeringsten Grade, so fange ich wieder von vorne an, bis ich ein Mal eine völlig reine Aufmerksamkeit erreicht habe. ... Die Kraft dieser Übung ist außerordentlich und überrascht mich jedes Mal..."[28] Aufmerksamkeit, die in allen Lebensbereichen unverzichtbar ist, gewinnt in der religiösen Erfahrung ihre größte Tiefe. "Das Wesen des Gebets besteht in der Aufmerksamkeit.... Im Gebet richtet die Seele alle Aufmerksamkeit, deren sie fähig ist, auf Gott, und die Beschaffenheit des Gebetes hängt zu einem großen Teil von der Beschaffenheit der Aufmerksamkeit ab. Wenn es hieran mangelt, kann auch die Wärme des Gefühls keine Abhilfe schaffen."[29] Kein Bittgebet ist hier gemeint, das irgend ein endliches Gut erfleht. Das erstrebte Gut ist Gott und nichts anderes neben ihm oder gar über ihn hinaus, denn er ist allumfassend. Die Worte, die im Gebet verwendet werden, sind, verglichen mit der Aufmerksamkeit, mit der sich der Betende zu Gott wendet, nebensächlich. Gebet ist eine Ausrichtung auf Gott mit der ganzen Kraft der Seele und ein Absehen von allen anderen Gedanken, Wünschen, Sorgen.

Gebet als meditative Sammlung ist eine in vielen Religionen verbreitete Übung. Besonderheit der monotheistischen Religionen, wie Judentum, Christentum und Islam ist, daß es sich nicht nur um ein Leerwerden handelt: Entscheidend ist die Ausrichtung auf Gott, der allerdings allen Vorstellungen, Bildern und Aussagen des Menschen entrückt ist. Meditative Sammlung verleiht dem Gebet, den Worten, Kraft. Worte sind dann nicht mehr nur nützliche Mittel der Kommunikation, sondern Ausdruck der Ganzheit der Person, ihrer Ausgerichtetheit. Daß Worte wirken, spüren wir im Alltag meist nur an Verletzungen, die sie reißen, oder an Trost und Wärme, die sie spenden.

Ihre Erfahrungen lassen Simone dem Text des 'Vaterunser' einen anderen, mystischen Sinn geben, der für sie allerdings in Übereinstimmung mit dem griechischen Wortlaut der eigentliche ist: Nicht um das tägliche Brot ist zu bitten, sondern um das übernatürliche. "Christus ist unser Brot. Wir können ihn nur für den gegenwärtigen Augenblick erbitten. Denn er ist immer da, Einlaß heischend steht er an der Tür unserer Seele und will eintreten; aber er vergewaltigt nicht die Einwilligung. Wenn wir einwilligen, daß er eintrete, so tritt er ein; und sobald wir es nicht mehr wollen, geht er sogleich hinweg."[30] Daß Aufmerksamkeit kein aktives Ergreifen meint, wird an der Unverfügbarkeit Gottes besonders deutlich. Was dem Menschen möglich und aufgegeben ist, ist konzentrierte Aufmerksamkeit, gesammelte Ausrichtung: attente. Und dennoch ist dies nicht bloß die Haltung passiven Wartens auf einen Gnadenakt. So sehr es an Gott ist, die Seele zu ergreifen, so ist es der Teil der Seele, sich in aufmerksamer Erwartung auszuspannen. Aktivität und Empfänglichkeit koinzidieren.

Nahrung ist nicht nur das, was der Mensch physisch braucht. Sein tiefster Lebensquell ist nicht soziales Ansehen, äußerer Erfolg, Geld, Macht oder gar Berühmtheit. Auch wenn dies in begrenztem Rahmen hinzukommen muß, soll der Mensch nicht unter der Last der äußeren Umstände zerbrechen, so sind doch physische Nahrung und soziale Anerkennung lediglich die Grundlage um die Aufmerksamkeit auch auf die übersinnliche Nahrung, die Nahrung des Geistes zu richten. Dieses übernatürliche Brot kann nicht gespeichert werden für magere Jahre, sondern muß immer neu empfangen werden, indem der Mensch in seine zeitlose Gegenwärtigkeit eintaucht.

Diese Umkehrung unseres gewöhnlichen Lebensgefühls drückt Platon in einer Metapher aus, die besagt, daß der Mensch ein Baum sei, dessen Wurzeln im Himmel verankert seien und der von dort auf die Erde zu wachse. Ähnlich schildert es Edith Stein: ebenfalls leidenschaftliche Philosophin und Zeitgenossin Simone Weils, durchlebte sie wie diese in hartnäckiger Wahrheitssuche als Schülerin Edmund Husserls Jahre des Atheismus. Bis sie eines Tages am Ende des Ersten Weltkrieges während einer persönlichen Krise das unwiderstehliche Einströmen der Wirklichkeit Gottes in ihr Inneres erfuhr. Eine Geborgenheit erfüllte sie, die nicht aus ihr stammte. Jahre später schildert sie, daß dies die Quelle der Kraft für ihre intensive Arbeit war."Besondere Mittel wende ich zur Verlängerung der Arbeitszeit nicht an. Ich tue, soviel ich kann. Das Können steigert sich offenbar mit der Menge der notwendigen Dinge. Wenn nichts Brennendes vorliegt, hört es viel früher auf... Es kommt nur darauf an, daß man zunächst einmal in der Tat einen stillen Winkel hat, in dem man mit Gott so verkehren kann, als ob es sonst überhaupt nichts gäbe ... schließlich, daß man sich ganz und gar als Werkzeug betrachtet."[31]

Für Simone Weil ist dies das Urerlebnis der Kommunion, das nicht an Raum und Zeit gebunden ist. Es bleibt allein das Individuum vor Gott, einem Gott allerdings, den die Dogmen der Religionen nur unzureichend darstellen. "Es gibt eine transzendente Energie, deren Quell im Himmel entspringt, die in uns einströmt, sobald wir es begehren. Dies ist wirklich eine Energie; sie vollbringt Taten vermittels unserer Seele und unseres Leibes."[32]

Aufmerksamkeit ist ein individueller Akt, der nicht kollektiv vermittelt werden kann. Diese Individualisierung wird häufig der Mystik zum Vorwurf gemacht, obwohl sich gerade hierin die Einzigartigkeit des Individuums ausdrückt, sein unverwechselbarer Wert wie das Vertrauen in seine Möglichkeiten. Unwichtig sind gesellschaftlicher Status, herausragende Begabungen oder besondere Leistungsnachweise. Allerdings, und hierin mag für viele das Beunruhigende liegen, wird dadurch auch die Macht der religiösen Institutionen in Schranken verwiesen. "Wer Gott um Brot bittet, wird keine Steine von ihm empfangen."[33]

Die *Religionsgrenzen* werden durchlässig. Im Unterschied zu Edith Stein konvertierte die Jüdin Simone Weil nicht zum Christentum. Einer der Gründe war, daß sie überall in der Welt und durch alle Zeiten hindurch eine der Struktur nach ähnliche Beschreibung der 'connaissance surnaturelle', der übernatürlichen Erkenntnis, fand. Die Texte der Ägypter, der Griechen wie Homer, Äischylos, Sophokles und Platon, der christlichen Mystik und der Inder offenbarten ihr ihren verborgenen mystischen Sinn. Sie untersucht die antiken und außereuropäischen Mysterienkulte auf ihren sakralen und mystischen Gehalt hin, vergleicht ihre Symbole mit den christlichen und entdeckt eine Fülle von Ähnlichkeiten. In den Symbolen erkennt Simone den Verweis auf ein und denselben Sinn, der durch die Jahrtausende wiederkehrt. Einweihungsrituale, die Tod und Neugeburt vollziehen sollen wie der sakrale Gebrauch von Brot und Wein sind lange vor dem Christentum verbreitet.

Mit Clemens von Alexandria gesprochen sucht Simone Weil die logoi spermatikoi, die Samenkeime der Wahrheit in allen nichtchristlichen Religionen. Die Berechtigung für ihre ahistorische Interpretation bezieht sie aus einem entscheidenden Argument: Gott ist zeitlos, so daß es für ihn kein Vorher und Nachher gibt. Zu jedem Zeitpunkt kann das Zeitlose in Zeit und Geschichte einbrechen. Auch die Natur des Menschen ist trotz aller Abwandlungen der Lebens- und Gesellschaftsformen über die Jahrtausende dieselbe geblieben. "Vergangenheit und Zukunft sind symmetrisch. Die Chronologie kann keine entscheidende Rolle spielen in der Beziehung zwischen GOTT und den Menschen..."[34]

In Verbindung mit der Überzeugung, daß sich die 'connaissance surnaturelle' in allen Zeiten und Kulturen finde, stellt sich für Simone Weil auch die Frage nach der Deutung der Gestalt Christi neu: Mit Friedrich Hölderlin teilt sie die Überzeugung, daß die Inkarnation Gottes kein einmaliges Geschehen sei, sondern sich immer wieder in den verschiedenen Religionen ereignet habe, die sich ja in der Tat fast alle auf Mittlergestalten berufen. Osiris, Dionysos, Melchisedek und Prometheus nennt sie namentlich. Immer wieder vermittelt sich der göttliche Logos in die Welt, um den Menschen beizustehen und durch Leiden ihre Schuld zu sühnen. "Danach habe ich empfunden, daß Plato ein Mystiker ist, daß die ganze *Ilias* von christlichem Licht durchflutet ist, und daß Dionysos und Osiris in gewisser Weise Christus selber sind... Niemals legte ich mir die Frage vor, ob Christus eine Inkarnation Gottes war oder nicht; aber ich war in der Tat außerstande, an ihn zu denken, ohne ihn als Gott zu denken. Im Frühjahr 1940 las ich die *Bhagavad-Gita*. Seltsam: als ich diese wunderbaren Worte von einem derart christlichen Klange las, die einer Inkarnation Gottes in den Mund gelegt werden, da geschah es, daß mich das kräftige Gefühl überkam, daß wir der religiösen Wahrheit sehr viel mehr schulden als die Zustimmung, die man einer schönen Dichtung gewährt..."[35]

Teilt man mit Simone Weil die Überzeugung vom Einen Gott als Urgrund aller Religionen, so müßte man Gemeinsamkeiten und Unterschiede der Mittlergestalten ebenfalls in neuem Licht betrachten, eine Aufgabe, die Simone Weil nicht mehr angeht. In der Erforschung fremder Religionen und im Vergleich mit der christlichen Religion sieht sie für die kommenden Jahrzehnte einen neuen wichtigen Aufgabenbereich, dessen Bedeutung zunehmen wird, je mehr die heiligen Schriften anderer Völker erschlossen werden. In dieser spannungsvollen Auseinandersetzung kann auch das Christentum neue Dimensionen gewinnen. "Heutzutage ist die vergleichende Erkenntnis der Religionen in Europa, und vielleicht in der Welt, so gut wie nicht vorhanden. Man hat nicht einmal einen Begriff von der Möglichkeit einer solchen Erkenntnis."[36]

Ein besonders schönes Beispiel für die 'connaissance surnaturelle' bei den frühen Griechen ist Simone Weils Interpretation des Raubes der Persephone, der Tochter Demeters, der Erdmutter, durch Hades: Hades ist als Bruder des Zeus ein Aspekt des höchsten Gottes selbst. Dieser Raub der Persephone ist nun nicht Ausdruck der Grausamkeit von Hades. Persephone ist in der Gefahr, sich blumenpflückend in die Schönheit dieser Welt zu verlieren. Diese ist zwar Abglanz der göttlichen Schönheit, aber doch nicht das Ziel und die Heimat des Menschen. Der Raub vollzieht daher nur, was sowieso des Menschen Schicksal ist: Die Rückbindung an seine geistige Heimat, damit er nicht verlorengehe. Wie in den Evangelien ist es Gott, der die Seele sucht und sich ihrer bemächtigt. In der griechischen Erzählung hindert der Schmerz der Erdmutter Demeter über den Raub ihrer Tochter die Pflanzen und das Getreide am Wachsen. Persephone muß also wieder ans Tageslicht zurückkehren. Anders ist der Fortbestand der Welt nicht möglich. Durch eine List, einen Granatapfelkern, den Hades Persephone heimlich zu Essen gibt, vergewissert er sich jedoch, daß sie immer wieder in sein Reich zurückkehren muß.

"Eile, Persephoneia, zur dunkelgekleideten Mutter,
Sänftige in der Brust dein Herz und deine Gesinnung;
Sei nicht vor den andern so übermäßig erbittert.
Bin ich Dir unter den Göttern doch ein unwürdiger Gatte,
Ich, der leibliche Bruder des Vaters Kronion. Hier unten
wirst Du Herrscherin sein von allem, was lebet und webet,
Und im Kreise der Götter die höchsten Ehren genießen.
Ewige Strafe trifft, wer jemals wider Dich sündigt,
Wer nicht deinen Sinn genug mit Opfern besänftigt
Und sie rein vollführt und würdige Gaben Dir darbringt."
Sprachs, da lachte das Herz der weisen Persephoneia,
Hurtig sprang sie empor voll Freude. Aber Aidoneus
Sah sich spähend um und gab einen süßen Granatkern
Heimlich ihr zu essen, damit sie nicht künftig für immer
Dort bei der züchtigen Mutter, der dunkelgekleideten weile. [37]

Simone Weil kommentiert dies folgendermaßen: "Gott muß die Seele in die Natur entlassen, zuvor aber läßt er sie überraschend heimlich einen Granatapfelkern essen. Ißt sie, ist sie für immer eingenommen. Der Granatapfelkern ist die Zustimmung, die die Seele fast ohne ihr Eigenwissen und Eingeständnis mit Gott in Einklang bringt, die ein unendlich Kleines unter allen fleischlichen Neigungen der Seele ist und trotzdem für immer ihr Schicksal bestimmt. Sie ist das Senfkorn, dem Christus das Himmelreich vergleicht, das kleinste der Samenkörner, das später zum Baum wird, in dem die Vögel des Himmels wohnen."[38]

Das Thema von Leid und Unglück wird nun auf einer höheren Ebene nochmals aufgegriffen: In der Tragödie 'Elektra' von Sophokles findet Simone Weil ein Bild für das *Ausgesetztsein* und Verlorensein des Menschen in einer ihm fremden und feindseligen Umgebung, ohne jeden Ausweg und mit erloschener Hoffnung. Doch erst der Durchgang durch die äußere Verlassenheit wie die innere Leere, durch das Unglück also, bringt die ersehnte Erlösung. Die Erfahrung der vollständigen Abwesenheit Gottes bis hin zum Aufgeben der Hoffnung und des Glaubens an ihn ist das Kernstück dieses Motivs. Der Text der Tragödie von Sophokles schildert die Begegnung von Elektra mit ihrem totgeglaubten Bruder Orestes.

"Elektra: Wo ist denn dann des Unglückseligen Grab?
Orestes: Ist nirgends; der Lebendige hat kein Grab.
Elektra: Was sagst Du, Knabe?
Orestes: Keine Lüge sag ich.

Elektra: Er lebt noch?
Orestes: Wenn ich noch am Leben bin.
Elektra: Du bist es, Du?
Orestes: Sieh hier den Siegelring Des Vaters und erkenne, wer ich bin."

Simone Weil erläutert dies so: "Elektra ist die Tochter eines mächtigen Königs, aber in der erbärmlichsten Sklaverei unter die Gewalt jener geraten, die ihren Vater verraten haben. Sie hungert. Sie ist in Lumpen. Das Unglück erdrückt sie nicht nur, es entwürdigt und erbittert sie. Aber sie gibt nicht klein bei. Sie haßt diese Feinde ihres Vaters, die alle Macht über sie haben. Nur ihr Bruder, der in der Ferne ist, könnte sie retten. Sie verzehrt sich im Warten. Endlich kommt er, aber sie weiß nichts davon. Sie glaubt einen Fremden zu sehen, der seinen Tod kündet und seine Asche bringt. Sie fällt in grenzenlose Verzweiflung, sie will sterben. Aber obwohl sie nichts mehr hofft, denkt sie keinen Augenblick daran aufzugeben. Nur noch heftiger haßt sie die Feinde. Während sie weinend die Urne hält, erkennt Orest sie, der sie für eine Sklavin gehalten hatte, an ihren Tränen. Er zeigt ihr, daß die Urne leer ist. Er gibt sich ihr zu erkennen. Es gibt ein zwiefaches Erkennen. Gott erkennt die Seele an ihren Tränen, dann läßt er sich erkennen."[39] Eine Parallele findet Simone Weil in der Gestalt Maria Magdalenas, die am Grab den Tod Jesu beweint. Sie erkennt ihn nicht in der Gestalt des Gärtners, bis er sich ihr zu erkennen gibt. Unglück und Leiden als Ausdruck der Entwürdigung vor den Augen Anderer und der weitesten Entfernung von Gott zeigen sich als mystischer Kern dieses Gedankens.

Im Unglück kann Aufmerksamkeit in die tiefste religiöse Dimension münden: Die einzige Möglichkeit, den vernichtenden Folgen des Unglücks zu entrinnen besteht darin, daß es dem Menschen gelingt, auch in der tiefsten Verzweiflung und Verlassenheit nicht aufzuhören ins Leere hinein zu lieben, und sei es mit dem kleinsten Teil seiner selbst. Nur dies schützt ihn noch davor, sich nicht völlig in sich zu verschließen und das Unglück nicht an andere weiterzugeben. Dann kann im tiefsten Grund der inneren Leere, in der der Mensch in der Gefahr ist, endgültig zu stürzen, das Schweigen Gottes laut werden. "Unsere Seele macht beständig Lärm, aber es gibt einen Punkt in ihr, der Schweigen ist und den wir niemals vernehmen. Wenn das Schweigen Gottes Eingang findet in unsere Seele, sie durchdringt und dort sich jenem Schweigen verbindet, das heimlich in uns gegenwärtig ist, dann haben wir hinfort in Gott unseren Schatz.... Es gibt nur zwei Spitzen, die durchbohrend genug sind, um derart in unsere Seele Eingang zu finden: das Unglück und die Schönheit."[40] Die Erfahrung völligen Verlassenseins nicht nur von den Menschen, sondern auch von Gott bringt den Menschen in eine gefährliche Nähe zum Abgrund. Er kann stürzen. Dies haltlose Ausgesetztsein ist aber zugleich ein Leerwerden von allen Dingen, die sonst den menschlichen Geist beschäftigen und seine Identität stützen, die ihn zerstreuen und fesseln. In der Hingabe an diese Leere, im Loslassen aller anderen Sicherheiten kann sich der Umschlag vollziehen und sich die Gottesliebe entzünden. Aus der Verlassenheit wird eine Gelassenheit in den göttlichen Urgrund. Meister Eckhart drückt dies so aus: "Und je mehr wir dem Unsern *ent*werden, um so wahrhafter *werden* wir in diesem."[41]

Simone Weil selbst fordert ihre physischen und geistigen Kräfte stets auf's Äußerste. Sie verausgabt sich in einem kurzen, äußerst intensiven Leben, aufgezehrt von einer brennenden Sehnsucht nach Wahrheit. Darin gleicht sie einem Menschentyp, den Charlotte von Kalb, die Freundin Schillers, in Hölderlin sah: 'Er ist ein schnell laufendes Rad'. Der brennende Wunsch, den Eigenwillen zu verlieren, ist nur von ihrer mystischen Sehnsucht nach dem Absoluten zu verstehen. "Und es ist mein innigster Wunsch, nicht nur jeden Willen, sondern jedes Eigensein zu verlieren."[42] "Gott hat mir das Sein gegeben, damit ich es ihm zurückgebe. Das ist wie eine jener Prüfungen, die Fallen gleichen und denen man in den Märchen und Initationsgeschichten begegnet. Nehme ich diese Gabe an, verkehrt sie sich ins Schlechte und schlägt mir zum Verderben aus; ihre Kraft wird erst offenbar, wenn ich die Annahme verweigere. Gott erlaubt mir, außerhalb seiner ein Dasein zu haben. An mir ist es, mich zu weigern, von dieser Ermächtigung Gebrauch zu machen."[43] Simone spricht ein Grundproblem der Mystik aus: die Rückbindung in den göttlichen Urquell im Leben zu vollziehen bedeutet, das Streben nach Eigensein zu verlieren. Nur die paradoxe Rede, daß der Mensch erst dann eigentlich Mensch sei, wenn er sich vernichte, kann diese Logik ausdrücken. Sie beruht auf der tiefen Einsicht, daß der Mensch keinen Bestand aus sich selbst hat, sondern nur in seiner Gegründetheit in Gott eigentlich *ist*. "Der Mensch hat kein Sein, er hat nur ein Haben. Das Sein des Menschen hat seinen Ort hinter dem Vorhang, auf Seiten der Übernatur. Was er von sich selbst zu erkennen vermag, ist einzig das, was ihm die Umstände leihweise geben. Das Selbst ist mir (und den anderen) verborgen; es ist auf seiten Gottes, es ist in Gott, es ist Gott. ... Der Vorhang, das ist das menschliche Elend..."[44] Grundanliegen der Mystik ist das Auslöschen des Habens, des Scheins, falscher Identifikationen mit sozialem Status, Ehre, Macht oder Reichtum. Erst dann kann das wahre Sein des Menschen durchbrechen, erkennt er sich selbst in jenem tiefen Sinne, wie es der Spruch des Apollon-Tempels zu Delphi seit Jahrtausenden fordert. Was in den Ohren des 'Weltmenschen' als Lebensverneinung klingt, ist in der Sprache der Mystik die Erschließung der eigentlichen Seinsfülle.

Das *Kreuz* ist für Simone Weil das Symbol für die Bereitschaft, das Leiden bis in seinen innersten Grund auszukosten. Das Annehmen des Leidens ist nicht zu verwechseln mit einem Suchen des Leidens, mit Masochismus. Die tiefe Symbolik des Kreuzes einer Zeit zu erklären, die Leiden mit allen Mitteln ausblenden möchte, ist schwer. Jesus mit der Dornenkrone auf dem Haupt erscheint als Verkörperung menschlicher Schwäche und Hilflosigkeit. Warum hat er sich nicht gewehrt? Darin gleicht er Sokrates, dem die Freunde die Flucht aus dem Gefängnis ermöglichen wollten. Doch er trank furchtlos den Giftbecher aus Achtung vor dem Ideal der Gesetze Athens. Ist die gekrümmte Gestalt Jesu nur Erinnerung für vom Wohlergehen verhärtete Herzen? Um sie zu mahnen, daß, wer heute eine machtvolle Position in Wirtschaft oder Politik innehat und gefeiert ist, schon morgen gestürzter oder kranker Mensch sein kann? Und wenn wir Leiden nicht verdrängen, sondern um uns schauen: Ist die Welt nicht mit Leid schon übersättigt? Bedarf es noch der zusätzlichen Erinnerung im Zentrum der Religion? Sollte der einzige Sinn der Botschaft Jesu sein mitzuteilen, daß das Dasein voll Leid und Qual sein kann? Aber wieso gilt Jesus dann als Bringer einer Heilsbotschaft? Dies Ringen um ein Verständnis der Kreuzessymbolik schildert Alfred Döblin in seinem autobiographischen Werk 'Schicksalsreise': Während seiner Flucht durch das besetzte Frankreich war die Ordnung des alltäglichen Seinszusammenhangs zerrissen. Weder Raum noch Zeit erschienen als tragendes Gefüge, das eine Orientierung erlaubte. In dieser Sinnlosigkeit allen Geschehens ging ihm *ein* Sinn der Symbolik des Kreuzes auf. "Und da hängt die schmerzgewundene Menschengestalt. Wer ist Jesus? Eine geschichtliche Figur? ... Es ließe sich argumentieren: entweder er ist Gott, hat die Welt geschaffen und sie vollkommen herausgestellt und so steht sie nun da - oder sie steht nicht so da und dann ist er nicht Gott. ... Die Welt ist nicht fertig. Sie ist als Naturwelt nicht fertig. Sie bewegt sich, läuft ab und kommt zu keinem Abschluß. Sie ist auch als Ichwelt nicht fertig. Da wird sie Schicksal. Eine vollkommene Welt hat der Urgrund nicht aus sich herausgestellt in dem, was beweglich, also nicht an seinem Ziel ist. ... So aber sind wir nicht geschaffen, daß wir in dieser Unvollkommenheit verrinnen, verkommen und uns in der Sinnlosigkeit der Existenz zerreiben sollen. Es wäre unbegreiflich, fühlende, wertende Seelen in das Zentrum der Welt zu stellen, um sie sich an einer brodelnden Materie erschöpfen zu lassen. ... Die Klarheit heißt: Der ewige Urgrund, der uns emporgetragen hat, hat auch in dieser zerfallenen Welt die Beziehung zu ihm nicht aufgegeben. ... Jesus sagt: 'Die Welt ist schlimm, aber sie hat Geschichte, und wir haben ein Schicksal, das über die irdische Existenz hinausreicht. Der Mensch neigt als Kreatur dazu, zu den Kreaturen zurückzufallen und zu verzweifeln.' ... Jesus ... ist der Ruf, der uns von den beiden Abgründen zurückreißt, zwischen denen unsere Existenz verläuft: zwischen dem, der in den Sumpf des kreatürlichen Vegetierens führt, und dem der Verzweiflung."[45] Die Erfahrung des Leids geht einher mit der Bejahung der Unvollendetheit der Welt, die allerdings als Aufgabe verstanden wird. Wäre die Welt vollkommen, wäre alles menschliche Tun nur ein Spiel und es bedürfte seiner nicht. Wäre sie unüberwindbar unvollkommen, wäre Verzweiflung die einzig angemessene Antwort. Die Symbolik des Kreuzes verweist den Menschen auf seine Ausgespanntheit zwischen den Polen seiner Existenz: seinem bloß kreatürlichen Dasein und der Sehnsucht nach Vollkommenheit, von Schwerkraft und Gnade, Schwere und Licht wie Simone Weil sagt. Geschichtlichkeit, der unabschließbare Wegcharakter sind Kennzeichen seiner Existenz.

Für Simone Weil erwächst aus der im Abgrund des Leids erfahrenen Gottesliebe Verantwortung für die Mitgeschöpfe. Entgegen der geläufigen Vorstellung, Mystik sei Weltflucht, wird der Einzelne durch sie in der Welt verwurzelt. 'Einwurzelung' ist das Wort Simone Weils und zugleich der Titel eines ihrer Werke, in dem sie den Sinn von Arbeit, Beruf und Sozialem auf diesem Hintergrund beleuchtet. "Wir haben die Möglichkeit, Mittler zu sein zwischen Gott und jenem Teil der Schöpfung, der uns anvertraut ist. Es bedarf unserer Einwilligung, daß Er durch uns hindurch seine Schöpfung wahrnehme."[46]

So führt Aufmerksamkeit zu einer sich allmählich vertiefenden Teilnahme an der Wirklichkeit: an dem also, was nicht das eigene beschränkte Ich ist; an den Dingen, der Natur, den Mitmenschen und schließlich an Gottes Gegenwart. Sie kostet die Spannweite der Erfahrungsfähigkeit des Menschen aus: vom tiefsten Leid bis zur Glückseligkeit. Es ist ein organischer Prozeß des Wachsens und Reifens, der, bei aller Anstrengung, nicht erzwungen oder gar verordnet werden kann. Darin entfaltet sich Menschlichkeit als die Kraft, Not zu lindern, Sinn zu erleben, Wertgefühl zu erwecken. "Wie ein Kind die Übung der Sinne, die sinnliche Erkenntnis, die Wahrnehmung der Dinge lernt, die es umgeben, wie es später die entsprechenden Übertragungsmechanismen erwirbt, die an die Lektüre oder das neue Empfindungsvermögen gebunden sind, das den Gebrauch der Werkzeuge begleitet, ebenso begreift die Liebe zu Gott eine Lehrzeit mit ein. Ein Kind weiß zuerst, daß jeder Buchstabe einem Laut entspricht. Richtet es später die Augen auf ein Papier, dringt ihm der Laut eines Wortes durch die Augen unmittelbar in das Denken. Ebenso beginnen wir zuerst abstrakt zu wissen, daß man Gott in allem lieben muß. Später erst dringt die geliebte Gegenwart Gottes zu jeder Sekunde durch alle großen oder kleinen Vorfälle, die das Gewebe des Tages bilden, mitten in unsere Seele. Der Weg zu diesem Zustand ist eine Arbeit, die der entspricht, durch die ein Kind lesen, ein Lehrling seinen Beruf lernt..."[47]

Anmerkungen

1 S.Weil: Zeugnis für das Gute. Traktate, Briefe, Aufzeichnungen, (zit. als: ZfG), Olten 1979^{2}, 152.
2 Vgl. Walter Benjamin: Ursprung des deutschen Trauerspiels: Vorrede, in: Gesammelte Schriften Bd.I,1, (Hg.: R.Tiedemann/R.Schweppenhäuser), Frankfurt/M. 1980, 208; 214f.
3 S.Weil: ZfG 54.
4 S.Weil: ZfG 55f.
5 Meister Eckhart: Deutsche Predigten und Traktate, (Hg. u. Übers.: J.Quint), München 1979, 250.
6 Henri Bergson: Einführung in die Metaphysik, Jena 1909, 40.
7 A.Einstein: Aus meinen späten Jahren, Stuttgart 1979, 46f.
8 Simone Weil: Schwerkraft und Gnade, (zit. als: SuG), München 1989, 156.
9 vgl.1) I.Kant: Beantwortung der Frage: Was ist Aufklärung?, in: Schriften zur Anthropologie, Geschichtsphilosophie, Politik und Pädagogik 1, Werkausgabe Bd. XI, (Hg.: W.Weischedel), Frankfurt/ M. 1982^{4}, 53ff. - 2) J.W.v.Goethe: Wilhelm Meisters Lehrjahre, in: Goethes Werke Bd. VII, Hamburger Ausgabe, München 1982^{11}, 290. - 3) Apuleius: Das Märchen von Amor und Psyche, Stuttgart 1978.
10 ZfG 57.
11 ZfG 51.
12 ZfG 52.
13 ZfG 52.
14 Zit. n. Simone Weil: Vorchristliche Schau (zit. als: VS), München 1959.
15 VS 143.
16 Simone Weil: Lettre à un religieux, Paris 1951, 54-56.
17 A.N.Whitehead: Wissenschaft und moderne Welt, Frankfurt/ M., 1984, 218f.
18 Simone Weil: Das Unglück und die Gottesliebe, 1961, 221ff; - Simone Weil: Was bedeutet der Okzitanische Geist?, in: Ecrits historiques et politiques, 1960, 80.
19 Martin Buber: Ich und Du, in: das Dialogische Prinzip, Heidelberg 1979, 15.
20 ZfG 13f.
21 ZfG 14.
22 ZfG 18.
23 ZfG 58f.
24 Zit. in: A.Krogmann: Simone Weil, Hamburg 1970, 53.
25 George Herbert: Zit. in: ZfG 271.
26 Simone Weil: Das Unglück und die Gottesliebe, op. cit., 50 -55.
27 ZfG 171.
28 ZfG 109.
29 ZfG 50.
30 ZfG 64.
31 Zit.nach: W. Herbstrith (Hg.): Edith Stein: Ein neues Lebensbild in Zeugnissen und Selbstzeugnissen, Freiburg 1983, 38; vgl.31.
32 ZfG 65.
33 ZfG 180.
34 Zit. in: A.Krogmann: Simone Weil, op.cit., 113.
35 ZfG 107f.
36 Zit. in: A.Krogmann: Simone Weil, op.cit., 103.
37 Zit. in: VS 12.
38 VS 13.
39 VS 17f.
40 ZfG 48f.

41 Meister Eckhart: op.cit., 90.
42 ZfG 98.
43 SG 59.
44 SG 56f.
45 Alfred Döblin: Schicksalsreise. Flucht und Exil 1940 - 1948, München 1986, 144f.
46 SuG 59f.
47 VS 151.

Die Rhythmik von vita activa und vita contemplativa

Um der Betriebsamkeit, der Hektik und dem Streß der modernen Arbeitswelt zu entfliehen, suchen viele Menschen einen Ausgleich in meditativen Übungen, die meist hinduistischen oder buddhistischen Lehren entstammen. Während die westliche Kultur Sinnbild des tätigen, nach außen gewandten und weltgestaltenden Lebens geworden ist, gilt die östliche Tradition als Quelle von Sammlung, Stille und der Wendung nach innen. Weniger bekannt ist, daß der abendländischen Philosophie bis zur Renaissance vita activa und vita contemplativa als die beiden urbildlichen Lebensformen galten, um deren Ausgleich sich jeder Mensch bemühen sollte. Griechisches Erbe verbindet sich mit der biblischen Lehre, die im Gleichnis von Maria und Martha ihren Ausdruck findet. Doch die moderne Welt stellt Anforderungen, die sich gegen eine einfache Übernahme östlicher Lehren wie antiken Gedankenguts sperren und eine neue Synthese beider Lebensformen fordern.

Was meinen wir eigentlich mit 'Tätigsein'? Im Unterschied zu Tieren, bei denen man nicht von Handeln spricht, schafft sich der Mensch eine eigene Welt inmitten der Natur, um leben zu können. Feuerstellen, Grabbeilagen, Schmuck und Werkzeuge verraten dem Paläontologen unbezweifelbar, daß es sich bei Knochenfunden um menschliche Überreste handelt. Die Vielfalt unterschiedlicher Gemeinschaften zeigt untrüglich die menschliche Freiheit, das Zusammenleben mit anderen zu gestalten.

Ein Blick zurück auf *Aristoteles,* der von 384 bis 322 v. Chr. lebte und als erster ausführlich die Bedeutung der vita activa erörterte, erschließt die unaufhebbare Spannung menschlicher Existenz zwischen Notwendigkeit und Freiheit. Um mit sich in Einklang zu sein, muß der Mensch beiden Polen gerecht werden. Die Bedürfnisse des alltäglichen Lebens, Nahrung, Kleidung und Wohnung zwingen zu einer Tätigkeit, die der körperlichen Selbsterhaltung dient. Arbeitend, voll Mühsal und Plage wie die 'Genesis' sagt, muß der Lebensunterhalt erworben werden, um existieren zu können. Die Früchte der Arbeit sind zum unmittelbaren Verbrauch bestimmt. Für die Griechen galt diese unter dem Joch der Notwendigkeit ausgeführte Arbeit als Ausdruck menschlicher Unfreiheit und wurde von Sklaven verrichtet. Einen entscheidenden Aspekt von Kants kategorischem Imperativ vorwegnehmend, nach dem der

Mensch nie nur Mittel sein darf, sondern immer auch Zweck sein muß, lehnt Aristoteles Arbeit, die nur Mittel zur Selbsterhaltung ist, als Lebensziel ab. "Das auf Gelderwerb gerichtete Leben hat etwas Unnatürliches und Gezwungenes an sich, und der Reichtum ist das gesuchte Gut offenbar nicht. Denn er ist nur für die Verwendung da und nur Mittel zum Zweck."[1]

Von der Arbeit für den Lebensunterhalt unterscheidet Aristoteles das Herstellen, die Poiesis. Technische Kunstfertigkeit, die keine besonderen menschlichen Qualitäten fordert, bedient sich der Natur, indem sie Gegenstände zu Gebrauchszwecken bearbeitet. Schon Aischylos läßt den an den Felsen genagelten Prometheus die für die Kultur unverzichtbaren Segnungen der Technik preisen. Erst durch die Möglichkeit, Häuser und Schiffe zu bauen, Pfluggeräte herzustellen, Berechnungen über die Jahreszeiten anzustellen und sich Medikamente zu mischen wird ein menschenwürdiges Dasein möglich. Doch erst seit der Renaissance erlangt die Technik allmählich jene Vorherrschaft, durch die sie prägend wird für die Lebens-und Arbeitswelt insgesamt. Noch die Entwürfe technischer Geräte von Leonardo da Vinci enthalten neben Kriegsgerät vor allem eine Fülle von Geräten zur Erleichterung des Alltagslebens. Sie reichen von der Ölpresse, einem ersten Automobil, das durch gespannte Federn vorangetrieben werden sollte bis hin zu einem Fahrrad mit einer Kette für die Kraftübertragung. An diesen Entwürfen wird uns, die wir eher von Technik übersättigt sind, deren nutzbringende und hilfreiche Dimension wieder deutlich. Erst eine Lebenshaltung, die in Arbeit und technischer Machbarkeit die Erfüllung des Handelns sieht, verursacht den Mißbrauch und das Übermaß der Technisierung.

Doch Leben, so erkannte Platon, ist nicht nur Überleben. Gut zu leben bedeutete den griechischen Philosophen wesentlich mehr als materielles Wohlergehen, Ansehen und Geselligkeit. Schon einfache Dorfgemeinschaften verfolgen Zwecke, die über das bloße Streben nach Selbsterhaltung, das der Mensch mit den Tieren gemeinsam hat wie technische Kunstfertigkeiten hinausführen. Aristoteles beschreibt den eigentümlichen Sinn menschlichen Handelns folgendermaßen: "Das vollendete Gute muß sich selbst genügen. Wir verstehen darunter ein Genügen nicht bloß für den Einzelnen, der für sich lebt, sondern auch für seine Eltern, Kinder, Frau, Freunde und Mitbürger überhaupt, da der Mensch von Natur für die staatliche Gemeinschaft bestimmt ist."[2]

Durch Vernunft und Sprache, die den Menschen gegenüber den Tieren auszeichnen, vermag er mit anderen Menschen eine überschaubare Gemeinschaft, eine Polis, zu bilden. Der Bestimmung des Menschen als Gemeinschaftswesen liegt die bis heute gültige Einsicht zugrunde, daß ein Mensch in völliger Einsamkeit nie zum Menschen heranreifen würde. Erst durch Ansprache, den Austausch von Erfahrungen, die Bewältigung von Konflikten, die eigene Grenzen bewußt machen, Freundschaft und Liebe werden über die Selbsterhaltung hinausführende Dimensionen im Menschen wach. Für Aristoteles ist die Gemeinschaft der Raum, in dem sich Menschlichkeit entfalten kann. Handeln im ursprünglichen, dem Menschen als freiem Wesen gemäßen Sinne ist die Kunst, diese Gemeinschaft zu schaffen und zu erhalten. Handeln fordert, im Unterschied zum technischen Herstellen, die Auseinandersetzung mit Werten und offenbart die jeweilige Lebenshaltung. Alles menschliche Handeln zielt letztlich, wie Aristoteles in Übereinstimmung mit der gesamten antiken Philosophie sagt, auf Glück. "Da der Ziele zweifellos viele sind und wir derer manche nur wegen anderer Ziele wollen, ... so leuchtet ein, daß sie nicht alle Endziele sind, während doch das höchste Gut ein Endziel und etwas Vollendetes sein muß. ... Als Endziel ... gilt uns das seiner selbst wegen Erstrebte gegenüber dem eines andern wegen Erstrebten ... Eine solche Beschaffenheit scheint aber vor allem die Glückseligkeit zu besitzen. Sie wollen wir immer wegen ihrer selbst, nie wegen eines anderen, während wir die Ehre, die Lust, den Verstand und jede Tugend zwar auch ihrer selbst wegen wollen ..., doch wollen wir sie auch um der Glückseligkeit willen in der Überzeugung, eben durch sie ihrer teilhaftig zu werden. Die Glückseligkeit ... will keiner wegen jener Güter und überhaupt um keines anderen willen."[3]

Entgegen der verbreiteten Vorstellung, Glück liege im Besitz von Ersehntem, in einer bestimmten Tätigkeit oder gar im Nichtstun, entspringt es für Aristoteles der Übereinstimmung des Menschen mit sich. Selbstübereinstimmung entsteht bei allen Lebewesen aus einem ihnen eigentümlichen *Tätigsein*, zeichnet sich doch alles Belebte, Pflanzen ebenso wie Tiere und Menschen, durch Selbstbewegung aus. Das allen Menschen ungeachtet ihrer besonderen Neigungen eigentümliche Tätigsein, wodurch sie sich von den anderen Lebewesen unterscheiden, liegt im Erkennen. Es ist beglückend, wenn es frei vom Druck der Notwendigkeit zur Lebenssicherung nur um seiner selbst willen ausgeübt wird. Glückseligkeit, Eudaimonia ist Ziel und Ausdruck erfüllter vita activa. Aristoteles definiert: "Wenn aber das eigentümliche Werk ... des Menschen in ... Vernunft nicht entbehrender Tätigkeit der Seele besteht, und wenn uns die Verrichtung eines Tätigen und die Verrichtung eines tüchtigen Tätigen als der Art nach dieselbe gilt, z.B. das Spiel des Zitherspielers und des guten Zitherspielers, ... (dann ist) die eigentümliche Verrichtung des Menschen ... mit Vernunft verbundene Tätigkeit der Seele und entsprechendes Handeln ...: *das menschliche Gut ist der Tugend gemäße Tätigkeit der Seele.*"[4] Wird auf die bestmögliche Weise und mit Vernunft gehandelt, dann gewinnt Glück, das in einem dem Menschen gemäßen Leben liegt, seine höchste Intensität. Die menschliche Gemeinschaft ist als Ausdruck dieses dem Menschen eigentümlichen Tätigseins ein Wert in sich.

Handeln, in dem sich die menschliche Vernunft und die Freiheit gegenüber dem lastenden Druck der Lebensnotwendigkeit zeigt, ist an Werte gebunden und fordert eine in langen Jahren geduldig eingeübte Lebenshaltung. Freigebigkeit, Mut, Gerechtigkeitssinn und Freundschaft gelten als Tugenden, die ungeachtet allen Nutzens für Reichtum, Macht oder Ansehen das Handeln bestimmen sollten. Doch Aristoteles entwirft kein starres Normensystem, hat doch jede Situation ihr eigenes Maß und jeder Mensch seine besondere Konstellation von Veranlagungen. Erst eine Fülle von mit der Vernunft durchdrungenen Erfahrungen führen zu der Sicherheit, in den unvorhersehbaren, vielfältigen und wandelbaren Situationen des alltäglichen Lebens angemessen zu handeln. Aus dem Einklang von menschlicher Natur, Gewöhnung oder Habitus und Vernunft erwächst allmählich Klugheit. "Ein kluger Mann scheint sich also darin zu zeigen, daß er wohl zu überlegen weiß, was ihm gut und nützlich ist, nicht in einer einzelnen Hinsicht, ... sondern in bezug auf das, was das menschliche Leben gut und glücklich macht. ... (Klugheit ist) *ein untrüglicher Habitus vernünftigen Handelns in Dingen, die für den Menschen Güter und Übel sind.*"[5]

Der Rückblick auf Aristoteles lotet die Dimensionen der vita activa als Arbeiten, Herstellen und Handeln aus, an die Hannah Arendt in ihrer Analyse der modernen Arbeitswelt anschließen wird. Allerdings werden auch die Grenzen von Aristoteles gegenüber einem modernen Verständnis von vita activa sichtbar: Arbeit, die von Sklaven verrichtet wurde, galt als unwürdig für den freien Mann. Die Aufwertung der Arbeit und die Möglichkeit, in ihr einen Aspekt der Selbstfindung zu sehen, ist ein Verdienst der Neuzeit. Frauen blieben von der Mitwirkung an der Gestaltung der Gemeinschaft ausgeschlossen, da man ihnen wie den Sklaven eine geringere Venunftfähigkeit zusprach. Auch die besonderen Veranlagungen des Einzelnen würdigte erst eine spätere Zeit.

Das Spektrum menschlicher Verhaltensmöglichkeiten erschöpft sich nicht in der vita activa. Vergegenwärtigen wir uns noch einmal die Argumente von Aristoteles: Noch in der freien und schöpferischen Gestaltung des Gemeinschaftslebens wird die menschliche Endlichkeit schmerzhaft bewußt. Widrige Umstände und eingefahrene Gewohnheiten behindern die Wirksamkeit neuer Impulse. Der Strom der Zeit trägt das, was in langen Jahren gewirkt wurde, unwiderruflich der Vergängnis entgegen. Handeln aus innerem Einklang ist beglückend, und doch wächst die Sehnsucht nach einer Glückseligkeit, die dauern könnte.

Allein die Einsicht in zeitlos Gültiges könnte diese Sehnsucht stillen. Nicht die vita activa, die sich in den wandelbaren geschichtlichen Konstellationen vollzieht, sondern allein die vita contemplativa berührt die zeitlose Wahrheit. Das griechische Wort 'Theoria', das ursprünglich hingebungsvolles Betrachten der zeitlos gültigen Wahrheit bedeutete, gewann erst in der Neuzeit endgültig den Sinn von Theorie als intellektuellem Analysieren, Einordnen und Konstruieren. Für Aristoteles besteht zwischen der theoretischen und der praktischen Lebensweise eine unaufhebbare Spannung, da die Einsicht in Wahrheit immer nur für einige seltene Augenblicke gelingt und nicht auf Dauer möglich ist. Der Mensch bleibt auf das Leben in der Gemeinschaft angewiesen, für das die Klugheit maßgeblich ist, so daß das Glück der vita activa ein anderes als das der vita contemplativa ist. Obwohl sich beide Lebensweisen wechselseitig ergänzen, gilt die theoretische Lebensweise als vollkommener, denn in ihr betrachtet der Mensch, von äußeren Umständen völlig losgelöst, die zeitlosen Urgründe der Welt. Er nähert sich dem glückseligen und mühelosen Leben der Götter, überschreitet, soweit es ihm möglich ist, die durch seine Sterblichkeit gesetzten Grenzen und erlangt momenthaft Einsicht in das, *was* die Dinge sind und *warum* sie so sind. Man sieht klar, "daß in dieser Tätigkeit, soweit es menschenmöglich ist, sich die Genügsamkeit, die Muße, die Freiheit von Ermüdung und alles, was man sonst noch dem Glückseligen beilegt, finden muß. *Und somit wäre dies die vollendete Glückseligkeit des Menschen, wenn sie außerdem noch die volle Länge eines Lebens dauert, da nichts, was zur Glückseligkeit gehört, unvollkommen sein darf.* Aber das Leben, in dem sich diese Bedingungen erfüllen, ist höher, als es dem Menschen als Menschen zukommt. Denn so kann er nicht leben, insofern er Mensch ist, sondern nur insofern er etwas *Göttliches* in sich hat. ... Man darf aber nicht jener Mahnung Gehör geben, die uns anweist, unser Streben als Menschen auf Menschliches und als Sterbliche auf Sterbliches zu beschränken, sondern wir sollen, soweit es möglich ist, uns bemühen, unsterblich zu sein, und alles zu dem Zweck tun, dem Besten, was in uns ist, nachzuleben. ... Ja, man darf sagen: dieses Göttliche in uns ist unser wahres Selbst ... Mithin wäre es ungereimt, wenn einer nicht sein eigenes Leben leben wollte".[6]

In der Betrachtung der zeitlosen Urgründe des Kosmos erlangt der Mensch eine Ahnung von Unsterblichkeit und findet, indem er seine äußersten Möglichkeiten verwirklicht, im tiefsten Sinne zu sich selbst. Er öffnet sich einem Sein, das größer und umfassender ist als er selbst und an dem er doch Anteil hat. Kontemplation, die Ausdruck höchsten inneren Tätigseins ist, eignet ein Moment der Empfänglichkeit für etwas den Menschen weit Übersteigendes.

Muße, so sagte Aristoteles, sei untrennbar mit der Kontemplation verbunden. Während Aristoteles nicht die Befruchtung der vita activa durch die vita contemplativa darstellt, schildert *Seneca* in einem Brief an Serenus die Bedeutung der Muße und der Betrachtung für das alltägliche Leben. Betrachtung hebt für die stoische Philosophie nicht erst bei den letzten Wahrheiten an, sondern bewährt sich schon in der Fülle alltäglicher Erfahrungen. Soll der Mensch, wie ein Leitsatz der Stoa sagt, in Einklang mit der Natur, der eigenen wie der des Universums leben, so muß er begreifen, daß er zu beiden Lebensformen geschaffen ist: Zum Betrachten der Dinge wie zum Handeln. Muße ist, wie Seneca treffend sagt, weit mehr als Müßiggang oder bloße Regeneration von erschöpfender Arbeit. Sie ist eine eigene Sphäre der Kreativität, in der der Mensch zu sich findet, indem er aus bloßer Geschäftigkeit heraustritt. Sie ist der unverzichtbare Raum für Selbstbesinnung, in der die Freiheit zu einem eigenständigen Urteil gewonnen wird und die maßgeblichen Leitlinien des Lebens immer wieder überprüft und vergegenwärtigt werden. Sie gewährt eine fruchtbare Distanz zum eigenen Tun, aus der eine kritische Selbstbespiegelung und Korrektur erwächst. In der so gewonnenen Selbständigkeit und inneren Klarheit über die eigenen Möglichkeiten und Grenzen liegt der Nutzen für die Gemeinschaft, den die stoische Philosophie nie müde wird zu betonen: "dann kann man einhalten, was man einmal beschlossen hat, wenn niemand dazwischentritt, der unser Urteil, das noch schwach, ... auf eine falsche Bahn ablenkt; dann kann das Leben in gleichmäßigem und einheitlichem Verlauf voranschreiten, das wir mit den verschiedensten Vorsätzen zersplittern. Denn unter den üblichen Fehlern ist am schlimmsten, daß wir die Fehler selber wechseln. ... Wir schwanken und befassen uns mit einem nach dem anderen; Erstrebtes lassen wir liegen, Aufgegebenes nehmen wir uns wieder vor: hin und her zwischen unserer Gier und Reue ereignet sich Wechsel. Wir hängen nämlich vollkommen von fremdem Urteil ab, und das scheint uns am besten, was viele Bewerber und Lobredner hat, nicht das, was lobens- und erstrebenswert ist".[7]

Muße dient über die Selbstbesinnung hinaus der Betrachtung der Natur, die einer ganz anderen Haltung entspringt als die moderne naturwissenschaftliche Theoriebildung. Natur kann sich so zeigen, wie sie ist. Geräusche, Farben und Formen stellen sich in ihrem lebendigen Zusammenspiel dar und die tieferen Zusammenhänge der Kräfte offenbaren sich. "Einen neugierigen Geist hat uns die Natur gegeben und, ihrer Kunst und Schönheit sich bewußt, uns als Zuschauer bei diesem großen Weltenschauspiel geschaffen ... Damit du weißt, jene wollte genau betrachtet, nicht nur flüchtig angesehen werden, sieh, welchen Platz sie uns gegeben hat: genau in ihre Mitte hat sie uns gestellt und uns den freien Blick auf alles gegeben".[8]

Die Erscheinungen mit wachen Sinnen zu befragen und die kurze Lebensspanne zu nutzen, um in die unerschöpflichen Geheimnisse der Welt einzudringen, ist für Seneca neben dem Handeln das Ziel menschlicher Existenz. Das Betrachten der Natur und die Bewunderung ihrer geheimnisvollen Ordnung führte die Griechen zu der Frage, was der Ursprung dieser lebendigen Harmonie sei. Naturbetrachtung wurde zum Anstoß, die Wahrheit zu ergründen, so daß Natur eine Tiefendimension gewinnt, durch die sie nicht nur als physisches Kräftespiel erscheint. Als natura naturans, als schöpferische Natur, umschließt sie den Menschen mit seinem Geist, der sich in ihr beheimatet und geborgen fühlt.

Freude und Hingabe sind für viele Naturwissenschaftler die treibende Kraft, sich der Erforschung der Natur und ihrer Gesetze zu widmen. Weder das Streben nach Ruhm noch materielle Anreize noch ein strenger Pflichtbegriff vermögen dieselbe Sammlung zu bewirken wie die betrachtende Versenkung in die Natur und ihre Geheimnisse. Unversehens geht die theoretische Forschung in eine aus einer inneren Sammlung erwachsende Hingabe über. Albert Einstein beschreibt diese schöpferische Haltung bei Max Planck: "Die Sehnsucht nach dem Schauen jener prästabilierten Harmonie ist die Quelle der unerschöpflichen Ausdauer und Geduld, mit der wir Planck den allgemeinsten Problemen unserer Wissenschaft sich hingeben sehen, ohne sich durch dankbarere und leichter erreichbare Ziele ablenken zu lassen. Ich habe oft gehört, daß Fachgenossen dies Verhalten auf außergewöhnliche Willenskraft und Disziplin zurückführen wollten; wie ich glaube ganz mit Unrecht. Der Gefühlszustand, der zu solchen Leistungen befähigt, ist dem des Religiösen oder Verliebten ähnlich; das tägliche Streben entspringt keinem Vorsatz oder Programm, sondern einem unmittelbaren Bedürfnis."[9]

Wie sehr die Vorstellung von Muße auf dem Hintergrund eines von Arbeit und technischen Fertigkeiten geleiteten Lebensideals heute verarmt ist, verdeutlicht ein Fragment von Theodor W. Adorno aus den 'Minima Moralia'. Muße ist kein eigener Bereich schöpferischen Tätigseins mehr, sondern lustvolles, träumendes Genießen, Ausbruch aus der vom Pflichtbegriff, von Produktionszwängen und von ungehemmtem Konsumdenken beherrschten Arbeitswelt. Auf dem Hintergrund der Theorie Freuds sieht Adorno die lustvolle Ruhe, in der alles Streben zum Stillstand kommt, als befreiende Auflösung des ständigen Triebverzichts, den die Arbeitswelt unaufhörlich erzwingt: Einem Tier gleich, stumm schauend, dem bloßen Dasein hingegeben und ohne weiterführende Ziele würde der Mensch sich selbst völlig genügen. "Einer Menschheit, welche Not nicht mehr kennt, dämmert gar etwas von dem Wahnhaften, Vergeblichen all der Veranstaltungen, welche bis dahin getroffen wurden, um der Not zu entgehen, und welche die Not mit dem Reichtum erweitert reproduzierten. Genuß selber würde davon berührt, so wie sein gegenwärtiges Schema von der Betriebsamkeit, dem Planen, seinen Willen Haben, Unterjochen nicht getrennt werden kann. Rien faire comme une bète, auf dem Wasser liegen und friedlich in den Himmel schauen, "sein, sonst nichts, ohne alle weitere Bestimmung und Erfüllung" könnte an Stelle von Prozeß, Tun, Erfüllen treten".[10]

Meisterhaft schildert der Neuplatoniker *Plotin*, der von 205 - 270 n.Chr. lebte und in Rom lehrte das höchste Ziel der vita contemplativa, die Schau der göttlichen Wahrheit. Er beeinflußte nicht nur die christliche Mystik entscheidend, sondern auch die islamische und jüdische Mystik. Plotin begnügt sich nicht mit der aristotelischen und stoischen Ergänzung von vita activa und vita contemplativa, sondern - ganz im Geist der Mystik - gilt ihm die vita contemplativa als das Lebensziel schlechthin, auf das alles andere Tun hingeordnet ist. Er betrachtet den Menschen von seinen höchsten Möglichkeiten her, so daß die vita activa ihm zum Weg zur mystischen Einung wird und ihre eigenständige Bedeutung, die sie bei Aristoteles und Seneca für die Gestaltung menschlicher Gemeinschaft hatte, verliert. Alles Handeln zielt auf etwas ab, was dem Menschen wirklich und bleibend zu eigen ist und durch keinerlei widrige Umstände entrissen werden kann. Allein das ist sicherer Besitz. "So ist denn auch für den handelnden Menschen die Betrachtung das Ziel; ... die Menschen handeln um eines Guten willen; und dies nicht, damit es außer ihnen verbleibt und sie es nicht besitzen, sondern damit sie das Gute als Ergebnis ihres Handelns besitzen. Wo aber ist dies Gute? In der Seele. Wiederum also führt sich das Handeln auf Betrachtung zurück."[11]

Das weltschöpferische Prinzip, das jenseits alles innerweltlich Seienden ist, sei reiner Geist, sagt Plotin in Übereinstimmung mit der gesamten christlichen Tradition[12]. Da es jedoch die Vielzahl der Lebewesen, unter ihnen auch die Menschen, aus sich hervorgehen ließ, ist es spurhaft in allem Seienden gegenwärtig und erhält es. Der Mensch zeichnet sich vor allen anderen Lebewesen dadurch aus, daß er sich bewußt auf den Ursprung zurückwenden und ihn erkennen kann. Da er am Göttlichen seinsmäßig Anteil hat, muß er sich nicht mit einer bloß verstandesmäßigen Einsicht in seine Verwurzelung im göttlichen Ursprung begnügen. In der Kontemplation vermag der Mensch sich mit dem Göttlichen zu einen. Das empirische Ich, wie Kant später sagen wird, das unser Alltagsbewußtsein bestimmt und das wir häufig schon für unser Selbst halten, ist für Plotin nur schattenhafter Ausdruck des inneren, geistigen Menschen. Während der äußere Mensch durch zeitliche und geschichtliche Umstände bedingt ist, ist der innere Mensch frei und aller Schicksalsverflochtenheit enthoben. Plotin lehrt die Umkehr der alltäglichen Blickrichtung: Nicht das Äußere, sondern die verborgene Ursache des Äußeren soll erkannt werden; nicht die Taten der Menschen und seine äußere Gestalt, sondern der unversiegbare und lebendige Quell allen Tuns: "wir, die wir nicht gewohnt sind, auf das Innere zu sehen, und es nicht kennen, jagen dem Äußeren nach und wissen nicht, daß das Innere bewegt; so wie wenn einer, der sein eigenes Spiegelbild sieht, ihm nachjagte, weil er nicht weiß woher es kommt."[13]

Nur in der Kontemplation ist der Mensch für Plotin ganz er selbst und völlig in Übereinstimmung mit sich[14]. Kontemplation ist als äußerste Sammlung bar jeglicher Zerstreuung Tätigsein im höchsten Sinne, da sie ohne jeden äußeren Zwang vollständig der eigenen Spontaneität entspringt. Undenkbar ist für Plotin der Gedanke Kants, daß der Mensch ganz aus der Autonomie seiner Vernunft handle oder gar im Sinne der Psychoanalyse durch seine Triebe wesentlich und unaufhebbar bestimmt sei. Da der Mensch weder die Ursache seiner Existenz noch der Welt ist, so argumentiert Plotin, ist er erst er selbst, indem er sich in den göttlichen Urquell rückbindet, dem er sein Sein verdankt. Selbsterkenntnis, so wie sie die Inschrift des Apollon-Tempels zu Delphi forderte, bedeutet immer auch Einsicht in den Ursprung dieses Selbst. Nur indem der Mensch um seinen göttlichen Grund weiß, erkennt er sich im vollen Sinne selbst. Wer sich selbst kennt, sagt Plotin, weiß auch, woher er stammt[15]. Die Kontemplation gipfelt in der Ekstasis, in der mystischen Einung, in der, wie Plotin sagt, der Mittelpunkt des Menschen momenthaft den Mittelpunkt des Alls berührt[16]. "So ist es denn dort oben vergönnt Jenen und sich selbst zu schauen... sich selbst ganz von Glanz erhellt, erfüllt von geistigem Licht, vielmehr das Licht selbst, rein, ohne Schwere, leicht, ja Gott geworden - nein: seiend; entzündet in diesem Augenblick, wenn man aber wieder schwer wird gleichsam erlöschend."[17]

Je weiter ein Mensch sich von diesem Urgrund entfernt in der irrtümlichen Vorstellung, er brauche nur zu tun, was er will, um sich zu finden, desto mehr verliert er sich selbst. Er verstrickt sich immer mehr in schwankende Eindrücke, die Beliebigkeit von Meinungen und verfängt sich in kurzsichtige Zielsetzungen. Der Begriff der Selbstentfremdung taucht nicht erst bei Marx auf: Entgegen dem Lebensgefühl unserer Zeit ist für Plotin der in die Sinneswelt verlorene und von seinen Gedanken und Affekten getriebene Mensch seiner selbst fremd geworden. Häßlich ist daher nicht derjenige, der über keine leibliche Schönheit verfügt, sondern der, der sich von seinem Inneren derart entfernt hat, daß dieses völlig verstellt ist, wie wenn er bis zur Unkenntlichkeit mit Lehm beschmiert wäre, wie Plotin in einem Bild sagt. "Ist es ja auch beim Menschen so: schön sind wir, wenn wir uns selbst gehören, häßlich, wenn wir uns in ein fremdes Sein begeben; und wenn wir uns selbst erkennen, sind wir schön, wenn wir uns selbst verkennen, häßlich."[18]

Es bedarf kaum der Erwähnung, daß Glückseligkeit mit der mystischen Einung zusammenfällt. In ihr wird ein Leben erlangt, das dem Gegensatz von zeitlichem Werden und Vergehen, Geburt und Tod nicht mehr unterworfen ist. Dies erinnert an die indische Philosophie, die den Zustand des Erlösten als den bezeichnet, der nicht mehr in den Begriffen Leben und Tod zu beschreiben ist. Den göttlichen Ursprung des Kosmos und des Menschen und seine lebendige, unerschöpfliche Wirksamkeit beschreibt Plotin in den Metaphern der

Quelle, des Baumes oder des Lichtes. "Stell dir eine Quelle vor, die keinen andern Ursprung hat, sich aber selber ganz den Strömen dargibt und dabei nicht verbraucht wird durch diese Ströme, sondern selber im Stillesein beharrt, die Ströme aber, die aus ihr entspringen, bleiben zunächst, ehe sie hierhin und dorthin auseinanderfließen, noch eine Strecke beisammen ...; oder einen gewaltigen Baum, dessen Lebenskraft den ganzen Baum durchläuft, sein Urgrund aber verharrt in sich und zerstreut sich nicht über das Ganze, da er gleichsam in der Wurzel seinen festen Sitz hat; so verleiht dieser Urgrund dem Baum sein ganzes Leben in all seiner vielfältigen Fülle, bleibt jedoch selbst an seiner Stelle, denn er ist nicht selber Vielheit, sondern Urgrund dieses vielfältigen Lebens."[19]

Kontemplation überschreitet das verstandesmäßige Denken ohne ihm zu widersprechen. Denken ist sogar eine unverzichtbare Vorbereitung für den Vollzug der mystischen Einung, da es die grundlegende Ausrichtung auf den Ursprung verleiht. "Daher hat der Weise das diskursive Denken schon hinter sich; andern gegenüber legt er an den Tag, was in ihm ist, vor sich selbst aber ist er reines Schauen; denn so ist er schon zur Einheit vorgedrungen und zum Stillesein nicht nur vor den äußeren Dingen, sondern auch vor seinem eigenen Inneren: alles liegt inwendig in ihm."[20]

Alles Handeln führt letztlich auf Betrachtung zurück und entspringt wiederum aus ihr, so daß alles, was ein Mensch hervorbringt, selbst Fehlleistungen, Ausdruck innerer Ideen ist. Während die Philosophie der Gegenwart vor allem psychische und soziale Abhängigkeiten der Menschen hervorhebt, legt Plotin den Akzent auf die innere Freiheit ungeachtet der äußeren Umstände. "Zeugung ist Kraft der Betrachtung, die sich verwirklichen will, ... eine Vielheit von Gestalten und Schaubildern hervorzubringen und alles zu erfüllen ... Auch die Fehlleistungen, sowohl bei der Entstehung der Dinge wie beim Handeln, sind Abirrungen Betrachtender vom Gegenstand ihrer Betrachtung; so ist der schlechte Künstler offenbar ein solcher, der häßliche Gestalten schafft."[21]

Doch Plotins Denken ist so geprägt von dem Streben nach vollendeter Kontemplation, daß er die vita activa und die wechselseitige Befruchtung beider Lebensformen nicht mehr erörtert. Da auch für ihn die mystische Einung nur in seltenen Momenten des Lebens glückt, bleibt die Frage, wie sich Kontemplation auf das alltägliche Leben auswirkt. Wie verändert sie denjenigen, der die Schau der Wahrheit erlangt hat? Wie wandelt sich sein Blick auf die Welt? Häufig wurde Plotin wie der Mystik insgesamt Lebensverneinung und Weltverachtung vorgeworfen. Nimmt man jedoch Plotins eigenes Verhalten als Maßstab, so ist es durch eine freundliche, aufmerksame Zuwendung gegenüber seinen Hörern und Schülern gekennzeichnet, durch geduldiges Bemühen, ihnen zu einem tieferen Einblick in die Seinszusammenhänge zu verhelfen. Der biblische Spruch 'seid in der Welt, doch nicht von der Welt' trifft die Situation desjenigen, der aus innerer Freiheit handelt. Die Umwendung des Blicks ins eigene Innere führt zu einer klareren Unterscheidung der Außenwelt. Eine innere Distanz erlaubt es, die Dinge so, wie sie sind, anzuschauen und sie gemäß ihrer Eigentümlichkeit zu behandeln.

Erst *Meister Eckhart*, der etwa um 1260 in Hochheim bei Gotha geboren wurde und vermutlich 1327 auf dem Weg nach Köln starb[22], rückt die fruchtbare Wirkung der vita contemplativa auf die vita activa ins Blickfeld[23]. In seiner ungewöhnlichen Auslegung der Perikope von 'Maria und Martha' aus dem Lukasevangelium hebt er die wechselseitige Befurchtung beider Lebenshaltungen hervor, die seinen Gedanken eine außergewöhnliche Aktualität verleiht. Eckhart verbindet die christliche Tradition des 'Ora et Labora', die jeden zur Arbeit verpflichtete, mit dem neuplatonischen Gedanken der mystischen Einung. Die christliche Lehre wertete zwar die körperliche Arbeit auf, konnte aber die bewußt gelebte vita activa nur als Vorbereitung für die vita contemplativa sehen. Rufen wir uns den Wortlaut der Schilderung von Maria und Martha, wie das Evangelium sie darstellt, ins Gedächtnis. "Auf ihrer Wanderung kam (Jesus) in ein Dorf. Eine Frau mit Namen Martha nahm ihn auf in ihr Haus. Sie hatte eine Schwester, die Maria hieß, und diese setzte sich zu den Füßen des Herrn und lauschte seinem Wort. Martha aber, viel in Anspruch genommen mit dem Bedienen, trat hinzu und sagte: "Herr, kümmert es dich nicht, daß meine Schwester mich allein ließ in der Bewirtung? Sage ihr doch, sie möge mir helfen." Der Herr antwortete ihr: "Martha, Martha, du machst dir Sorge und Unruhe um vieles; eines nur ist notwendig. Maria hat den guten Teil erwählt; der wird nicht genommen werden von ihr."[24]

In der seit dem frühen Christentum üblichen Auslegung dieses Textes[25] gilt die Kontemplation, die Maria gewählt hat, als höherwertig gegenüber den alltäglichen Verrichtungen, die von einer jüdischen Frau gegenüber ihrem Gast erwartet wurden. Maria gilt als diejenige, die die Bedeutung Jesu erkannt hat und die Geschäftigkeit, die Pflichten und Ansprüche des Alltags zurücktreten läßt. Martha dagegen ist derart von Sorgen und rastloser Unruhe getrieben, daß sie keinen Blick mehr für Wesentliches hat. Sie wird von den Umständen derart beherrscht, daß sie sich an die Dinge und ihre Pflichten verloren hat. Sie ist sich ihrer selbst unbewußt, eingegrenzt auf das Nächstliegende und ohne innere Freiheit. Martha ist zeitlos gültiges Bild des Menschen, der in all seinem gewissenhaften Pflichtbewußtsein der Welt verfallen ist und keinen Moment zu sich selbst findet.

Meister Eckhart verleiht dem Text des Evangeliums einen völlig anderen Sinn, indem er das Verhältnis von vita activa und vita contemplativa umdeutet. Handeln gewinnt eine neue Dimension. Die Martha des Evangeliums in ihrer selbstvergessenen, hektischen Betriebsamkeit ist für Eckhart nur der Ausgangspunkt, den er schnell hinter sich läßt. Die in Kontemplation versunkene Maria tritt in den Blick. Sie ist Sinnbild einer Lebensphase, in der der Mensch sich aus der zerstreuten Geschäftigkeit der evangelischen Martha auf sich selbst besinnt und den Blick nach innen wendet[26]. Die Abkehr von der gewohnten und womöglich auch lustvollen Betriebsamkeit ist der erste, notwendige Schritt hin zur Selbstbesinnung und - später - zu wirklichem Handeln. Abgeschiedenheit, ein Leerwerden von den ruhelosen Gedanken und Gefühlen, die unaufhörlich im eigenen Inneren umherschwärmen ist die Voraussetzung für ein Wesentlich-werden. Im Schweigen des eigenen Inneren erwächst jenseits von Gefühlen und Vernunft eine kraftvolle Stille, die nicht mehr durch die betäubende Flut der Eindrücke verdunkelt wird. Der Mensch entdeckt einen stillen Grund in sich, der von den Nöten des Alltags unbelastet bleibt. "Ich spreche dann von geistigem Genügen, wenn durch alle Wonne der oberste Seelenwipfel nicht hinabgebeugt wird, so daß er nicht ertrinkt im Wohlgefühl, vielmehr machtvoll darüber steht. Dann nur befindet sich der Mensch in geistigem Genügen, wenn Lieb und Leid der Kreatur den obersten Seelenwipfel nicht herabzubeugen vermögen."[27]

Meister Eckhart nennt den überzeitlichen Grund des Menschen das 'Seelenfünklein', das der innere, verborgene Kraftquell von Gefühl, Vernunft, Gedächtnis und Wille ist. Kontemplation wäre verfehlt, würde sie zu Gefühlskälte, Gleichgültigkeit oder einer Abstumpfung des Denkens führen. Dennoch ist der Mensch nicht mehr durch schwankende Gefühle gefesselt oder von bohrenden Gedanken besessen. Freiheit wird zuerst als innere verwirklicht, kann doch nur, wer innerlich frei ist, es auch im äußeren Handeln sein.

In der Kontemplation wird eine tiefere, wohltuende Einheit erspürt, die all den vielfältigen Interessen und mannigfachen Handlungen zugrundeliegt. Innere Sammlung und Kraft werden gewonnen. Schreitet der Mensch noch weiter ins Innere fort, dann erkennt er, wie Eckhart in Übereinstimmung mit Plotin sagt, daß seine eigene Mitte in einem noch tieferen, umfassenden Ganzen gründet: in Gott. In der mystischen Einung, in der in einem Moment äußerster Sammlung der Mensch die Zeitlichkeit übersteigt und in die reine, immerwährende Gegenwart eintaucht, ereignet sich im Seelengrund die Gottesgeburt. Dies zeitlose Geschehen muß sich für Eckhart in jedem Menschen zu allen Zeiten neu vollziehen, will er Anteil an der ewigen Wahrheit gewinnen. "Gottes Bild, Gottes Sohn, sei in der Seele Grund wie ein lebendiger Brunnen. Wenn aber jemand Erde, das ist irdisches Begehren, darauf wirft, so hindert und verdeckt es ihn, so daß man nichts von ihm erkennt oder gewahr wird; gleichviel bleibt er in sich selbst lebendig, und wenn man die Erde, die von außen oben darauf geworfen ist, wegnimmt, so kommt er wieder zum Vorschein und wird man ihn gewahr. ... Noch gibt's dafür wohl ein weiteres Gleichnis: Die Sonne scheint ohne Unterlaß; jedoch, wenn eine Wolke oder Nebel zwischen uns und der Sonne ist, so nehmen wir den Schein nicht wahr."[28]

Die Kontemplation birgt jedoch auch Gefahren in sich. Sie liegen nicht nur in genußvoller Selbstbespiegelung, sondern auch darin, daß sie zur Legitimierung einer angstvollen und verkrampften Weltflucht wird, zu einem abgelösten Reinheitsideal erstarrt, zur Flucht aus schwierigen Situationen mißbraucht wird. Ohne die Konfrontation mit einzelnen Situationen kann sich der Mensch einbilden, er wäre vollkommen und würde seinem Idealbild tatsächlich schon entsprechen. Erst die Erfahrung eigener Schwächen und Grenzen ermöglicht einen weiteren Reifungsprozeß, in dem der Blick für die Besonderheit einzelner Situationen gewonnen wird, den Aristoteles Klugheit nannte.

Da menschliche Vollkommenheit nicht durch Kontemplation allein erlangt wird, muß Maria für Eckhart wieder zum Handeln in der Welt zurückkehren. Nur im Handeln enthüllt sich, ob der Mensch der ist, für den er sich in seinem Selbstbild hält. Maria wird nun zur handelnden Martha, die allerdings nicht mehr die vielgeschäftige Martha des Evangeliums ist. Sie ist eine durch die Kontemplation hindurchgegangene und verwandelte Martha, die die zweifache Vollkommenheit in Hinblick auf die Betrachtung wie auf das Handeln gewonnen hat. Im Sinne dieser zweifachen Vollkommenheit interpretiert Eckhart die doppelte Anrede der Martha des Evangeliums durch Jesus. Die Namensnennung ist kein Tadel, sondern verbürgt im Sinne der jüdisch-christlichen Tradition die Wesensansprache. Martha wird zweimal beim Namen genannt, da sie den Ruf zu persönlicher Verantwortung sowohl in ewiger wie zeitlicher Hinsicht vernommen hat. "Er deutete damit an, daß Martha alles, was es an zeitlichem und ewigem Gut gäbe und eine Kreatur besitzen sollte, vollends besaß. Mit dem ersten "Martha", das er sprach, bedeutete er ihre Vollkommenheit in zeitlichem Wirken. Als er zum zweiten Male "Martha" sagte, bedeutet er damit, daß ihr auch nichts von alledem, was zur ewigen Seligkeit nötig ist, mangelte."[29]

Handeln hat für Eckhart eine zweifache Ausrichtung: Es sollte der allmählichen Hinführung zur Sammlung dienen und Vorbereitung für sie sein. Das Handeln aus der Betrachtung hat eine völlig neue Qualität gewonnen und unterscheidet sich nicht nur von blinder und unbedachter Geschäftigkeit, sondern auch von besonnenem, pflichtbewußtem Handeln. Die Haltung der gereiften Martha ist weder in der Betriebsamkeit befangen noch aus den alltäglichen Anforderungen herausgelöst. Sie erfüllt, was an sie herantritt. Eckhart erläutert: "Du stehst *bei* den Dingen, nicht aber stehen die Dinge *in dir*. Die aber stehen *sorgenvoll*, die in allem ihrem 'Gewerbe' *behindert* sind. Hingegen stehen die *ohne* Behinderung, die alle ihre Werke nach dem Vorbild des ewigen Lichtes ordnungsgemäß ausrichten."[30]

Inneres und Äußeres kommen beim eigentlichen Werk zunehmend in Übereinstimmung. Die in sich geeinte Persönlichkeit, bei der Denken, Fühlen, Wollen und Handeln übereinstimmen, wirkt aus einer inneren Befriedung. Der Mensch ist gelassen, wie Eckhart sagt, eingelassen in den eigenen Seelengrund. Die geistige Mitte des Menschen ist nun auch Grund seines Handelns. Vita activa und vita contemplativa sind nicht mehr zwei unverbundene, wenn auch sich ergänzende Lebenshaltungen, sondern Handeln ist nun als Ausdruck innerer Einheit und Geschlossenheit wesentlich. Freiheit unterscheidet sich deutlich von jeglicher Willkür, die die eigene Absicht zum Maß des Tuns erhebt. Als 'Freiheit von den Dingen' wird sie zur 'Freiheit zu ihnen', zu einem Handeln, das sich bemüht, auf einen Anspruch angemessen zu antworten. Das wesentlich gewordene Handeln hat nicht nur entscheidende Konsequenzen für die Person, sondern auch für den Umgang mit der Welt. Je geeinter und wesentlicher ein Mensch ist, desto präziser und differenzierter wird sein Umgang mit den Dingen. Selbsterkenntnis führt zu besserer Welterkenntnis.

Die Werke, "zu denen du außerhalb deiner durch fremde Dinge bewegt wirst, ... kommen nicht aus dem Leben: darum sind sie tot, denn nur *das* Ding *lebt*, das Bewegung aus seinem Eigenen empfängt. Und so denn: sollen des Menschen Werke *leben*, so müssen sie aus seinem Eigenen genommen werden, nicht von fremden Dingen her noch außerhalb seiner, sondern in ihm."[31] Lebendigkeit erlangt der Mensch nicht durch Geschäftigkeit noch durch eine Flut äußerer Reize, denen er sich hingibt noch durch seine Triebe. Stattdessen werden die Werke, die nahezu absichtslos aus dem eigenen Sein hervorgehen, durch den Menschen belebt. Die in der Selbstbesinnung und inneren Stille gewonnene Einheit verleiht dem Handeln Kraft und Geschlossenheit. Umgekehrt befruchtet das Handeln wieder das Innere, indem es zum Korrektiv für Fehlhaltungen wird und, mit höchster Aufmerksamkeit und Sammlung ausgeübt, auch die innere Einheit verstärkt. "Nicht als ob man seinem Innern entweichen oder entfallen oder absagen solle, sondern gerade in ihm und mit ihm und aus ihm soll man so wirken lernen, daß man die Innerlichkeit ausbrechen lasse in die Wirksamkeit und die Wirksamkeit hineinleite in die Innerlichkeit und daß man sich so gewöhne, ungezwungen zu wirken. ... Will aber das äußere Werk das innere zerstören, so folge man dem inneren. Könnten aber beide in Einem bestehen, das wäre das Beste".[32]

Handeln aus innerer Sammlung und Geeintheit ist für Eckhart in jeder Lebens- und Arbeitssituation möglich. Er unterscheidet nicht zwischen der Arbeit auf dem Felde und der Tätigkeit des Gelehrten. Jeder kann an der Stelle, an der er steht, damit beginnen: "ich sprach in dieser Weise: daß der Mensch ein Gott in allen Dingen suchender und ein Gott zu aller Zeit und an allen Stätten und bei allen Leuten in *allen* Weisen findender Mensch werden müßte. Darin kann man allzeit ohne Unterlaß zunehmen und wachsen".[33]

Unausgesprochen wird, ist innere Geschlossenheit und Sammlung der Person das Maß erfüllten Tätigseins, eine hierarchische Wertung von Hand- und Kopfarbeit hinfällig. Erwerbsarbeit kann ebenso wie handwerkliches Herstellen, gemeinschaftsbezogenes Handeln oder intellektuelles Forschen zu wachsender innerer Einheit führen. In dieser Hinsicht sind die Menschen einander gleichgestellt. Damit ist der Weg frei zu einer Aufwertung der Arbeit, die nun zum Menschsein gehört und Ausdruck einer wesentlich gewordenen Haltung sein kann; es wird aber auch die Gefahr sichtbar, daß Erwerbstätigkeit nicht mehr durch die anderen Dimensionen der vita activa ergänzt wird.

Mit der beginnenden Neuzeit vollzieht sich in raschem Wandel eine Aufwertung von Arbeit und Technik als Ausdruck des wachsenden Bewußtseins um die Gleichwertigkeit aller Menschen. Gleichzeitig geht jedoch gemeinschaftsbezogenes Handeln als Privileg des von Erwerbstätigkeit freien Menschen zunehmend verloren; vor allem die vita contemplativa in ihrem vielschichtigen Sinn als Muße zur Selbstbesinnung, Naturbetrachtung und meditativen Sammlung verarmt.

Hannah Arendt schließt im 20. Jahrhundert in ihrer fundierten Analyse der vita activa an die aristotelische Unterscheidung von Arbeit, Herstellen und Handeln an. Arendt verfolgt die gefährliche Entwicklung in eine Arbeits- und Freizeitgesellschaft, die von einer zunehmenden Weltentfremdung begleitet wird. Waren die Menschen nicht nur bei Aristoteles, sondern noch bei Eckhart in der vita activa wie vor allem in der vita contemplativa auf eine objektive Wirklichkeit bezogen, so verfängt sich der Mensch in der Neuzeit zunehmend in die unterschiedlichen Spielarten seiner eigenen Bedürfnisbefriedigung. Sie wird zum Maßstab seines Tuns, für das die Welt, die Natur, die Mitmenschen in immer umfassenderem Ausmaß zum bloßen Mittel werden. Die Neuzeit vollzieht - wie Arendt sagt - eine "Umkehr der überlieferten Rangordnungen, die ja nicht nur das Primat der Kontemplation vor dem Handeln betraf, sondern durch die Glorifizierung der Arbeit als Quelle aller "Werte" die Hierarchie innerhalb der Vita activa selbst auf den Kopf stellte und zum ersten Mal das Animal laborans an die Stelle des Animal rationale setzte".[34]

In der Neuzeit tritt der arbeitende Mensch in den Vordergrund, dessen Erfolgskriterium die sich unaufhörlich steigernde Produktivität ist. Er arbeitet für die Erhaltung seines Lebens, so daß alles Erzeugte für ihn lediglich einen Konsumwert hat und zum Verbrauch bestimmt ist. Besitz ist nicht mehr, wie in der Antike, Garant für ein von Erwerbstätigkeit freies Leben, sondern man arbeitet rastlos, um Hab und Gut in einem unbegrenzten Prozeß zu vermehren.

Die einseitige Wertung der Arbeit als Quelle aller Produktivität und Werte macht es schwer, den durch Rationalisierung und Automatisation entstehenden Freiraum für eine für die Gemeinschaft bedeutsame Tätigkeit zu nutzen. Stattdessen verbringt der arbeitende Mensch seine Freizeit meist mit rein privaten Liebhabereien und unverbindlichen Hobbies. Der ermüdende Wechsel von Lust und Unlust, Freizeit und der Mühsal der Arbeit bestimmt den Lebensrhythmus. Das von seinen leiblichen Bedürfnissen getriebene Animal laborans ist von wirklicher Teilnahme an der Welt aus- und in seine Bedürfnisse eingeschlossen. "Die Arbeit als der Stoffwechsel des Menschen mit der Natur hält den Arbeitenden in seinem schieren Lebendigsein gefangen, ohne daß er, wenn er keine andere Tätigkeit kennte als das Arbeiten, je den immer wiederkehrenden Kreislauf der Körperfunktionen übersteigen oder von ihnen sich befreien könnte."[35]

Die Arbeit dient in Übereinstimmung mit Aristoteles der Befriedigung menschlicher Grundbedürfnisse und der Sicherung eines mehr oder weniger genußvollen Überlebens. An zwei Stellen verweist die Arbeitswelt jedoch über sich hinaus: Gegenläufig zum Eintritt der Arbeit in die Öffentlichkeit entsteht die Sphäre des Privaten, ein Bereich der Intimität und Verborgenheit, den die Antike nicht kannte. Vieles wird nicht nur aus Scham vor der Öffentlichkeit abgeschirmt, sondern hat ein Recht auf Verborgenheit. Der unaufhörliche Kreislauf von Erzeugung und Verbrauch im Arbeitsprozeß läßt nichts Bleibendes entstehen. Doch die für die Arbeit benötigten technischen Hilfsmittel entstehen erst in der Tätigkeit des Herstellens. "Ohne Werkzeuge ... kann überhaupt nichts hergestellt werden, und die Erfindung von Geräten und Instrumenten fällt tatsächlich mit der Geburt von Homo faber und der Entstehung einer von Menschen hergestellten Dingwelt zusammen."[36]

Mit der Heraufkunft der mechanistischen Naturbetrachtung tritt der homo faber in den Vordergrund: Technisches Herstellen wird, wiederum im Unterschied zu Antike und Mittelalter, neben der Arbeit zur grundlegenden menschlichen Tätigkeit. Das Herstellen ist der Arbeit darin überlegen, daß aus ihm eine Welt von bleibenden Gegenständen hervorgeht, die nicht sofort wieder verbraucht werden. Neben Werkzeugen für den Arbeitsprozeß sowie technischen Hilfsmitteln entsteht die Welt der Kunstwerke, die das Gesicht einer Epoche prägen. Wie bei der Arbeit ist die Welt im Herstellen bloßes Mittel für den Gebrauch und ist nur insofern von Bedeutung, als sie sich für menschliche Zielsetzungen eignet. Mit dem Herstellen ist daher unausweichlich ein Moment der Gewalt und der Naturbeherrschung verbunden. Doch entgegen Heideggers Kritik am 'Gestell' stabilisiert für Arendt die Dingwelt, in der sich der Mensch durch dauerhafte Werke von der vergänglichen Natur abgrenzt, die menschliche Existenz, bietet ihr Vertrautheit und Verläßlichkeit im Umgang mit der Welt. "Die Umwelt des Menschen ist die Dingwelt, die Homo faber ihm errichtet, und ihre Aufgabe, sterblichen Wesen eine Heimat zu bieten, kann sie nur in dem Maße erfüllen, als ihre Beständigkeit der ewig-wechselnden Bewegtheit menschlicher Existenz standhält und sie jeweils überdauert".[37]

Zwar geht alles lebendige Denken, Fühlen oder Sprechen im Herstellen unweigerlich in starre Vergegenständlichung über, denn nur um den Preis, toter Buchstabe zu werden, kann dem schöpferischen Geist in der Welt Dauer verliehen werden. Doch erinnert das Werk noch an den schaffenden Geist und weist so über seinen Gebrauchswert hinaus auf eine Sphäre, die nicht gegenständlich wird. Die menschliche Schöpferkraft spiegelt sich in den Werken ohne an sie gebunden zu sein. Während die unabsehbare Folge von Zielen und Mitteln, die in sich alle relativ sind, keine Antwort auf die beunruhigende Frage nach dem Sinn des Lebens und seiner Werte zu geben vermag, erinnert das Werk an die menschliche Schöpferkraft als Endzweck aller anderen Tätigkeiten. "Was das utilitaristische Denken selbst anlangt, so gibt es für dieses keinen anderen Ausweg aus dem Dilemma der Sinnlosigkeit, als der objektiven Welt der Gebrauchsgegenstände den Rücken zu wenden und sich auf die Subjektivität des Brauchens selbst zurückzuziehen. Nur in einer absolut anthropozentrisch geordneten Welt, in der der Mensch selbst als Gebrauchender der Endzweck ist, der den endlosen Zweckprogressus zum Halten bringt, kann der Nutzen als solcher zu einer Bedeutung kommen, die dem Sinn nahekommt."[38]

Doch die Erinnerung an den schöpferischen Geist führt nicht über eine Anthropozentrik hinaus: Als Folge des Weltverlusts, wie er sich in Kants Philosophie spiegelt, ist alles Tun des Menschen auf ihn selbst als Endzweck hingeordnet. Erst in der höchsten Tätigkeit der vita activa, die Arendt mit Aristoteles im gemeinschaftsbezogenen Handeln sieht, kann der Bezug zur Wirklichkeit zurückgewonnen werden. Im Handeln zeigt sich der Mensch frei gegenüber dem Zwang äußerer Umstände, gegen deren drängende Macht er einen Entschluß fassen kann. Dieser tritt als schöpferischer Neuanfang, als unberechenbares und einmaliges Ereignis in die Welt.

"Insofern ... Sprechen und Handeln die höchsten und menschlichsten Tätigkeiten der Vita activa sind, ist die Welt eine wirkliche Heimat für sterbliche Menschen ...; denn so viel ist sicher, das Maß für die Welt ist nicht die zwingende Lebensnotwendigkeit, die sich in der Arbeit kundgibt, und es kann nicht in dem Reich von Mitteln und Zwecken gefunden werden, das maßgebend ist für die Herstellung der Weltdinge und maßgeblich noch für den Gebrauch, den wir von ihnen machen."[39] Erst im Handeln bilden sich die zwischenmenschlichen Bezüge unabhängig vom Druck der Selbsterhaltung. Der Mensch begreift seine schöpferische Freiheit wie seine Geschichtlichkeit, durch die er auf andere Menschen angewiesen ist, verbunden mit der langen Folge von Generationen, deren Taten bis in die Gegenwart hineinwirken. Lediglich die Fähigkeit, sich mit anderen zu verständigen, zu versprechen und zu vergeben mildert, wie Arendt richtig erkennt, die unabsehbaren Folgen des Handelns. Während ein auf Arbeit gegründetes Gemeinwesen nur ein gleichgültiges Nebeneinander von austauschbaren Akteuren kennt, drückt sich im Handeln, das Zivilcourage und persönliche Verantwortung fordert, die Einzigartigkeit der Person aus. Erst im Handeln wird, obwohl alle Menschen gleichwertig sind, ihre Unverwechselbarkeit und Einmaligkeit sichtbar. "Das Handeln bedarf einer Pluralität, in der zwar alle dasselbe sind, nämlich Menschen, aber dies auf die merkwürdige Art und Weise, daß keiner dieser Menschen je einem anderen gleicht, der einmal gelebt hat oder lebt oder leben wird."[40]

Bedenkt man die Verschiedenheit der Menschen, ihre unterschiedlichen Fähigkeiten und Interessen, dann stellt sich die Frage, wie Pflicht und Neigung in der vita activa versöhnt werden könnten. Nicht nur Schiller, auch Goethe sah in der konsequenten Entwicklung der persönlichen Anlagen einen Weg zu einem Gemeinschaftsleben, in dem die Menschen sich aufgrund ihrer verschiedenen Neigungen gegenseitig ergänzen. Arbeit wäre dann nicht nur Erwerbstätigkeit, sondern zugleich erfüllte Neigung, die, wie Goethe im 'Wilhelm Meister' sagt, im Geiste 'heiterer Pflicht' ausgeübt würde. Aus dem Einklang von Plicht und Neigung erwächst zudem die Fähigkeit zur Selbstbegrenzung, die nicht durch Verbote oder Verzicht erst erzwungen wird. Selbstbegrenzung entsteht aus der konzentrierten Sammlung auf die eigenen Möglichkeiten und ist Voraussetzung für deren Erfüllung. Selbstübereinstimmung ermöglicht wiederum eine neidlose und angstfreie Offenheit für die Begabungen anderer.

Arendt wendet sich gegen eine Unterordnung der vita activa unter die vita contemplativa. Denn, so argumentiert sie, die verschiedenen Tätigkeiten der vita activa, Arbeit, Herstellen und Handeln, sind für ein erfülltes Leben unverzichtbar. Sie lassen sich nicht bruchlos auf ein einheitliches Grundanliegen, die Wahrheitserkenntnis, hinordnen, sondern haben eine eigenständige Berechtigung. Die vita activa tritt neben die vita contemplativa, da beide Lebensformen unterschiedliche Grundbedürfnisse ausdrücken.

Die Leiblichkeit, die für Arendt nur zur Erwerbstätigkeit zwingt, eröffnet darüberhinaus einen eigenen, unverzichtbaren Zugang zur Wirklichkeit. Nur was leiblich durchdrungen und mit Erfahrung gesättigt ist, ist wirklich verstanden. Als Quelle der Zärtlichkeit erschließt die Leiblichkeit in Freundschaft und Liebe eine wesentliche Dimension zum anderen Menschen. Die Eingebundenheit in Natur und der einfühlsame Umgang mit ihr wird nur aufgrund der Leiblichkeit möglich.

Kann auch die Mühsal der Erwerbstätigkeit nicht aus dem Lebensprozeß getilgt werden, will man nicht zu einer Sklavengesellschaft zurückkehren, so kann Arbeit doch ergänzt werden durch eine andere Lebenssphäre, in der sich die menschliche Person besser ausdrüken kann und über ihre eigene Bedürfnisbefriedigung hinaus in die Farbigkeit und Lebendigkeit der Welt eingebunden ist. Liegt, wie alle Autoren übereinstimmend sagten, das Äußerste und Höchste, was der Mensch vollbringen kann, in der Aktualisierung des eigenen Wesens, so gilt es, den Reichtum menschlicher Verhaltensmöglichkeiten wiederzugewinnen. Tritt die vita activa als gleichberechtigt neben die vita contemplativa, so vermag ein Wirken aus der Stille die vita activa in all ihren unterschiedlichen Formen zu befruchten und zu beleben. Das Anschauen der Natur erschließt eine Sinnsphäre, in der das Betrachtete jenseits allen Nutzens einen Wert in sich hat, der zu einem behutsameren Umgang mit der Natur und der ganzen Mitwelt führt.

Anmerkungen

1 Aristoteles: Nikomachische Ethik, (Hg.: G.Bien; Übers.: E.Rolfes), Hamburg 1985, 1096 a 5ff.
2 Aristoteles: Nik.Eth. 1097 b 5ff.
3 Aristoteles: Nik.Eth. 1097 a 25ff - b 5.
4 Aristoteles: Nik.Eth. 1098 a 5ff.
5 Aristoteles: Nik.Eth. 1140 a 25 - b 5.
6 Aristoteles: Nik.Eth. 1177 b 20ff - 1178 a 5.
7 Seneca: Über die Muße, in: Philosophische Schriften Bd. 2 (lat. - dt.), (Hg. u. Übers.: M.Rosenbach), Darmstadt, 1983², 81 - 83.
8 Seneca: op.cit. 89.
9 Albert Einstein: Mein Weltbild, Frankfurt/M./ Berlin/ Wien 1981, 109.
10 T.W.Adorno: Minima Moralia. Reflexionen aus dem beschädigten Leben, Frankfurt/M. 1979, 207f.
11 Plotin: III, 8,6, in: Plotins Schriften Bd. I-V, (Übers.: R. Harder; Neub.: R.Beutler/W.Theiler), Hamburg 1956 - 1967, Bd. III, 15.
12 Vgl. W.Beierwaltes: Denken des Einen. Studien zur neuplatonischen Philosophie und ihrer Wirkungsgeschichte, Frankfurt/M. 1985. - E.v.Ivánka: Plato Christianus. Übernahme und Umgestaltung des Platonismus durch die Väter, Einsiedeln 1964.
13 Plotin: V,8,2, in: Plotins Schriften Bd. I-V, Übers.v. R.Harder, Neub. v.R.Beutler u.W.Theiler, Hamburg, 1956 - 1967, op.cit. Bd.III, 39.
14 Vgl. P.Hadot: Plotin ou la simplicité du regard, Paris 1973. - W.Beierwaltes: Reflexion und Einung. Zur Mystik Plotins, in: W.Beierwaltes/ H.U.v.Balthasar/ A.M.Haas: Grundfragen der Mystik, Einsiedeln 1974.
15 Vgl.Plotin: VI,9,7, in: Plotins Schriften Bd. I-V, Übers.v. R.Harder, Neub. v.R.Beutler u.W.Theiler, Hamburg, 1956 - 1967, op.cit. Bd.I, 191ff.
16 Vgl.Plotin: VI,9,8, in: Plotins Schriften Bd. I-V, Übers.v. R.Harder, Neub. v.R.Beutler u.W.Theiler, Hamburg, 1956 - 1967, op.cit. Bd. I, 195ff.

17 Plotin: VI,9,9, in: Plotins Schriften Bd. I-V, Übers.v. R.Harder, Neub. v.R.Beutler u.W.Theiler, Hamburg, 1956 - 1967, op.cit. Bd. I, 201.
18 Plotin: V,8,13, in: Plotins Schriften Bd. I-V, Übers.v. R.Harder, Neub. v.R.Beutler u.W.Theiler, Hamburg, 1956 - 1967, op.cit. Bd. III, 67.
19 Plotin: III,8,10, in: Plotins Schriften Bd. I-V, Übers.v. R.Harder, Neub. v.R.Beutler u.W.Theiler, Hamburg, 1956 - 1967, op.cit. Bd. III, 29.
20 Plotin: III,8,6, in: Plotins Schriften Bd. I-V, Übers.v. R.Harder, Neub. v.R.Beutler u.W.Theiler, Hamburg, 1956 - 1967, op.cit. Bd. III, 17.
21 Plotin: III,8,7, in: Plotins Schriften Bd. I-V, Übers.v. R.Harder, Neub. v.R.Beutler u.W.Theiler, Hamburg, 1956 - 1967, op.cit. Bd. III, 19.
22 Vgl. K.Ruh: Meister Eckhart. Theologe, Prediger, Mystiker, München 1985.
23 Vgl.G.Mieth: Die Einheit von vita activa und vita contemplativa in den deutschen Predigten und Traktaten Meister Eckharts und bei J.Tauler, Regensburg 1969.
24 Luk.10,38ff.
25 Vgl.M.Wehrli-Jonas: Maria und Martha in der religiösen Frauenbewegung, in: (Hg.) K.Ruh: Abendländische Mystik. Symposion Kloster Engelberg 1984 (Stuttgart 1986), 354-367. - A.M.Haas: Die Beurteilung der vita contemplativa und activa in der Dominikanermystik des 14.Jahrhunderts, in: Arbeit, Muße, Meditation. Betrachtungen zur Vita activa und Vita contemplativa, in: (Hg.: B.Viehers): Arbeit, Muße, Meditation. Betrachtungen zur Vita activa und Vita contemplativa, Zürich 1985, 109-131.
26 Vgl.A.M.Haas: Nimm din selbes war. Studien zur Lehre von der Selbsterkenntnis bei Meister Eckhart, Johannes Tauler und Heinrich Seuse, Freiburg/Schweiz 1971.
27 Meister Eckhart: Deutsche Predigten und Traktate, (Hg.u. übers. v. J.Quint), München, 1979, 278f.
28 Meister Eckhart: op.cit. 143.
29 Meister Eckhart: op.cit. 282.
30 Meister Eckhart: op.cit. 283.
31 Meister Eckhart: op.cit. 40.
32 Meister Eckhart: op.cit. 94.
33 Meister Eckhart: op.cit. 93.
34 H.Arendt: Vita activa oder Vom tätigen Leben, München/ Zürich 1981[6], 80.
35 H.Arendt: op.cit. 104.
36 H.Arendt: op.cit. 110.
37 H.Arendt: op.cit. 162.
38 H.Arendt: op.cit. 142.
39 H.Arendt: op.cit. 163.
40 H.Arendt: op.cit. 15.

Eine kleine Geschichte der Intuition

– Von Platon zu Einstein –

"Mit den Helikonischen Musen laßt uns beginnen zu singen,
die den großen und gotterfüllten Helikonberg bewohnen
und um die dunkelfarbige Quelle mit leichtem Fuß
tanzen und um den Altar des allgewaltigen Kronossohnes. ...
Diese (die Musen) nun lehrten einst den Hesiod schönen Gesang,
als er Schafe weidete unter dem gotterfüllten Helikon.
Dieses Wort aber sprachen die Göttinnen zuerst zu mir,
die olympischen Musen, die Töchter des ägishaltenden Zeus:
'Ihr Hirten draußen, üble Burschen, nichts als Bäuche,
wir wissen viel Falsches zu sagen, dem Wirklichen Ähnliches,
wir wissen aber auch, wenn wir wollen, Wahres zu verkünden.'
So sprachen die Töchter des großen Zeus, die rechtredenden.
Und sie gaben mir einen Stab, einen Zweig vom blütenreichen Lorbeer
schneidend, einen ansehnlichen. Und sie hauchten mir eine weissagende
Stimme ein, damit ich rühme, was sein wird und was vorher war,
und sie forderten mich auf, das Geschlecht der seligen (Götter) zu preisen,
der ewig seienden,
sie selbst aber zuerst und zuletzt stets zu besingen."[1]

So schildert der griechische Dichter *Hesiod* im achten Jahrhundert vor Christus das einschneidende Erlebnis, durch das ihm plötzlich und unerwartet ein tiefer Einblick in die Gesetzmäßigkeiten des Kosmos beschieden war. Vom einfachen Hirten, der nicht viel mehr im Sinn hat, als den täglichen Lebensunterhalt, verwandelt er sich in einen Dichter, der die Entstehung des Kosmos preisen muß. Das Wissen, das Hesiod überkam, hat eine zwingende Kraft. Er muß es verkünden und darf es nicht nur für sich behalten. Er verdankt diese Inspiration göttlichen Mächten, den Musen, die als Töchter des Zeus kosmische Zeiten und Räume überschauen. Die Einsicht, die die Musen vermitteln, ist zwiespältig: Sie kann wahr sein; - sie kann aber auch trügerisch sein und gerade durch den Anschein von Wahrheit blenden.

Die Musen wurden für Jahrhunderte Sinnbild geistiger Inspiration, der der Mensch die besten schöpferischen Impulse verdankt. Allein durch Verstand, Willenskraft oder Gefühle wären die großen Werke in Kunst, Literatur oder Musik nie zustande gekommen. Auch die Naturwissenschaften verdanken wesentliche Fortschritte jenem unverfügbaren und blitzartigen Aufleuchten einer leitenden Idee. Erst durch diesen schöpferischen Impuls schießen die unterschiedlichen Elemente, die einzelnen Beobachtungen und die zerstreuten Gedanken zu einem Ganzen zusammen. Etwas Neues entsteht, das aus einem Guß ist.

Heute herrscht in Natur- und Geisteswissenschaften weitgehend das analytische Denken vor, das die Welt in einzelne Zusammenhänge zerlegt. Jeder Gedankengang muß folgerichtig begründet und bewiesen werden, um als stichhaltig zu gelten. Dagegen wächst bei der Suche nach einem neuen Weltbild die Sehnsucht nach einem ganzheitlichen Erleben der Natur. Wissenschaftliche Erklärungen werden häufig als etwas empfunden, was ein unmittelbares Erleben verstellt. Ein rein gefühlsmäßiges Erfassen tritt an die Stelle von rationaler Analyse, logischer Schlußfolgerung und präziser Beobachtung. Zwei extreme Sichtweisen der Wirklichkeit prallen scheinbar unversöhnlich aufeinander, denen Fühlen und Denken, Analyse und Intuition jeweils als Gegensätze erscheinen. Ein Blick zurück in die philosophische und naturwissenschaftliche Tradition zeigt, daß Denken und Intuition vielschichtige Begriffe sind. In einem ganzheitlichen Menschenbild ergänzen sich Denken und Fühlen, Intuition und präzises Beobachten gegenseitig. Jede Weise, die Welt zu betrachten, erschließt andere Perspektiven der Wirklichkeit.

Was meinen wir, wenn wir von 'Denken' und 'Intuition' sprechen? Welche Aufgabe hat die Fähigkeit zu unterscheiden, zu trennen und zu isolieren? Mit den fünf Sinnen -Tasten, Schmecken, Riechen, Sehen und Hören - werden die sinnlichen Qualitäten der Welt aufgenommen. Das Spiel der Farben und Gerüche, die unwiderstehlich ans Ohr drängenden Geräusche und die stofflichen Qualitäten der Dinge berühren den Menschen wohltuend oder quälend. Er spürt, daß er leibhaftig mit der Mitwelt verbunden ist und gleichsam ein Teil von ihr ist. *Martin Buber* beschreibt das Erleben der Ungeschiedenheit von Mensch und Welt am Beispiel des ungeborenen Kindes: "Das vorgeburtliche Leben des Kindes ist eine reine naturhafte Verbundenheit, Zueinanderfließen, leibliche Wechselwirkung; wobei der Lebenshorizont des werdenden Wesens in einzigartiger Weise in den des tragenden eingezeichnet und doch auch wieder nicht eingezeichnet erscheint; denn es ruht nicht im Schoß der Menschenmutter allein. ... Jedes werdende Menschenkind ruht, wie alles werdende Wesen, im Schoß der großen Mutter: der ungeschieden vorgestaltigen Urwelt."[2]

Erst allmählich unterscheidet sich das Menschenkind von der Welt und begreift sich als bleibendes 'Ich' im Wandel der Ereignisse. Das Denken beginnt, die Flut der Sinneseindrücke zu ordnen. Nicht mehr der Reiz der roten Farbe, sondern die Rose tritt ins Blickfeld, die sich von der gelben Narzisse nicht nur durch die Farbwirkung unterscheidet. Rose und Narzisse werden als Gestaltganzheiten auch in einer anderen Umgebung wiedererkannt. Die Rose mag in einer ganz anderen Stimmung betrachtet werden und doch ist da etwas Bleibendes im unaufhörlichen Wandel der Geschehnisse. Im Denken distanziert sich der Mensch von der ihn umgebenden Natur und tritt ihr fragend, beobachtend, forschend oder sie benutzend gegenüber. Er stellt fest, woher Geräusche kommen, wozu sich ein Stoff eignet oder welche Farben eine Blume hat. Das Denken löst aus dem Strom der Sinnesreize, die auf eine unmittelbare Reaktion drängen, bestimmte Eindrücke heraus. Einzelne Zusammenhänge werden isoliert betrachtet und ursächlich untereinander verknüpft. Der Mensch steht nun der Welt, in der er lebt, scheinbar abgelöst gegenüber und analysiert sie. Er braucht sie zur Bewältigung des Alltags, um sich Nahrung und Kleidung zu verschaffen; er benutzt sie, um Handel zu treiben und zu reisen; er ergründet mit wissenschaftlicher Präzision einzelne Fragen. Welt ist zur Umwelt geworden. Dabei kann der trügerische Eindruck entstehen, man könne die Umwelt beliebig für eigene Ziele und Wünsche benutzen. Die Welt hat für den Menschen, der selbst weltlos geworden ist, ihren Eigenwert verloren. Buber sagt: "Der ichhaft gewordene Mensch... stellt sich vor den Dingen auf...; mit der objektivierenden Lupe seines Nahblicks über die einzelnen gebeugt oder mit dem objektivierenden Feldstecher seines Fernblicks sie zur Szenerie zusammenordnend, sie in der Betrachtung isolierend... oder sie in der Betrachtung verknüpfend ohne Weltgefühl... Nun erst erfährt er die Dinge als Summen von Eigenschaften".[3]

Könnte der Mensch nicht im unmittelbar sinnlichen Erleben verharren? Warum zerreißt er dies beglückende Gefühl des Einsseins mit allem? Der Mensch unterscheidet nicht nur die Dinge voneinander, sondern er unterscheidet auch sich selbst von der Umwelt und den anderen Menschen. Die Fähigkeit, sich von anderem abzugrenzen, ist die Voraussetzung dafür, daß sich der Einzelne seiner selbst wie seiner Umgebung bewußt wird und nicht mehr vollständig durch die Umwelteinflüsse determiniert ist. Er kann aus dem unmittelbaren Erleben heraustreten und über das Geschehen nachdenken.

In derselben Bewegung begreift er, daß er es ist, der erkennt. In diesem Augenblick denkt er nicht nur über die äußeren Geschehnisse nach, sondern auch über sich selbst, der fühlt und erkennt. Er besinnt sich auf sich selbst, wendet sich gleichsam von der Außenwelt ab und auf sich selbst zurück. Er kann sich über seine Gefühle, Vorstellungen und Ziele Klarheit verschaffen und sein Verhalten selbstkritisch korrigieren. Die Fähigkeit, aus dem bloß gefühlsmäßigen

Erleben herauszutreten ist wiederum die Voraussetzung, anderen Menschen denkend und fühlend begegnen zu können. Trennung ist die Voraussetzung von einer Verbundenheit, die nicht mehr das bewußtlose Einsseins des Kindes ist, wie Buber formuliert: "Die erste Bewegung des Menschseins gibt mir die Menschen in das gegenseitige Sein.... Die zweite aber gibt sie mir in die gegenseitige Beziehung... Hier nun erst wird mir der andere zum Selbst, und die in der ersten, distanzierenden Bewegung erfolgte Verselbständigung seines Seins erweist sich in einem neuen ... Sinn als Voraussetzung... dieser Selbstwerdung-für-mich. ... Denn das innerste Wachstum des Selbst vollzieht sich nicht... aus dem Verhältnis des Menschen zu sich selber, sondern aus dem zwischen dem Einen und dem Andern".[4]

Die Fähigkeit zu unterscheiden ist nicht nur für die Wissenschaft und die pragmatische Bewältigung des Alltags notwendig. Sie ist eine unverzichtbare Voraussetzung dafür, daß der Mensch sich seiner selbst und anderer Menschen bewußt wird. Die *Gabe der Unterscheidung* ist nicht beschränkt auf die intellektuelle Analyse; begriffliches Denken ist nur ein Aspekt der Bewegung, in der der Mensch anderem gegenübertritt. Erst wenn er auf neue Weise mit anderem in eine unmittelbare Beziehung tritt, nimmt er wieder an der Welt lebendig teil.

Platon ist der erste, der sich über die Möglichkeiten und Grenzen des begrifflichen Denkens und der intellektuellen Bemühungen des Menschen Rechenschaft ablegt. Unterscheidungsvermögen ist nicht nur Denken; Denken wiederum ist nicht eingeschränkt auf pragmatische Überlegungen, wie man am besten ein bestimmtes Ziel erreichen kann und welche Mittel man hierzu wählen muß. Die Freiheit, das zu erforschen, was 'die Welt in ihrem Innersten zusammenhält' galt den Griechen als höchste Form des Denkens, so daß der mögliche Nutzen dieser Erkenntnis für den Alltag belanglos war.

Fragt man danach, *was* eine Sache ist, argumentiert Platon, dann muß man verschiedene Stufen der Erkenntnis unterscheiden. Kennt man den Namen einer Sache, dann hat man diese noch längst nicht wirklich verstanden. Man muß erklären können, welche Bestandteile die Sache bilden und wie diese miteinander zusammenhängen. In schrittweiser Analyse werden die einzelnen Elemente gesondert untersucht. Nacheinander wird ein Aspekt nach dem anderen erforscht. Das analytische Denken braucht Zeit. Es erfaßt nie alle Aspekte gleichzeitig, sondern schreitet ruhelos von einem Aspekt zum nächsten fort. Die Sicht, die man von einer Sache gewinnt, verändert sich dabei ständig. Nie hat man die ganze Sache in all ihren Details gleichzeitig vor Augen. Die vielen einzelnen Ergebnisse werden erst am Ende der Untersuchung miteinander verknüpft. In einem dritten Schritt wird die Sache anschaulich vergegenwärtigt, denn wirkliches Verstehen ist ohne sinnliche Wahrnehmung und Erfahrung unmöglich. Noch ein vierter Schritt steht aus: Man mag die einzelne Rose in diesem Garten untersucht haben; man hat dabei verschiedene Gesetzmäßigkeiten erkannt, etwa die, wie sich Blattgrün bildet oder wie die Rose befruchtet wird. Aber ist dies die *ganze* Rose, die wächst, blüht und verwelkt? Ist es bereits jenes zeitlose Bildungsgesetz, das immer wieder Rosen hervorbringt, auch nachdem die einzelne Rose längst verblüht ist? "Eins ist die Benennung, das zweite die Erklärung, das dritte das Abbild, das vierte das Wissen. ... Es gibt so etwas, was wir Kreis nennen, das hat eben diese Benennung, die wir jetzt aussprachen. Die Erklärung ist das zweite von ihm...: Das, was nämlich von seinen äußersten Punkten zur Mitte überall gleich entfernt ist, das wäre die Erklärung dessen, was die Benennung rund, gleichmäßig gebogen und Kreis trägt. Das dritte ist das, was gemalt und wieder ausgewischt wird, gedrechselt und wieder zerstört wird. Davon erfährt der Kreis selbst, um den es bei all dem geht, nichts, denn er ist etwas anderes als das. Das vierte aber ist das Wissen und Denken und die wahre Ansicht über dies... Mit Mühe nur, wenn jedes von ihnen am anderen gerieben wird -Benennungen, Erklärungen, Ansichten und Wahrnehmungen - und wenn es in wohlwollenden Prüfungen geprüft wird, und von Menschen, die ohne Mißgunst fragen und antworten, leuchten Einsicht und Verständnis über jeden Gegenstand auf, wenn man sich anspannt, soweit es in menschlichem Vermögen steht."[5]

Was man mit den Dingen machen kann, ist längst versunken hinter der forschenden Neugier, einfach zu verstehen. Jede Frage tritt bereits unter einem bestimmten Blickwinkel an die Sache heran und erhält nur eine begrenzte Antwort. Die gezielte Absicht, unter der etwa ein Mensch betrachtet wird, verstellt die wirkliche Erkenntnis dessen, was er unabhängig von dieser Frage ist. Erkenntnis kann nicht bei der Beobachtung und Beschreibung einzelner Phänomene stehenbleiben, sondern muß weiterfragen nach der Gesetzmäßigkeit, die sie immer wieder hervorbringt. Wirkliches Verstehen führt über die sinnliche Anschauung und die Analyse von Einzelzusammenhängen hinaus. Die Erkenntnis des lebendigen Zusammenspiels aller Momente einer Sache bleibt trotz aller Anstrengungen im Einzelnen unverfügbar. Die wirkliche Einsicht ist nicht mehr durch einen streng logischen Gedankengang zu erschließen. Sie fordert äußerste Konzentration und Geduld und gleichzeitig die Offenheit, die Sache so aufzunehmen, wie sie sich zeigt. Schließlich wird das, was die Rose zur Rose macht, die innere Gesetzmäßigkeit in ihrer ganzen Komplexität und lebendigen Ganzheit, schlagartig erfaßt. Die entscheidende Einsicht, die den vorangehenden Bemühungen ihren Zusammenhang verleiht, entzieht sich dem menschlichen Willen. Sie stellt sich plötzlich und unerwartet ein, dann, wenn man vielleicht am wenigsten mit ihr rechnet. Platon sagt: "denn es läßt sich keineswegs in Worte fassen wie andere Lerngegenstände, sondern aus häufiger gemeinsamer Bemühung um die Sache selbst und aus dem gemeinsamen Leben entsteht es plötzlich - wie ein Feuer, das von einem übergesprungenen Funken entfacht wurde - in der Seele und nährt sich dann schon aus sich heraus weiter."[6]

Wirkliches Verstehen hat die Kraft einer inneren Gewißheit, in der sich etwas so zeigt, wie es ist. Um etwas frei von menschlichen Absichten, Erwartungen und Vorstellungen zu erfassen, genügt ein scharfer Intellekt nicht. Eine über viele Jahre geschulte Lebenshaltung ist notwendig sowie eine ruhige, konzentrierte Aufmerksamkeit. Die noetische oder intuitive Erkenntnis, die Platon von der dianoetischen oder analytischen scharf unterscheidet, erfaßt die Gestaltganzheit mit einem Schlage.

Aristoteles rückt einen anderen Aspekt von 'Denken' und 'Intuition' in den Blick: Platon hatte nur zwischen dem analytischen und dem intuitiven Denken unterschieden in dem Bemühen, Einsicht in zeitlos Gültiges zu gewinnen. Aber - so fragt Aristoteles -genügt diese Unterscheidung, um eine *alltägliche* Situation in ihrer ganzen Komplexität zu erfassen? Braucht man zur Bewältigung des Alltags nicht ein untrügliches Gespür für den rechten Augenblick, für das, was nur in diesem Moment getan werden kann? In einer unüberschaubaren Situation, die schnell entschieden werden muß, bleibt nicht genügend Zeit für eine ausführliche Analyse. Das Geschehen kann nur vor seinem Eintreten in der Vorstellung oder nachdem man es durchlebt hat durchdacht werden. Die Wissenschaft wiederum liefert nur allgemeine Gesetze, die häufig ungeeignet sind, eine konkrete Situation zu bewältigen. Durch angelernte starre Verhaltensmuster ist eine komplexe Situation ebenfalls nicht lösbar. Keine Konstellation von Ereignissen wiederholt sich, so daß jede Situation, mag sie der vorangehenden auch ähnlich sein, neue Anforderungen stellt. Auch die bloße Meinung über das, was *man* tun müßte, ist ungenügend. Wird eine rasche Entscheidung etwa über das Schicksal anderer Menschen gefordert, müssen zudem Werte berücksichtigt werden.

Die Fähigkeit, sich in einer undurchsichtigen und schwierigen Situation angemessen zu verhalten, hängt für Aristoteles von drei Faktoren ab: Von den jeweiligen natürlichen Begabungen, von der Lebenshaltung, die über viele Jahre hinweg erworben wurde und von der Einsicht in die Situation. Aristoteles nennt das Zusammenspiel von menschlicher Anlage, Lebenshaltung und Vernunft *Klugheit*. "Ein kluger Mann scheint sich also darin zu zeigen, daß er wohl zu überlegen weiß, was ihm gut und nützlich ist, nicht in einer einzelnen Hinsicht, z.B. in bezug auf Gesundheit und Kraft, sondern in bezug auf das, was das menschliche Leben gut und glücklich macht. ... Mithin bleibt nur übrig, daß sie (die Klugheit) *ein untrüglicher Habitus vernünftigen Handelns ist in Dingen, die für den Menschen Güter und Übel sind.*"[7]

Klugheit beruht nicht auf der Vernunft allein. Der Mensch ist ein Wesen, das Naturanlage und durch Kultur Erworbenes in sich vereinigt. Zur Naturanlage gehört die Vernunft, durch die kulturelle und persönliche Lebensgewohnheiten überprüft und verändert werden können. Lebensgewohnheiten allein sind als Entscheidungsgrundlage ungenügend, da man auch falsche Gewohnheiten ausbilden kann. Gewohnheiten werden in der Kindheit erworben und müssen immer wieder von der Vernunft kritisch überprüft, vertieft und korrigiert werden. Trotzdem sind Gewohnheiten die Voraussetzung, um sich in einer schwierigen Situation auch ohne langwierige Überlegung angemessen zu verhalten. Erst wenn Lebensgewohnheiten durchdacht werden und sich mit einer Vielzahl einzelner Erfahrungen verbinden, bildet sich Klugheit. "Auch geht die Klugheit nicht bloß auf das Allgemeine, sondern auch auf die Erkenntnis des Einzelnen. Denn sie hat es mit dem Handeln zu tun, das Handeln aber bezieht sich auf das Einzelne und Konkrete. Daher sind auch manche, die keine Wissenschaft haben, praktischer oder zum Handeln geschickter als andere mit ihrem Wissen; besonders sind dies die Leute mit viel Erfahrung. Denn wenn z.B. jemand wüßte, daß leichtes Fleisch gut verdaulich und gesund ist, ohne aber zu wissen, welches Fleisch leicht ist, so würde er damit keinen gesund machen, wohl aber wird es derjenige vermögen, der weiß, daß Geflügelfleisch leicht und gesund ist. Die Klugheit ist aber praktisch, und darum muß man beides, Kenntnis des Allgemeinen und des Besonderen, haben oder, wenn nur eines, lieber das letztere."[8]

In lebenspraktischer Hinsicht ist der mit Umsicht handelnde Mensch dem Intellektuellen meist überlegen. Im Unterschied zum Theoretiker hat er einen Blick für die besondere Konstellation von Umständen und die Übung, seine Einsichten im Handeln umzusetzen. Intuitiv ist er in der Lage, die Gesamtsituation abzuschätzen und die Gunst der Stunde zu nutzen. Klugheit fordert das untrügliche Gespür für die Elemente, die das Handeln in einer einmaligen Situation bestimmen. "So ist es ...jedermanns Sache und ein Leichtes, zornig zu werden und Geld zu verschenken und zu verzehren. Aber das Geld zu geben, wem man soll und wie viel man soll, und wann und weswegen und wie, das ist nicht mehr jedermanns Sache"[9].

Wie bei Platon das Verstehen einer Sache unverfügbar blieb, so läßt sich auch das untrügliche Gespür für eine alltägliche Situation nicht willentlich erzeugen. Es stellt sich ein - und bedarf doch der Übung. Der inneren Einstellung zu den Dingen müssen allerdings die äußeren Bedingungen entgegenkommen. Ob eine Handlung glückt, hängt nicht nur von der angemessenen Einschätzung, sondern auch von der Gunst der äußeren Umstände ab. Nicht nur alltägliche, sondern auch wissenschaftliche Einsichten beruhen auf der Erfahrung von Evidenz, von einer untrüglichen inneren Sicherheit also. Sowohl Platon wie

Aristoteles vergleichen diese Erkenntnis mit einem Sehen, bei dem der ganze Gegenstand gleichzeitig erfaßt wird. Sehen kann nicht wie eine Behauptung, ein Urteil oder eine Aussage wahr *oder* falsch sein. Beim Sehen gibt es nur die Möglichkeit, daß der Gegenstand klar erfaßt wird oder eine Sinnestäuschung vorliegt. Eine Katze wir eindeutig als Katze erkannt. Liegt keine Sinnestäuschung vor, dann kann diese Erkenntnis nur wahr sein. Dagegen kann eine Aussage über diese Katze, über ihre Vorlieben und Eigenarten, richtig oder falsch sein. Aristoteles sagt in seiner Schrift 'Über die Seele': "Das bejahende Urteil sagt etwas über etwas aus wie auch das verneinende, und jedes ist wahr oder falsch. Nicht jede geistige Erkenntnis aber ist es; vielmehr ist die auf das Wesen des Dinges bezogene wahr und sagt nicht etwas über etwas aus".[10]

Sokrates folgt seinem Daimonion noch in dem Augenblick, in dem dies sein Todesurteil bedeutet. Viele Jahre hatte ihn diese innere Stimme begleitet und ihn immer gewarnt, wenn Gefahr für ihn drohte oder er dabei war, etwas Unrechtes zu tun. Als er sich noch als freier Mann auf den Weg zum Gerichtsgebäude machte, um sich dem Urteil zu beugen, schwieg sein Daimonion. Sokrates schloß, daß selbst der Tod für ihn kein Übel sein könne. "Mir ist nämlich, ihr Richter..., etwas Wunderbares vorgekommen. Meine gewohnte Vorbedeutung nämlich war in der vorigen Zeit wohl gar sehr häufig, und oft in großen Kleinigkeiten widerstand sie mir, wenn ich im Begriff war, etwas nicht auf die rechte Art zu tun. Jetzt aber ist mir doch, wie ihr ja selbst seht, dieses begegnet, was wohl mancher für das größte Übel halten könnte und was auch dafür angesehen wird; dennoch aber hat mir weder, als ich des Morgens von Hause ging, das Zeichen des Gottes widerstanden, noch auch als ich hier die Gerichtsstätte betrat, noch auch irgendwo in der Rede, wenn ich etwas sagen wollte. Wiewohl bei anderen Reden es mich oft mitten im Reden aufhielt. Jetzt aber hat es mir nirgends bei dieser Verhandlung, wenn ich etwas tat oder sprach, nicht im mindesten widerstanden. Was für eine Ursache nun soll ich mir hiervon denken? ... Es mag wohl, was mir begegnet ist, etwas Gutes sein, und unmöglich können wir Recht haben, die wir annehmen, der Tod sei ein Übel. ... Denn unmöglich würde mir das gewohnte Zeichen nicht widerstanden haben, wenn ich nicht begriffen gewesen wäre, etwas Gutes auszurichten."[11]

Hermann Hesse schildert in seinem Roman 'Siddharta', daß nach langen Jahren der Askese und inneren Läuterung Siddharta eine innere Stimme hörte, die ihm beistand. Je mehr er sich im Getriebe der Welt, in der Lust an Macht, Reichtum und platter Sinnlichkeit verlor, desto seltener ertönte die Stimme, bis sie schließlich verstummte. Erst dies Verstummen riß Siddharta aus seiner Verlorenheit an die Welt, in der er sich selbst ganz vergessen hatte. Schmerzhaft erinnerte er sich an jenes Gefühl, mit sich selbst in einem tiefen Einklang zu sein. Er gab seinem Leben eine erneute Wendung und rastete nicht eher, bis er die innere Stimme wieder vernahm und sich beglückend eins wußte mit sich und dem All.

Aber ist Evidenz wirklich ein Kriterium für Wahrheit? Wurde nicht im Namen der inneren Stimme oder gar der Stimme Gottes immer wieder zu Gewalt aufgerufen? Wurden nicht extreme Askese, Kreuzzüge und Kriege in der Berufung auf ein höheres Wissen verkündet und gerechtfertigt? Charismatische Menschen wie Mahatma Gandhi, der immer wieder tief in sich hineinhorchte um Entscheidungen zu fällen, berufen sich auf eine intuitive Gewißheit; aber auch demagogische Gestalten wie Diktatoren und Sektenführer verkünden oft mit tiefer Überzeugung, Organe eines höheren Willens zu sein, der sich ihnen offenbart habe. Verblendung kann mit dem Anschein intuitiver Sicherheit einhergehen. Sie erwächst nicht aus der Erkenntnis des Seins, sondern entsteht aus unbewußten Wünschen und Vorstellungen, die eine zwingende Macht erlangen. Erinnern wir uns an die Aussage der Musen bei Hesiod, daß sie auch trügerisches Wissen verkünden könnten, das den Menschen im Schein der Wahrheit fesselt.

Baruch de Spinzoa entwickelt im 17.Jahrhundert ausführlich in seiner 'Ethik' den *Einfluß der Gefühle* auf die Erkenntnis. Die 'Ethik' ist nach dem Vorbild streng mathematischer Beweisführung aufgebaut. Doch die Argumentation soll nur eine Hinführung zur wirklichen Einsicht in die ewige Ordnung der Natur und die zeitlosen Gesetze menschlichen Lebens sein. Diese ist nur noch intuitiv möglich. Spinoza beginnt seine 'Ethik' mit der Frage nach der Ursache, die die Voraussetzung dafür ist, daß es überhaupt die Welt, die Menschen und die Vielzahl von Lebewesen gibt. Diese Ursache nennt Spinoza causa sui oder Gott. Obwohl der Gedanke einer letzten Ursache theoretisch schlüssig ist, haben die Menschen gewöhnlich kein lebendiges Wissen von dem Ursprung der Naturordnung und der menschlichen Existenz. Sie können nur aufgrund anderer Zeugnisse an ihn glauben oder die rationale Argumentation nachvollziehen.

Spinoza unterscheidet verschiedene Möglichkeiten der Erkenntnis. Der einfachste und bequemste Weg ist der, bei dem man den Aussagen anderer Glauben schenkt und nicht prüft, ob diese sich möglicherweise irren oder sogar lügen. Spinoza verdeutlicht dies an einem Beispiel aus der Mathematik: Man kann das Ergebnis einer Rechnung aufgrund von Meinungen ungeprüft übernehmen oder eine Rechenregel wenigstens an einigen Beispielen durch eigene Experimente überprüfen. "Ein andrer, schneller von Begriff, läßt sich so mit Hörensagen nicht abfertigen, sondern macht die Probe an einigen besonderen Rechnungen, und wenn er nun findet, daß sie damit übereinstimmen, dann schenkt er der Sache Glauben. Aber ...wie kann er denn sicher sein, daß die Erfahrung von einigen besonderen Fällen ihm eine Regel für alle sein kann?"[12]

Der Schluß von einzelnen Beispielen auf die Richtigkeit einer allgemeingültigen Rechenregel ist nicht möglich. Erst die Vernunft leitet die Rechenregel her und beweist ihre Gültigkeit für die verschiedenen Einzelfälle. Die grundlegende Erkenntnis der Regel allerdings ist nicht mehr durch logische Herleitungen möglich.

Die 'Ethik' soll allmählich dazu führen, das, was gedanklich vorausgesetzt und bewiesen wurde, auch intuitiv zu erfassen. Was aber verstellt die unmittelbare Einsicht? Fundament der 'Ethik' ist das jedem Menschen innewohnende Streben nach unbegrenzter Selbsterhaltung, das Ausdruck seines innersten Seins ist. Alles, was der Selbsterhaltung nutzt, ist gut, - was ihr schadet ist schlecht und zu vermeiden. Nicht Pflicht oder moralische Gebote bewegen zum richtigen Verhalten, sondern allein die Erkenntnis dessen, was das innerste Bedürfnis befriedigt. Um dies zu erkennen, muß der Mensch die Gesetze der menschlichen Natur und die wahren Ursachen seines Leidens und seines Tätigseins begreifen. Jedes Erleiden schwächt, während Tätigsein Ausdruck von Vollkommenheit ist. Sich selbst erhalten kann der Mensch nur, wenn er den äußeren Kräften, die ihn immer wieder zu überwältigen drohen, innere Kräfte entgegensetzt. "Aus meiner Darstellung erhellt, daß wir von äußeren Ursachen auf viele Weisen bewegt werden und hierhin und dorthin schwanken wie die von entgegengesetzten Winden bewegten Wellen des Meeres, unkundig unseres Ausgangs und Schicksals."[13]

Entgegen der geläufigen Ansicht ist für Spinoza Denken stets von Gefühlen begleitet. Angst, Machtgier, Ehrgeiz, Geltungsstreben, Neid, aber auch Freude, Glück oder Liebe geben der Erkenntnishaltung ihr eigentümliches Gepräge. Die Bewertung der Gefühle, die alles Denken begleiten, hängt davon ab, ob sie diesem unersättlichen Streben nach Sein schaden oder nützen, ob also Gefühle erlitten werden oder Ausdruck von Aktivität sind. Affekte können Leidenschaften sein, die durch irgendwelche Reize ausgelöst werden und den Menschen beherrschen; Affekte können aber ebensogut Gefühle sein, die Ausdruck von Bewußtheit und Anteilnahme sind. Um die Kraft zur Selbsterhaltung zu steigern, müssen die Affekte überwunden werden, die in falschen Vorstellungen über sich selbst, über die wirklichen Werte und über die Ursachen des Handelns gefangen halten. In der Vielzahl der Gefühlstönungen unterscheidet Spinoza drei Typen: Begierde, Freude und Trauer. "Alle Affekte beruhen auf Begierde, Freude oder Trauer... Die Begierde ist aber eines jeden Natur oder Wesenheit selbst... Freude und Trauer sodann sind Leidenschaften, durch die eines jeden Kraft oder Streben, in seinem Sein zu beharren, vermehrt oder vermindert, gefördert oder gehemmt wird." "Wir sehen somit, daß die Seele große Veränderungen erleiden und bald zu größerer, bald dagegen zu geringerer Vollkommenheit übergehen kann; und diese Leidenschaften erklären uns die Affekte der Freude und der Trauer. Unter Freude verstehe ich demnach ... die Leidenschaft, durch die die Seele zu größerer Vollkommenheit übergeht; unter Trauer dagegen die Leidenschaft, durch die sie zu geringerer Vollkommenheit übergeht."[14]

Trauer im Sinne von Trübsinn und alle Arten von Unlustgefühlen gelten als Gefühle, die die Klarheit der Erkenntnis trüben und dem bewußten Streben nach Selbsterhaltung schaden. Alle Affekte, auch Gefühle der Freude, die allein durch äußere Umstände ausgelöst werden, werden nur erlitten. Spinoza stimmt mit modernen Untersuchungen über Intelligenz überein, wenn er sagt, daß diese Gefühle die Klarheit des Erkennens einschränken. Angst, Unsicherheit, Zweifel, Haß, aber auch Stolz, Bestürzung, freudige Erregtheit oder Ehrgeiz führen dazu, daß Fehlschlüsse gezogen und Zusammenhänge verkannt werden. Die eigenen Kräfte werden überschätzt oder unterbewertet. Ziele und Werte werden nicht klar erkannt, so daß der Umgang mit der Umwelt und den Mitmenschen gestört ist. Es kann sich das Gefühl einer trügerischen Selbstsicherheit einstellen, das auch andere zu Fehlhandlungen verleitet.

Gefühle können sich allerdings in einem zweifachen Sinne auf die Intuition auswirken: Nur bestimmte Affekte fesseln und zwingen zum Leiden und zur Passivität; andere Gefühle dagegen fördern die Klarheit der Erkenntnis. "Außer der Freude und der Begierde, die Leidenschaften sind, gibt es noch andere Affekte der Freude und der Begierde, die sich auf uns beziehen, sofern wir handeln. Wenn die Seele sich selbst und ihre Wirkungskraft begreift, freut sie sich ... Alle Handlungen, die aus Affekten folgen, die sich auf die Seele beziehen, sofern sie erkennt, rechne ich zur Seelenstärke, und diese teile ich wieder ein in Willenskraft und Edelmut. Unter Willenskraft verstehe ich nämlich die Begierde, mit der jeder strebt, sein Sein allein nach dem Gebote der Vernunft zu erhalten. Unter Edelmut aber verstehe ich die Begierde, mit der jeder strebt, allein nach dem Gebote der Vernunft seine Mitmenschen zu unterstützen und sich in Freundschaft zu verbinden."[15]

Falsche Vorstellungen und die sie begleitenden Affekte werden nur durch die Erkenntnis der wahren Ursachen des Geschehens aufgelöst. Allein durch Intuition wird wirkliche Einsicht in die unwandelbaren Gesetze der menschlichen Natur und des Alls gewonnen. Intuition begreift die Dinge mit einem Schlag, so wie dem Mathematiker plötzlich die Richtigkeit einer Rechenregel einleuchtet, aus der sich alle Einzelfälle schlüssig herleiten. "Ein vierter aber, der die allerklarste Erkenntnis hat, hat nichts vonnöten, weder Hörensagen noch Erfahrung noch Kunst des Vernuftschlusses, weil er durch seine Intuition mit einem Male die Proportionalität in allen Rechnungen sieht.... Klare Erkenntnis... nennen wir das, was nicht durch vernunftgemäße Überzeugung, sondern durch ein Fühlen und Genießen der Dinge selbst entsteht, und diese geht weit über die andren."[16]

Intuition widerspricht zwar dem Intellekt nicht, aber überschreitet ihn. Im Unterschied zum Verstand, der die Dinge abstrakt und äußerlich erfaßt, verweilt die Intuition bei dem je besonderen Geschehen und erfaßt es gleichsam von innen her. Sie erkennt die innere Gesetzmäßigkeit und Notwendigkeit, nach der sich etwas entfaltet. Die verwickelten Motive menschlichen Handelns zeichnen sich klar vor dem geistigen Auge ab, während die Analyse nur einzelne Kausalketten verfolgt. "Aus dieser ... Erkenntnisgattung entspringt die höchste Zufriedenheit der Seele". "Die Glückseligkeit ist nicht der Lohn der Tugend, sondern selbst Tugend; und wir erfreuen uns ihrer nicht deshalb, weil wir die Gelüste hemmen, sondern umgekehrt, weil wir uns ihrer erfreuen, deswegen können wir die Gelüste hemmen."[17]

Die Kraft der Seele wächst mit der Erkenntnis. Die Gefühle des Glücks, der Zufriedenheit, der Liebe, die dabei entstehen, hemmen zunehmend die blinden Leidenschaften, die falsche Vorstellungen im Menschen erzeugen. Die zunehmende Klarsichtigkeit ist begleitet von wachsender ethischer Vollkommenheit und einem Gewinn an Freiheit. Jeder Zuwachs an innerer Kraft steigert wiederum die Freude, eine Freude allerdings, die um ihren Ursprung weiß. Daher ist Freude gleichbedeutend mit Liebe zum göttlichen Ursprung. Da Gott die tiefere Ursache der Ordnung der Welt ist, kann diese letztlich nur aus Gott erkannt werden. 'Im Lichte der Ewigkeit', wie Spinoza sagt, treten die zeitlosen Gesetze der Natur und des Menschen als Ausfluß der göttlichen Notwendigkeit in den Blick. Die Intuition sieht das Wirken der göttlichen Ursache in allen Dingen. Schließlich bleiben nur noch die Affekte übrig, die aus der Vernunft entspringen und die Einsicht begleiten und fördern. Intuition beruht nicht allein auf dem Intellekt, sondern auf dem gelebten Leben insgesamt. Das eigentliche Selbst, das es zu erhalten gilt, ist der leidenschaftslos sich betätigende Geist. Auf diese Weise verknüpft Spinoza die Lebenshaltung und die Lehre über die Gefühle mit der Fähigkeit zur Intuition. "Unbedingt aus Tugend handeln ist nichts anderes in uns als nach der Leitung der Vernunft handeln, leben, sein Sein erhalten ...auf der Grundlage des Suchens nach dem eigenen Nutzen. Unbedingt aus Tugend handeln ist nichts anderes als nach den Gesetzen der eigenen Natur handeln. Nun handeln wir aber ...nur insofern, als wir erkennen."[18]

Johann Wolfgang von Goethe schließt an Spinozas Gedanken in einem Brief an Friedrich Heinrich Jacobi an: "Wenn du sagst, man könne an Gott nur glauben..., so sage ich dir, ich halte viel aufs Schauen, und wenn Spinoza von der Scientia intuitiva spricht..., so geben mir diese wenigen Worte Mut, mein ganzes Leben der Betrachtung der Dinge zu widmen".[19]

Wie für Spinoza ist für Goethe die intuitive Erkenntnis eng mit der Lebenshaltung verknüpft. Kant, gegen den sich Goethe wendet, hatte nur noch

Gott eine intellektuale Anschauung zugestanden. Für Kant sollte sich der Mensch im Sittlichen vervollkommnen und sich so dem Geistigen annähern. Ist dies möglich, so argumentiert Goethe, dann muß der Mensch auch seine Erkenntnisfähigkeit der geistigen Schau angleichen können. ""Wir können uns einen Verstand denken, der, weil er nicht wie der unsrige diskursiv, sondern intuitiv ist, von... der Anschauung eines Ganzen ... zum Besondern geht, das ist, von dem Ganzen zu den Teilen." ... Zwar scheint der Verfasser hier auf einen göttlichen Verstand zu deuten, allein wenn wir ja im Sittlichen, durch Glauben an Gott, Tugend und Unsterblichkeit uns in eine obere Region erheben und an das erste Wesen annähern sollen; so dürft' es wohl im Intellektuellen derselbe Fall sein, daß wir uns, durch das Anschauen einer immer schaffenden Natur, zur geistigen Teilnahme an ihren Produktionen würdig machten."[20]

Intuition schreitet nicht mühsam vom Einzelnen zum Ganzen fort, sondern erfaßt zuerst das Ganze und analysiert von ihm ausgehend einzelne Aspekte. Das analytische Denken dagegen geht Schritt für Schritt vor und gewinnt eine immer präzisere Kenntnis von Einzelheiten. Durch die Konzentration auf's Detail verliert es den Blick auf's Ganze, ohne den letztlich weder Kunstwerke noch die Natur zu verstehen sind. Ein Kunstwerk wie die Pietà von Michelangelo erfordert akribische Detailstudien und eine große handwerkliche Fähigkeit; dennoch ist der Eindruck des Werkes nicht aus der Zusammensetzung kunstvoll verfertigter Teile zu verstehen. Eine Symphonie von Beethoven ist mehr als die abwechselungsreiche Folge von Tönen. Da 'das Ganze', wie ein vielzitierter Satz sagt, 'mehr ist als die Summe seiner Teile', erschließt sich durch fortschreitende Analyse von Einzelheiten nie der Gesamtzusammenhang.

An der Natur wird der Unterschied von rationaler und intuitiver Blickrichtung besonders deutlich. Eine Maschine kann man aus Teilen konstruieren und wieder in ihre Teile zerlegen; einen lebenden Organismus dagegen kann man nicht in Einzelteile zergliedern. Erst aus der Gestaltganzheit erklärt sich die Funktionsweise der Teile. Die Gestaltganzheit ist für Goethe Ausdruck eines unteilbaren, zeitlosen Bildungsgesetzes: eines Urphänomens. Es ist eine dynamische Kraft, die dem Lebewesen über die Zeiten hinweg seine Einheit verleiht. Das Urphänomen ist in jeder Entwicklungsphase einer Blume, im Wachsen, Blühen und Fruchttragen, als Ganzes gegenwärtig. Dennoch klafft zwischen der zeitlosen Idee eines Lebewesens und der konkreten Erfahrung von ihm eine unüberbrückbare Kluft. Nur die Intuition kann das Gesetz in seiner Ganzheit erahnen, das die Ausfaltung einer einzelnen Blume in ihren verschiedenen zeitlichen Phasen bewirkt. Wird die Beobachtung, die nur die zeitliche Abfolge einzelner Phasen erfaßt, allein zur Grundlage der Beschreibung gemacht, muß sie die lebendige Ganzheit eines Organismus verfehlen. Was für den einzelnen Organismus gilt, gilt in besonderem Maße für die ganze Natur in der Mannigfaltigkeit ihrer Formen. "Wir können bei der Betrachtung des Weltgebäudes, in seiner weitesten Ausdehnung... uns der Vorstellung nicht erwehren, das dem Ganzen eine Idee zum Grund liegt, wonach Gott in der Natur, die Natur in Gott, von Ewigkeit zu Ewigkeit, schaffen und wirken möge. Anschauung, Betrachtung, Nachdenken führen uns näher an jene Geheimnisse. ... Die Schwierigkeit, Ideen und Erfahrung miteinander zu verbinden, erscheint sehr hinderlich bei aller Naturforschung: die Idee ist unabhängig von Raum und Zeit, die Naturforschung ist in Raum und Zeit beschränkt, daher ist in der Idee Simultanes und Sukzessives innigst verbunden, auf dem Standpunkt der Erfahrung hingegen immer getrennt, und eine Naturwirkung, die wir der Idee gemäß als simultan und sukzessiv zugleich denken sollen, scheint uns in eine Art Wahnsinn zu versetzen."[21]

Intuitives und analytisches Denken erfassen die Natur auf unterschiedliche Weise. Nur das intuitive Denken kann Natur in ihrer lebendigen Ganzheit erahnen; das analytische Denken begreift alles im Nacheinander isolierter Beobachtungen und einzelner Gesetze. Die Analyse von Einzelzusammenhängen ist allerdings nicht nur für die Naturwissenschaften, sondern auch für das alltägliche Leben unverzichtbar. Die Bewältigung des Daseins, die Existenzsicherung, erfordert unweigerlich Eingriffe in die natürlichen Zusammenhänge. Diese bilden sich aus einem labilen Zusammenspiel verschiedener Tier- und Pflanzenarten in einem bestimmten klimatischen und geographischen Bereich. Kleinräumige Analysen sind notwendig, um zu untersuchen, auf welche Weise die Störungen möglichst gering bleiben und sich gleichzeitig der größte Nutzen für die Lebenserhaltung ergibt.

In der Naturwissenschaft werden aufgrund einzelner Ergebnisse durch Abstraktion vom Einzelfall Gesetzeszusammenhänge mit Hilfe des Verstandes konstruiert. Der einzelne Fall wird zu einem Beispiel, der das Gesetz unter bestimmten Randbedingungen bestätigt. Ihre Methode legt der Naturwissenschaft zugleich ihre Grenzen auf, die sie nicht überschreiten kann: Sie ist ungeeignet, ein Bild der Natur als lebendiger Ganzheit zu entwickeln. Der Spannung zwischen dem analytischen Denken und dem Erfassen der Gestaltganzheit, in der alles zugleich wirkt, verleiht Goethe in folgendem Gedicht Ausdruck:

"So schauet mit bescheidnem Blick,
Der ewigen Weberin Meisterstück,
Wie ein Tritt tausend Fäden regt,
Die Schifflein hinüber herüber schießen,
Die Fäden sich begegnend fließen,

Ein Schlag tausend Verbindungen schlägt.
Das hat sie nicht zusammengebettelt,
Sie hats von Ewigkeit angezettelt;
Damit der ewige Meistermann
Getrost den Einschlag werfen kann."[22]

Goethe selbst hat nicht nur in der Gestalt des 'Faust' den möglichen Pakt der Wissenschaft mit dem Teufel gezeichnet. In seinem kurz vor seinem Tod abgeschlossenen Roman 'Wilhelm Meisters Wanderjahre' entwirft Goethe das Bild einer Ergänzung von analytischer und intuitiver Sicht der Natur. Verkörpert ist diese Haltung in der Gestalt der Makarie, der der nüchterne Mathematiker und Astronom hilfreich mit präzisen Beobachtungen und Berechnungen zur Seite steht. Die Gestalt der Makarie verbindet sich mit der des Astronomen in dem gemeinsamen Bemühen, die 'Welträtsel' zu lösen. In dieser Ergänzung zeichnet sich eine Synthese von männlicher und weiblicher Haltung ab: Der Astronom verkörpert die männliche Haltung des modernen Forschers, der sich mit Hilfe von Instrumenten der Natur nähert und nur einzelne Aspekte betrachtet; Makarie stellt die weibliche Haltung dar, die die Wahrheit schauend und ganzheitlich erfaßt. Während sie die Details aus dem Blick verliert, erfaßt der Astronom nicht das Ganze. Obwohl für Goethe die Intuition das höhere Vermögen ist, braucht sie den männlichen Intellekt, um präzise Berechnungen anzustellen. An der Intuition findet das intellektuelle Streben nach Erkenntnis seine Grenze; die Intuition wiederum weiß sich auf die strukturierende und begrenzende Kraft des Intellekts angewiesen. In diesem Entwurf einer Synthese wehrt Goethe die Einseitigkeit der rationalen Naturbetrachtung ab, die ihre Grenzen nicht mehr erkennt. Die komplementäre Ergänzung von ganzheitlichem und analytischem Denken hat ihre biologische Grundlage in der Asymmetrie der beiden Gehirnhälften.

Werner Heisenberg erörtert aus dem Blick der modernen *Naturwissenschaft* die Bedeutung von Goethes Einsichten. Erschließen sich durch eine andere Erkenntnishaltung auch andere Aspekte der Natur, die der naturwissenschaftlichen Methode verschlossen bleiben? Sind die tiefen Zusammenhänge der Natur etwa nicht nur abstrakte Gesetze, die der Verstand konstruiert, sondern auch etwas, was intuitiv erlebt werden kann? "Die Urpflanze ist die Urform, die Grundstruktur, das gestaltende Prinzip der Pflanze, das man nun freilich nicht mit dem Verstand konstruieren, sondern dessen man im Anschauen unmittelbar gewiß werden kann. Der Unterschied, auf den Goethe hier so großen Wert legt, zwischen dem unmittelbaren Anschauen und der nur rationalen Ableitung, entspricht wohl ziemlich genau dem Unterschied der beiden Erkenntnisarten 'episteme' und 'dianoia' in der platonischen Philosophie. 'Episteme' ist eben dieses unmittelbare Gewißwerden, auf dem man ruhen kann, hinter dem man nichts weiter zu suchen braucht. 'Dianoia' ist das Durchanalysierenkönnen, das Ergebnis des logischen Ableitens. ... Wenn Goethe die Ideen mit den Augen sehen kann, so sind das eben andere Augen als die, von denen heute gewöhnlich die Rede ist. Jedenfalls könnte man die Augen an dieser Stelle nicht durch ein Mikroskop oder eine photographische Platte ersetzen."[23]

Die moderne Naturwissenschaft verzichtet bei ihrer Suche nach allgemeinen Gesetzen, die beschreiben, *wie* Prozesse ablaufen, auf Fragen nach Sinn und Wert. An ihre Stelle ist die Frage nach Zweckmäßigkeit und Funktionalität getreten. Die Ergebnisse der Naturwissenschaften machen keine Aussagen mehr darüber, ob sie für den Gesamtzusammenhang der Natur wertvoll sind oder nicht. Die Natur aber hat im Laufe der Evolution auch den wertenden, nach Sinn fragenden und die Schönheit der Natur erlebenden Menschen hervorgebracht. Dieser Blick auf die Natur gehört daher ebenso in eine Naturbeschreibung wie der rein naturwissenschaftliche. Nicht die Methode der Naturwissenschaften ist schlecht, sondern erst ihre Verabsolutierung. Eine Brücke zwischen der Sicht Goethes und der der modernen Naturwissenschaft sieht Heisenberg in dem gemeinsamen Bemühen beider, die Grundstrukturen der Natur zu erkennen. Die Ordnung der Natur, in die auch der Mensch einbezogen ist, ist nichts, was der Mensch erst gemacht hätte. Alles Herstellen und Erkennen setzt bereits diese Ordnung der Natur voraus. Die intuitive Schau der tiefen Zusammenhänge der Natur bedeutet für Heisenberg die Erkenntnis der Welt der Werte, über die die Naturwissenschaften schweigen: "die ganz großen Zusammenhänge werden in den Grundstrukturen ...sichtbar, und diese ...können, da sie von der dahinterliegenden Gesamtordnung Kunde geben, vielleicht auch von anderen Bereichen der menschlichen Psyche als nur von der Ratio aufgenommen werden, von Bereichen, die eben selbst wieder in unmittelbarer Beziehung zu jener Gesamtordnung und damit auch zur Welt der Werte stehen.... Wir werden von Goethe auch heute noch lernen können, daß wir nicht zugunsten des einen Organs, der rationalen Analyse, alle anderen verkümmern lassen dürfen, daß es vielmehr darauf ankommt, mit allen Organen, die uns gegeben sind, die Wirklichkeit zu ergreifen".[24]

Während in der Philosophie der Gegenwart die Intuition meist nicht als Erkenntnisquelle anerkannt wird, gilt sie inmitten der durch äußerste methodische Strenge gekennzeichneten theoretischen Physik als unverzichtbar. *Albert Einstein* beschreibt, wie er lange Zeit in einem Zustand der Verwirrung und der Unruhe lebte, bis ihm nach jahrelangem Ringen schließlich die Relativitätstheorie vor Augen trat. Es war kein geradliniger Gedankengang, der zum Erfolg seiner Bemühungen führte. Noch wenige Monate bevor er die gesuchte Lösung endgültig fand, erschien ihm sein bisheriger Ansatz noch einmal als falsch. Schließlich geriet er in den letzten Wochen seines intensiven Schaffens in eine fast fiebernde Stimmung. In dieser Phase äußerster Arbeitsintensität hatte er das Gefühl der Sicherheit, endlich die lang gesuchte Lösung gefunden zu haben. "Diese Gedanken kamen nicht in irgendeiner sprachlichen Formulierung... Ein Gedanke kommt, und ich kann hinterher versuchen, ihn in Worten auszudrücken... Während all dieser Jahre hatte ich ein Richtungsgefühl, das Gefühl, auf etwas Bestimmtes zuzugehen ... Natürlich ist hinter einer solchen Gerichtetheit immer etwas Logisches; aber ich habe es in einer Art von Überblick, gewissermaßen sichtbar vor Augen ... Es war ... klar unterscheidbar von ... den späteren Überlegungen über die rationale Form der Lösung"[25].

Für Einstein sind physikalische Theorien nicht nur menschliche Konstruktionen, um die unübersehbare Flut der Sinneseindrücke übersichtlich zu ordnen. Theorien sind mehr oder weniger glückende Darstellungen wirklicher Gesetze der Natur in mathematischer Sprache. Motiv der physikalischen Forschung ist es, ein vereinfachtes und überschaubares Bild des Universums und seiner Bausteine zu entwickeln. Eine bloße Aufzählung und Beschreibung von Erscheinungen wäre gänzlich unbefriedigend. In freiem gedanklichem Entwurf muß der theoretische Physiker Prinzipien suchen, die die Vielfalt bisher ungeordneter Beobachtungen in einen schlüssigen theoretischen Zusammenhang bringen. Aus diesen allgemeinen Prinzipien, die nicht mehr aus der Beobachtung einzelner Naturprozesse abgeleitet werden können, werden deduktiv eine Vielzahl möglicher Folgerungen entwickelt. So beruht das ganze Gebäude der speziellen Relativitätstheorie lediglich auf den beiden Prinzipien der Konstanz der Vakuum-Lichtgeschwindigkeit und der unveränderten Geltung der Naturgesetze in allen gegeneinander gleichförmig bewegten Bezugssystemen. Albert Einstein formuliert: "Höchste Aufgabe der Physiker ist also das Aufsuchen jener allgemeinsten elementaren Gesetze, aus denen durch reine Deduktion das Weltbild zu gewinnen ist. Zu diesen elementaren Gesetzen führt kein logischer Weg, sondern nur die auf Einfühlung in die Erfahrung sich stützende Intuition. Bei dieser Unsicherheit der Methodik könnte man denken, daß beliebig viele, an sich gleichberechtigte Systeme der theoretischen Physik möglich wären; ... Aber die Entwicklung hat gezeigt, daß von allen denkbaren Konstruktionen eine einzige jeweilen sich als unbedingt überlegen über alle anderen erwies."[26]

Weder Induktion noch Logik noch schrittweise Analyse führen zur Erkenntnis der Prinzipien einer neuen Theorie, die in der Lage ist, eine tieferliegende Gesetzlichkeit in der Mannigfaltigkeit der Erscheinungen zu enthüllen. Denken und Gefühl sind unzureichend, um die tiefen Einsichten zu erklären, die sich oft nach jahrelangem vergeblichem Ringen schlagartig und unerwartet einstellen. Der Intuition als einem plötzlichen und letztlich unverfügbaren Einblick in die Zusammenhänge der Natur und ihrer angemessenen Beschreibung verdankt die Physik entscheidende theoretische Fortschritte. "Die Methode des Theoretikers bringt es mit sich, daß er als Fundament allgemeine Voraussetzungen, sogenannte Prinzipe, braucht, aus denen er Folgerungen deduzieren kann. ...Hier gibt es keine erlernbare, systematisch anwendbare Methode, die zum Ziele führt. Der Forscher muß vielmehr der Natur jene allgemeinen Prinzipe gleichsam ablauschen, indem er an größeren Komplexen von Erfahrungstatsachen gewisse allgemeine Züge erschaut, die sich scharf formulieren lassen. Ist diese Formulierung einmal gelungen, so setzt eine Entwicklung der Folgerungen ein, die oft ungeahnte Zusammenhänge liefert, welche über das Tatsachengebiet, an dem die Prinzipe gewonnen sind, weit hinausreichen. Solange aber die Prinzipe, die der Deduktion als Basis dienen können, nicht gefunden sind, nützt dem Theoretiker die einzelne Erfahrungstatsache zunächst nichts; ja, er vermag dann nicht einmal mit einzelnen empirisch ermittelten allgemeineren Gesetzmäßigkeiten etwas anzufangen. Er muß vielmehr im Zustand der Hilflosigkeit den einzelnen Resultaten gegenüber verharren, bis sich ihm Prinzipe erschlossen haben, die er zur Basis deduktiver Entwicklungen machen kann."[27]

Obwohl durch Intuition unvermittelt tiefe Einsichten in die Struktur der Wirklichkeit gewonnen werden, bleibt die intuitive Erkenntnis perspektivisch begrenzt: Einstein ist lediglich der Begründer der Relativitätstheorie, während ihm die Prinzipien der Quantenmechanik verschlossen blieben. Außerdem darf der Forscher nicht bei dieser Erkenntnis, die für andere nicht mehr nachvollziehbar ist, stehenbleiben. Intuition fordert wiederum die gedanklich strenge Entwicklung von Folgerungen und die Überprüfung der Theorie durch präzise Beobachtungen an einzelnen Fällen. Erst dann ist für Einstein der Schluß erlaubt, daß die gefundenen Prinzipien tatsächlich einen Ausschnitt der Wirklichkeit angemessen beschreiben. Auf diese Weise ergänzen und befruchten sich intuitives und analytisches Denken ebenso wie Erfahrung und Denken. "Durch bloßes logisches Denken vermögen wir keinerlei Wissen über die Erfahrungswelt zu erlangen; alles Wissen über die Wirklichkeit geht von Erfahrung aus und mündet in ihr."[28]

Blicken wir auf die Musen als Künderinnen eines wahren oder auch trügerischen Wissens und als Sinnbilder schöpferischer Inspiration zurück: Intuition, in der blitzartig eine Einsicht aufleuchtet, zeigte sich für schöpferische Leistungen im Alltag, in der Kunst, in der Philosophie und in der Naturwissenschaft als unverzichtbar. Indem sie ein Ganzes erfaßt, weist sie auch den Teilen ihren richtigen Ort zu. Trügerisch und verführend wird sie, wenn sie sich mit blinden Leidenschaften verbindet und beansprucht, auch für andere Menschen wegweisend zu sein. Fruchtbar wird die unmittelbare Einfühlung in Zusammenhänge dann, wenn sie gleichsam komplementär durch die sorgsame Analyse von Details ergänzt wird, die die eigene Einsicht für andere nachvollziehbar macht. Dadurch tritt ein lebendiges Zusammenspiel der beiden gegensätzlichen Seiten der menschlichen Natur in den Blick.

Anmerkungen

1 Hesiod: Theogonie, (Hg., übers., Erl.: K.Albert), Sankt Augustin, 1983[2], 41-45.
2 M.Buber: Ich und Du, in: Das dialogische Prinzip, Heidelberg 1979[4], 28f.
3 M.Buber: Ich und Du, op.cit. 33.
4 M.Buber: Urdistanz und Beziehung, Heidelberg 1951, 42f.
5 Platon: Briefe: 342b - 344c, in: Werke in acht Bänden, gr.-dt., Bd. V, (Hg.: G.Eigler; Bearb.: D.Kurz; Übers.: F.Schleiermacher/ D.Kurz), Darmstadt 1983, 415-421.
6 Platon: Briefe, op.cit. 341c-d, 413.
7 Aristoteles: Nikomachische Ethik, (Hg.: G.Bien; Übers.: E.Rolfes), Hamburg 1985[4], 135.
8 Aristoteles: Nikomachische Ethik, op. cit. 139.
9 Aristoteles: Nikomachische Ethik, op.cit. 42.
10 Aristoteles: Über die Seele, 430b, in: Aristoteles. Werke in deutscher Übersetzung, (Hg.: H. Flashar; Übers.: W.Theiler), Berlin 1986[7], 60f.
11 Platon: Des Sokrates Verteidigung, 40a - c, in: Werke in acht Bänden, op.cit. Bd. II, Darmstadt 1973, 63-65.
12 B.de Spinoza: Kurze Abhandlung von Gott, dem Menschen und seinem Glück, (Hg.: C.Gebhardt), Hamburg, Nachdr. 1965 (1922[4]), 61.
13 B.de Spinoza: Die Ethik nach geometrischer Methode dargestellt, (Hg.: C.Gebhardt; Übers.: O.Baensch), Hamburg 1976, 166.
14 B.de Spinoza: Die Ethik..., op.cit. 163/ 121.
15 B.de Spinoza: Die Ethik..., op.cit. 164f.
16 B.de Spinoza: Kurze Abhandlung..., op.cit. 61f.
17 B.de Spinoza: Die Ethik..., op.cit. 284/ 295.
18 B.de Spinoza: Die Ethik ..., op. cit. 209.
19 Zit. in: B.de Spinoza: Die Ethik ..., op. cit. XII.
20 J.W.v.Goethe: Hamburger Ausgabe in 14 Bänden: Bd. 13: Naturwissenschaftliche Schriften I, (Hg.: E.Trunz), München 1982[9], 30f.
21 J.W.v.Goethe: Naturwissenschaftliche Schriften I, op.cit. 31f.
22 J.W.v.Goethe: Naturwissenschaftliche Schriften I, op.cit. 32.
23 W.Heisenberg: Das Naturbild Goethes und die technisch-naturwissenschaftliche Welt, in: Schritte über Grenzen. Gesammelte Reden und Aufsätze, München/ Zürich 1984[5], 221f.
23 W.Heisenberg: Das Naturbild Goethes..., op.cit. 224/ 226.
24 Zit. in: B.Hassenstein: Klugheit. Bausteine zu einer Naturgeschichte der Intelligenz, Stuttgart 1988, 16f.
25 A.Einstein: Mein Weltbild, (Hg.: C.Seelig), Frankfurt/M./ Berlin/ Wien 1981, 109.
26 A.Einstein: Mein Weltbild, op.cit. 110f.
27 A.Einstein: Mein Weltbild, op.cit. 114.

'Der Mensch ist nur durch die Sprache Mensch'

Über die vielfältigen Sinnstufen der menschlichen Sprache

Menschliches Leben wäre ohne Sprache nicht denkbar. 'Der Mensch ist nur durch Sprache Mensch', sagt Wilhelm von Humboldt prononciert. Doch 'Sprache' gehört zu den Begriffen, die - mit Aristoteles gesprochen - in vielfachem Sinne ausgesagt werden. Diese Sinnstufen nachzuzeichnen und ihren inneren Zusammenhang aufzuzeigen, ist meine Absicht. Vom lautmalenden und spielerischen Erlernen der Sprache durch das Kind führt der Weg zu den Bemühungen um eine Einheitssprache der Menschheit und dem Gedanken, daß sich in den vielen Sprachen unterschiedliche Weltanschauungen verdichtet haben. Vor allem im Gespräch zeigt sich, daß Sprache mehr ist als nur ein nützliches Instrument zur Mitteilung von Gedanken. Als Rede vom 'Wort Gottes', die sich in vielen Religionen findet, gewinnt Sprache schließlich eine letzte Sinnebene.

"Nicht die Großen lehrten (mich sprechen), ... sondern ich selber lernte es, vermöge meines Geistes, ... ich war es, da ich mit mancherlei Klagelauten, mancherlei Gliedergebärden die Fühlung meines Herzens kundzumachen suchte und es doch nicht in allem vermochte, worauf ich ausging, noch bei allen, die es anging. Da kam ich zu Urteil durch Erinnerung: wenn die Menschen eine Sache nannten, und wenn sie entsprechend diesem Wort ihren Körper auf etwas hin bewegten, so sah ich und behielt ich, daß durch diese ihre Laute jene Sache von ihnen bezeichnet werde, auf die sie mich hinweisen wollten. Daß sie dies aber wollten, wurde offenbar aus der Bewegung ihres Körpers, jener natürlichen Sprache aller Völker... und den Ton der Stimme, der die Regung der Geistseele erkennen läßt, ob sie nach etwas verlange, es besitze, es abweise oder fliehe. So lernte ich allmählich, für welche Sachen die Wörter ... die Bezeichnungen waren, und ... begann ich mein Willensleben durch sie auszudrücken."[1] In der Schilderung von Augustinus, wie er als Kind sprechen lernte, klingen bereits wesentliche Dimensionen von Sprache an: Die Dinge werden durch Zeichen benannt, so daß sich erst durch Sprache die Welt erschließt. In Sprache denkt der Mensch über die Dinge nach, erkennt sie wieder, vergleicht sie mit anderen und urteilt über sie. Sprache ist unverzichtbare Voraussetzung für das Gespräch mit anderen Menschen, um ihnen die eigenen Einsichten mitzuteilen und dem Willen Ausdruck zu verleihen. Doch offensichtlich ist Sprache mehr als nur Zeichen und bloßes Mittel zur Mitteilung von Informationen: Der Ton oder die Klangfarbe des gesprochenen Wortes enthüllt die innere Verfassung eines Menschen jenseits dessen, was er bewußt mitteilen will. Die weitreichende Bedeutung von Sprache für das menschliche Leben in seinen vielfältigen Bezügen zur Natur oder zu anderen Menschen erschließt sich erst allmählich, je mehr man ihren unterschiedlichen Facetten nachspürt.

Lustvolle Lautmalerei des Kindes kennzeichnet das erste, tastende *Erlernen von Sprache.* Die Buchstaben und Silben werden auf ihren Klang hin in unzähligen Wiederholungen gleichsam erprobt. Durch unermüdliche Nachahmung der Worte Erwachsener oder der Geräusche der Umwelt klärt sich allmählich die eigene Sprache, bis die ersten Worte deutlich artikuliert werden. Durch das mimetische Vermögen des Kindes, durch seine Fähigkeit, etwas nachzubilden, zur Eisenbahn zu *werden* oder der Hund zu *sein,* werden die Dinge und ihre Benennung vertraut. Indem das Kind zur Katze *wird*, deren Bewegungen und Geräusche nachahmt, versteht es, was eine Katze ist. Es macht sich dem, was es sieht und hört, spielerisch ähnlich. Walter Benjamin, dessen Denken um die Bedeutung der menschlichen Sprache kreiste[2], schreibt in seinem Aufsatz 'Die Lehre vom Ähnlichen' über das mimetische Vermögen des Kindes: "Die Natur erzeugt Ähnlichkeiten; man braucht nur an die Mimikry zu denken. Die allerhöchste Fähigkeit im Produzieren von Ähnlichkeiten aber hat der Mensch. ... das Spiel (ist) in vielem seine Schule. Zunächst einmal sind Kinderspiele überall durchzogen von mimetischen Verhaltensweisen, und ihr Bereich ist keineswegs auf das beschränkt, was wohl ein Mensch vom andern nachmacht. Das Kind spielt nicht nur Kaufmann oder Lehrer sondern auch Windmühle und Eisenbahn."[3] Bei der ersten Berührung mit den Worten und den Dingen, zu denen sie gehören, spielt die sinnliche Qualität der Sprache, die Lautmalerei, eine große Rolle. Auch der Umgang mit den Dingen ist zunächst unmittelbar sinnlich: Durch Tasten, Schmecken, Riechen und Hören vollzieht sich ein Begreifen der Welt im buchstäblichen Sinne. Worte und Dinge werden einander noch unmittelbar zugeordnet. Abstrakte Vorstellungen, die losgelöst sind von der sinnlichen Gegenwart wie Zeit, Raum oder Unendlichkeit entwickeln sich erst viel später. Mit der Sprache allerdings bildet sich allmählich auch das Zeitgefühl heraus. Sprechend gewinnt das Kind ein Gefühl für die Ordnung der Dinge.

Sprache erscheint zunächst als ein *System von Zeichen*, das durch Gewohnheit und Konvention gebildet wird. Den Zeichen werden eindeutig und unmißverständlich bestimmte Dinge zugeordnet. Die Benennung der Dinge könnte in einer anderen Sprache offensichtlich auch anders erfolgen. Was im Deutschen 'Brot' heißt, wird im Französischen als 'pain' und im Englischen als 'bread' angesprochen. Es scheint völlig willkürlich, welchen Namen eine Sache erhält. Jedes beliebige andere Wort könnte an seine Stelle treten. Seit Platon wurde die Frage, ob Sprache gänzlich beliebig sei oder der Benennung eine gewisse Notwendigkeit eigne, immer wieder lebhaft und kontrovers erörtert.

Die Überzeugung, daß die Benennung willkürlich sei, führt zu der Vorstellung, man könne eine *Einheitssprache* entwickeln, die alle Menschen gleichermaßen sprechen. Die vielen Sprachen sollen durch eine eindeutige Zuordnung von Zeichen und Sache zu einer einzigen Sprache verschmelzen, ohne daß diese eine geringere Aussagekraft hätte. Sie soll die mühsame Verständigung zwischen Menschen verschiedener Nationen erleichtern und lästige Mißverständnisse aufgrund der Vieldeutigkeit von Worten endgültig beseitigen. Das Programm der Rückführung der vielen Sprachen auf eine einzige wird heute in Form von technischen Sprachen und Computersprachen durchgeführt. Ihre verborgene Wurzel hat diese Idee jedoch bereits in der Legende von der einen paradiesischen Ursprache und der Babylonischen Sprachverwirrung, die viele antike Philosophen, unter ihnen Philon von Alexandria, immer wieder erörtert haben. Die Legende von der Babylonischen Sprachverwirrung schildert, daß die eine gemeinsame Ursprache aller Menschen zerstört wurde, um eine sinnlose Himmelsstürmerei und den Mißbrauch von Macht zu verhindern. Das Leiden unter fortgesetzten Mißverständnissen und die dunkle Erinnerung an jene Ursprache löst wiederum die Sehnsucht aus, die Sprachzersplitterung aufzuheben, indem die Vielfalt von Sprachen wieder auf eine einzige zurückgeführt wird. "Das ganze Land sprach damals nur eine einzige Sprache und gebrauchte die gleichen Worte. Als sie nun von Osten aufbrachen, fanden sie eine Ebene im Lande Sennaar und siedelten sich dort an. Eines Tages sagten sie zueinander:... "Auf! Wir wollen eine Stadt bauen und einen Turm, dessen Spitze bis an den Himmel reicht. Laßt uns ein Denkmal bauen, damit wir uns nicht über die ganze Erde hin zerstreuen!" Da stieg der Herr herab, um die Stadt und den Turm anzusehen, an denen die Menschen bauten. Und der Herr sagte: "Solange sie ein einziges Volk sind und alle die gleiche Sprache reden, ist das erst der Anfang ihres Tuns. ... So wollen wir ... ihre Sprache verwirren, daß keiner mehr des anderen Sprache versteht!""[4]

Gottfried Wilhelm Leibniz verfolgte im 17.Jahrhundert den Plan, eine Universalsprache zu entwickeln. Soll Sprache, so argumentiert Leibniz, eine objektive Erkenntnis über die Welt ausdrücken, dann kann die Zeichenwahl nicht völlig beliebig sein. Das Zeichen muß Träger dieser Erkenntnis sein können. Leibniz sieht die Objektivität der Sprache allerdings nicht auf der Ebene der Worte und Zeichen, die bei den jeweiligen Völkern und in den einzelnen Epochen tatsächlich unterschiedlich sind. Sondern Wahrheit beruht auf der Verknüpfung der Zeichen, die einer Ordnung der bezeichneten Dinge entspricht.

Diese Verknüpfung soll in allen Sprachen dieselbe sein. Die schier unendlichen Kombinationsmöglichkeiten der Zeichen würden, so dachte Leibniz, der Komplexität der Wirklichkeit gerecht werden. "Es besteht unter den Zeichen, besonders wenn sie gut gewählt sind, eine Beziehung oder Ordnung, die einer Ordnung in den Dingen entspricht. ... Diese Ordnung und Entsprechung ... muß sich, obgleich in verschiedener Weise, in allen Sprachen finden. ... Und dieses Verhältnis ... ist die Grundlage der Wahrheit."[5]

Auch die Mathematik als Sprache der Physik hat, wie Albert Einstein sagt, einen übernationalen Charakter. Sie geht über den alltäglichen Sprachgebrauch hinaus, der am unerschöpflichen Reichtum und der Schnellebigkeit sinnlicher Erfahrungen gebildet ist. Die Sprache des Alltags erfaßt nur einen bestimmten Ausschnitt der Wirklichkeit, der sich von dem unterscheidet, den die Physik beschreibt. Die Physik will die allgemeinen Gesetze der Natur ergründen, die sich in der unüberschaubaren Flut der Ereignisse zeigen. Da Sprache dem jeweiligen Verständnis von Wirklichkeit Ausdruck verleiht, braucht eine Betrachtung der Natur, die von der Fülle sinnlicher Konkretheit bewußt absieht, ihre eigene Sprache. Die Sprache der Mathematik erlangt ihre hohe Präzision und Eindeutigkeit, indem sie nur die allgemeinen Gesetze und Strukturen der Natur darstellt. Die Euklidische Geometrie und die Algebra zum Beispiel verfügen lediglich über eine geringe Zahl von Begriffen und Symbolen wie ganze Zahl, Gerade, Punkt; fundamentale Vorschriften geben die Möglichkeit der Verknüpfung dieser Begriffe an. Alle weiteren Aussagen werden aus dieser Grundlage entwickelt. Experimente, Akte des Messens und Zählens also, stellen die für die Physik unverzichtbare Beziehung mathematischer Aussagen zur Welt der Erfahrung her. Auf diese Weise erfolgt die eindeutige und klare Zuordnung mathematischer Aussagen zu den allgemeinen Gesetzen der Natur.

Die Grenzen der Einheitssprache werden am unlösbaren Zusammenhang von Sprache und Welterschließung spürbar. In Sprache drückt sich die Komplexität und die Weise aus, in der Wirklichkeit erkannt wird. Je differenzierter die Sprache ist, desto reicher und vielschichtiger wird Wirklichkeit erfaßt. Für Leibniz ist daher Sprache ein Spiegel des Verstandes. Wo dieser weit entwickelt ist, muß es auch die Sprache sein: "Es ist bekannt, daß die Sprach ein Spiegel des Verstandes, und daß die Völker, wenn sie den Verstand hoch schwingen, auch zugleich die Sprache wohl ausüben, welches der Griechen, Römer und Araber Beyspiele zeigen."[6]

Mit dem Erlernen einer Sprache wächst ein Kind in einen kulturellen Kontext hinein. Jede Sprache ist ein Speicher für die Erfahrungen vieler Generationen. In ihr spricht sich die Weise aus, wie Menschen Wirklichkeit verstehen, wie sie sich auf sie beziehen und wie sie mit ihr umgehen können. In jeder einzelnen der vielen Sprachen hat sich die jeweilige Sicht der Welt verdichtet. Daher besteht Sprache nicht nur aus isolierten Begriffen oder aus der grammatischen Form. Der unerschöpfliche Reichtum der menschlichen Sprache mit ihren feinen Nuancen und dem sich je nach dem Zusammenhang verschiebenden Wortsinn kann nicht in der Sprache der Mathematik und Logik angemessen ausgedrückt werden. Jedes Wort steht in einem Kontext, den es spiegelt, so daß sich der eigentümliche Sinn eines Wortes letztlich erst aus der gesamten Konstellation von Begriffen, in der es steht, erschließt. In einem sehr modern anmutenden Gedanken sieht Wilhelm von Humboldt in der *Vielheit und Unterschiedlichkeit von Sprachen* verschiedene und nicht aufeinander zurückführbare Zugangsweisen zur Welt. Die Sprachenvielheit ist für ihn nicht nur lästiges Hindernis, sondern macht erst den Reichtum der menschlichen Kultur aus. "Die Sprachverschiedenheit tritt aber in doppelter Gestalt auf, einmal als naturhistorische Erscheinung, als unvermeidliche Folge der Verschiedenheit und Absonderung der Völkerstämme, als Hinderniss der unmittelbaren Verbindung des Menschengeschlechts; dann ... als Bildungsmittel der Nationen, als Vehikel einer reicheren Mannigfaltigkeit, und größeren Eigenthümlichkeit intellectueller Erzeugnisse, als Schöpferin einer, auf gegenseitiges Gefühl der Individualität gegründeten, und dadurch innigeren Verbindung des ... Menschengeschlechts."[7]

Der geschichtliche Horizont von Sprachen tritt in den Blick: Die Notwendigkeit, zwischen verschiedenen Sprachen zu *übersetzen*, bewirkt einen allmählichen und fast unmerklichen Sprachwandel. Worte der fremden Sprache wandern in die eigene und werden dem vertrauten Lautgefüge angepaßt. Die Ausbreitung von Sprachen vollzog sich zunächst aufgrund unmittelbar lebenspraktischer Interessen durch Besiedlung und Handel[8]. Übersetzung dient lediglich der allgemeinen Verständigung, ohne den Wunsch, der fremden Kultur wirklich zu begegnen und verstehend in sie einzudringen. Man erfährt Wissenswertes über eine andere Kultur, ohne daß das eigene Leben über die lebenspraktischen Interessen hinaus davon berührt würde. - Erst auf einer zweiten Ebene werden Gedanken und Lebensformen der anderen Kultur aufgegriffen, in die eigene überführt und an diese angepaßt.

Sieht man darüberhinaus in den vielen Sprachen unterschiedliche Zugangsweisen zur Wirklichkeit, dann ist die Übersetzung der Sprachen ineinander kein rein technischer Prozeß. Ein rein funktionales Verständnis, das Sprache nur als Mittel oder Werkzeug der Verständigung betrachtet, ist unzureichend. Es gilt, den Geist des Gesagten und Geschriebenen zu erfassen und ihn in der eigenen Sprache wirksam werden zu lassen. Walter Benjamin sagt zur Aufgabe des Übersetzers: "Die Aufgabe des Übersetzers ... besteht darin, diejenige Intention auf die Sprache, in die übersetzt wird, zu finden, von der aus in ihr das Echo des Originals erweckt wird."[9] Eine gelungene Übersetzung wirkt auf die eigene Sprache verwandelnd ein. Die Übersetzung der 'Ilias' und der 'Odyssee' durch Johann Heinrich Voß oder der Hebräischen Bibel durch Martin Buber bemüht sich nicht, das Hebräische oder Griechische dem deutschen Sprachgefühl einfach anzupassen. Geradezu umgekehrt fängt sie den Geist der fremden Sprache ein und vermittelt dadurch die Ausdruckskraft jener Sprache der eigenen. Diese wird durch die fremde Sprache erweitert und vertieft. Sprache behält in einer gelungenen Übersetzung großer Werke ihre ursprüngliche Dichte und Spannkraft. Goethe sagt in den Noten zum 'West-östlichen Divan' zu dieser intensivsten Form der Übersetzung: "Eine Übersetzung, die sich mit dem Original zu identifizieren strebt, nähert sich zuletzt der Interlinearversion und erleichtert ... das Verständnis des Originals, hiedurch werden wir an den Grundtext hinangeführt, ja getrieben, und so ist denn zuletzt der ganze Zirkel abgeschlossen, in welchem sich die Annäherung des Fremden und Einheimischen, des Bekannten und Unbekannten bewegt."[10]

Dagegen sind *Spracharmut, Sprachzerfall und Jargonbildung* verbunden mit einer äußerst eingeschränkten Sicht der Wirklichkeit. Spracharmut bedeutet, daß eine Sprache nur geeignet ist, Lebenserfahrungen aus einem eng beschränkten Bereich Ausdruck zu verleihen. So war die deutsche Sprache im 17. Jahrhundert, als noch Latein und Französisch Gelehrten- und Konversationssprachen waren, zwar geeignet, über handwerkliche und technische Tätigkeiten wie Handel, Bergbau, Jagd oder Fischfang zu sprechen. Es gab jedoch keine Worte, wie Leibniz feststellt, um den vielfältigen Schattierungen des Gefühlslebens oder tiefen philosophischen und wissenschaftlichen Einsichten Ausdruck zu verleihen. Im 18. und 19. Jahrhundert entwickelte sich die deutsche Sprache in wenigen Jahrzehnten zur Sprache der 'Dichter und Denker'. Dagegen ist der heutige Sprachgebrauch weitgehend von naturwissenschaftlichen und technischen Vorstellungen geprägt. Das, worin Sprache ihre höchste Ausdruckskraft und Präzision hatte, hat sich in ein völlig anderes Gebiet verschoben, verbunden mit einem Sprachzerfall in den anderen Bereichen. Sprachzerfall bedeutet eine Verarmung der Ausdruckskraft der Sprache, einen Verlust an Differenziertheit und Geschmeidigkeit.

Erst Jargonbildung führt zu jener klischeehaft eingeengten Sicht der Wirklichkeit, die Menschen zu Kollektiven zusammenschließt. Andere, die diesen Jargon nicht sprechen, sind als Außenseiter gebrandmarkt. Klischeebildung enthebt des eigenständigen Denkens und Urteilens, weil sie suggeriert, man wisse bereits genau Bescheid. Sie verleiht nicht nur die wohlige Sicherheit, zu einer geschlossenen Gruppe zu gehören, sondern auch das trügerische Gefühl einer festen und unbezweifelbaren Orientierung. Theodor Wiesengrund Adorno sagt: "Der des Jargons Kundige braucht nicht zu sagen, was er denkt, nicht einmal recht es zu denken: das nimmt der Jargon ihm ab und entwertet den

Gedanken. ... Kommunikation schnappt ein und wirbt für eine Wahrheit, die durchs prompte kollektive Einverständnis eher verdächtig sein müßte. Die Gestimmtheit des Jargons hat etwas von Augurenernst, beliebig verschworen mit jeglichem Geweihten."[11]

In der *Rhetorik*, die dem ausgesprochenen Gedanken Wirksamkeit und Überzeugungskraft verleiht, zeigt sich eine schillernde Ambivalenz der Sprache. Unersetzlich ist Rhetorik überall da, wo, wie in der Antike, große Menschenmengen ohne Lautsprecher angesprochen werden müssen. In allen öffentlichen Vorträgen, vor Gericht ebenso wie in der Wissenschaft und im Bereich der Wirtschaft wirkt ein gewisses Maß an Akzentuierung der Sprache wohltuend auf die Hörer. Rhetorik unterstreicht sachlich fundierte Argumente und verleiht ihnen ein Gewicht, das über den rein intellektuellen Nachvollzug hinaus spürbar wird und zum eigenständigen Nachdenken anregt. Sie darf nicht nur das Denken ansprechen und nicht nur Fakten vermitteln. Sie muß den ganzen Menschen, sein Gefühlsleben, seine durch lange Gewohnheiten erworbenen Haltungen sowie sein Denken einbeziehen und bewegen. Der in der Kunst der Rede technisch Geschulte braucht eine Klarsichtigkeit für seine Hörer, für ihre gedanklichen wie emotionalen Voraussetzungen. Menschenkenntnis wie Kenntnis der vermittelten Sache, aber auch Wahrheitsliebe und die Bereitschaft, andere zu eigenem Urteil anzuregen, sind Voraussetzungen für einen sinnvollen Gebrauch rhetorischer Sprachkraft. Rhetorik ist somit nicht nur eine *Technik* akzentuierten Sprechens. Sie fordert neben einer guten Sachkenntnis vor allem einen psychologisch geübten Blick wie eine hohe menschliche Integrität.

Damit tritt die gefährliche Suggestivkraft in den Blick, die in der gesprochenen Rede entfesselt werden kann. Dann wird Rhetorik als Mittel der Manipulation mißbraucht. An die Stelle sachlicher Begründungen treten ungeprüfte Behauptungen, Teilwahrheiten und uneinlösbare Versprechen. Rhetorik setzt das eigenständige Urteilen bei den Hörern außer Kraft um Macht über Menschen zu gewinnen. Unkontrollierte Wünsche sollen geweckt, heftige emotionale und häufig auch kollektive Reaktionen ausgelöst werden. Schon vor Aristoteles, der eine erste 'Rhetorik' verfaßt hat, hat sich Platon mit dieser Zweideutigkeit der Kunst der Rede in seinem Dialog 'Phaidros' beschäftigt. "Da die Kraft der Rede eine Seelenleitung ist, so muß, wer ein Redner werden will, notwendig wissen, wieviel Arten die Seele hat. ... Wenn er ... richtig anzugeben weiß, was für ein Mensch wodurch überredet wird, und auch imstande ist, wenn er ihn antrifft, ihn zu erkennen ...und dann noch die Zeiten zu beurteilen weiß, wann er reden und innehalten soll, und von den gedrängten Stellen und den beweglichen Stellen und was er sonst für vorhandene Arten von Verstärkungen der Rede gelernt hat, von denen er weiß, wo sie an ihrer Stelle sind und wo nicht, dann ist seine Kunst schön und ganz vollendet... - Sie behaupten ..., (der künftige und auch große Redner) dürfe sich um richtige Einsichten davon, was gerecht und gut sei in den Angelegenheiten oder wer so sei unter den Menschen von Natur oder durch Erziehung ... gar nicht bemühen. ... Und auf alle Weise müsse, wer rede, nur dem Wahrscheinlichen nachjagen, dem Wahren immerhin Lebewohl sagend... - Weit herrlicher aber ... ist der Ernst mit diesen Dingen, wenn jemand ..., eine gehörige Seele ... wählend, mit Einsicht Reden sät und pflanzt, die sich selbst und dem, der sie gepflanzt, zu helfen imstande und nicht unfruchtbar sind, sondern einen Samen tragen, woraus einige in diesen, andere in anderen Seelen gedeihen ... und die den, der sie besitzt, so glücklich machen, wie einem Menschen nur möglich ist."[12]

Sprache hat nach dem bisher Gesagten eine *dreifache Aufgabe*: Sie bezeichnet die Dinge und erschließt auf diese Weise die Welt um uns herum. Nur durch Sprache können wir uns mit anderen Menschen über Wirklichkeit verständigen, ihnen unsere Gedanken mitteilen und sie wiederum verstehen. Aber auch im innerlichen Selbst-Gespräch bedienen wir uns unausgesprochener Worte, so daß Worte nicht nur Zeichen der Sache sind, sondern auch Medium des Gedankens. Diese lautlose Sprache dient dem Durchdenken einer Sache und ist zugleich unverzichtbar für die Selbstreflexion, in der der Mensch sich auf sich selbst besinnt. Im Medium der Sprache erkennt er sich als einzigartige und unverwechselbare Person, die für ihr Denken, Fühlen und Handeln verantwortlich ist. Selbstbewußtheit und Sprache sind untrennbar, so daß der Mensch nur durch Sprache Mensch ist. Unter allen uns bekannten Lebewesen ist nur der Mensch durch die Verbindung von Sprache und Selbstbewußtsein gekennzeichnet. In diesem Sinne ist Sprache immer schon als Ganze mit dem Menschen da. Er wird nicht dadurch mehr Mensch, daß er mehr Worte beherrscht. Jedes einzelne Wort, das er spricht, beinhaltet bereits die Fähigkeit zu den vielen Worten und Sprachen. Wilhelm von Humboldt faßt diesen entscheidenden Gedanken in folgende Worte: "Die Sprache liesse sich nicht erfinden, wenn nicht ihr Typus schon in dem menschlichen Verstande vorhanden wäre. Damit der Mensch nur ein einziges Wort wahrhaft, nicht als blossen sinnlichen Anstoss, sondern als articulirten, einen Begriff bezeichnenden Laut verstehe, muss schon die Sprache ganz, und im Zusammenhange in ihm liegen. ... So natürlich die Annahme allmähliger Ausbildung der Sprachen ist, so konnte die Erfindung nur mit Einem Schlage geschehen. Der Mensch ist nur Mensch durch Sprache; um aber die Sprache zu erfinden, müsste er schon Mensch seyn. So wie man wähnt, dass dies allmählig und stufenweise ... geschehen, durch einen Theil mehr erfundner Sprache der Mensch mehr Mensch werden, und durch diese Steigerung wieder mehr Sprache erfinden könne, verkennt man die Untrennbarkeit des menschlichen Bewusstseyns, und der menschlichen Sprache".[13]

Sprache ist daher nicht nur Mittel der Mitteilung von Gedanken, sondern auch das Medium, in dem sich der Mensch ausdrückt. Einerseits wird der Mensch in eine Sprache und einen bestimmten kulturellen Kontext hineingeboren, die ihm eine perspektivisch geprägte Sicht der Welt vermitteln. Die jeweilige Sprache formt seine Wahrnehmungen, Vorstellungen, Hoffnungen und Ziele und legt ihm bestimmte Grenzen auf. Dennoch 'spricht nicht nur die Sprache' gleichsam durch den Menschen als passives Medium hindurch, sondern der Mensch bedient sich der Sprache und wirkt verwandelnd und erneuernd auf sie ein. Indem Sprache das Medium ist, in dem er sich auf sich selbst besinnt, kann er von unmittelbar Erlebtem, von bloß übernommenen Vorstellungen und Gewohnheiten zurücktreten. Er kann sich auf sich selbst zurückwenden und, indem er neuen Einsichten Ausdruck verleiht, selbst sprachschöpferisch werden. Indem er das, was er empfindet, fühlt und denkt ausspricht, wirkt er verwandelnd auf *die* Sprache ein, die das Medium seines Welterlebens und Nachdenkens ist. Er ist der Sprechende der Sprache, in der er lebt und denkt. Sprache wird zum Bindeglied zwischen dem einzelnen Menschen und der über viele Jahrhunderte gebildeten Tradition, letztlich gar der Menschheit. Sprache ist, wie Wilhelm von Humboldt sagt, ergon und energeia zugleich, geschichtlich Gewordenes und Ausdruck individuellen Tätigseins. "Die Sprache ist aber kein freies Erzeugniss des einzelnen Menschen, sondern gehört immer der ganzen Nation an; auch in dieser empfangen die späteren Generationen dieselbe von früher dagewesenen Geschlechtern. Dadurch dass sich in ihr die Vorstellungsweise aller Alter, Geschlechte, Stände, Charakter- und Geistesverschiedenheiten desselben Völkerstamms, dann, durch den Uebergang von Wörtern und Sprachen, verschiedener Nationen, endlich, bei zunehmender Gemeinschaft, des ganzen Menschengeschlechts mischt, läutert und umgestaltet, wird die Sprache der grosse Uebergangspunkt von der Subjectivität zur Objectivität, von der immer beschränkten Individualität zu Alles zugleich in sich befassendem Daseyn."[14]

Nicht nur Sprechen und Erkennen sind unlösbar miteinander verknüpft, sondern auch *Sprechen und Handeln*. Sprechen ist ein Handeln, da mit jedem Wort eine bestimmte Vorstellung verknüpft ist, was mit dem ihm zugeordneten Ding zu tun sei und wie man mit ihm umgehen kann. Mit dem Wort 'Brot' verbindet man sofort, woraus es hergestellt wird und welche Funktion ihm für die Erhaltung des Lebens zukommt. Sprache übermittelt somit eine bestimmte Vorstellung vom Umgang mit den Dingen. Sprechend ordnet der Mensch die Welt um sich herum, verbindet und trennt die ihn umgebenden Dinge. Wenn Worte nur menschlichen Zielen Ausdruck verleihen, dann ordnen sie auch die Dinge allein nach menschlichen Maßstäben. Aufgrund der 'Kopernikanischen Wende', die Kant vollzogen hat, wird die Welt nur unter den Gesetzen des menschlichen Verstandes, seinen Begriffen und Zwecken betrachtet. Hier wird nun die Grenze von einem Verständnis von Sprache, die allein menschliche Vorstellungen und Absichten ausdrückt, sichtbar. Es bleibt kein Raum für das Vernehmen der Sprache des anderen Menschen noch der Sprache nichtmenschlicher Lebewesen. Das komplexe Zusammenspiel natürlicher Prozesse muß empfindlich gestört werden, wenn die auf menschliches Erkennen und Wollen eingeschränkte Sicht den Umgang mit ihnen prägt. Schon Novalis beklagt in den 'Lehrlingen zu Sais' einen Zugriff des Menschen, der blind in die Zusammenhänge der Natur eingreift, weil er in den Grenzen seiner eigenen Vorstellungen befangen deren Sprache nicht mehr vernimmt. "Die weiten hallenden Säle standen leer und hell da, und das wunderbare Gespräch in zahllosen Sprachen unter den tausendfaltigen Naturen, die in diesen Sälen zusammengebracht und in mannichfaltigen Ordnungen aufgestellt waren, dauerte fort. ... Sie strebten in ihre Freiheit, in ihre alten Verhältnisse zurück. Wenige standen auf ihrem eigentlichen Platze, und sahen in Ruhe dem mannichfaltigen Treiben um sich her zu. Die Übrigen klagten über entsetzliche Qualen und Schmerzen, und bejammerten das alte, herrliche Leben im Schooße der Natur, wo sie eine gemeinschaftliche Freiheit vereinigte, und jedes von selbst erhielt, was es bedurfte. O! daß der Mensch, sagten sie, die innre Musik der Natur verstände, und einen Sinn für äußere Harmonie hätte. Aber er weiß ja kaum, daß wir zusammen gehören, und keins ohne das andere bestehen kann. Er kann nichts liegen lassen, tyrannisch trennt er uns und greift in lauter Dissonanzen herum."[15]

Folgen wir der vielschichtigen Bedeutung von Sprache für den Menschen weiter, so erschließen sich Dimensionen, die über die Funktion der Sprache als Zeichensystem und als Mittel menschlicher *Kommunikation* weit hinausführen. Rainer Maria Rilke kritisiert einen Sprachgebrauch, der die Dinge identifiziert und den Eindruck vermittelt, mit dem Benennen habe man die Dinge. Die Beschränkung von Sprache auf ein bloßes System von Zeichen, die durch Gewohnheit den Dingen zugeordnet werden, vermittelt das Gefühl, man sei sich der Dinge sicher, wisse genau, was sie sind und kenne ihren Ort und ihre Funktion in der Welt. Wirklichkeit wird eingeschränkt auf einen geschlossenen Zusammenhang, der unbefragt hingenommen und benutzt wird. Welt, die ihren Eigenwert eingebüßt hat, ist verengt auf das, was sie für die begrenzten und wandelbaren Ziele der Menschen ist. Verloren geht das Wissen um das Geheimnis, das Ahnen verborgener Zusammenhänge, das Gefühl für Tiefe und für Wesentliches. Die Sprache der Dinge ist verstummt und kann nicht mehr vernommen werden.

Ich fürchte mich so vor der Menschen Wort
Sie sprechen alles so deutlich aus,
Und dieses heißt Hund
Und jenes heißt Haus
Und hier ist Beginn
Und das Ende ist dort.

Mir bangt auch ihr Sinn
Ihr Spiel mit dem Spott
Sie wissen alles, was ist und war
Kein Berg ist ihnen mehr wunderbar
Ihr Garten und Gut grenzt gerade an Gott

Ich will immer warnen und wehren: bleibt fern
Die Dinge singen hör ich so gern.
Ihr rührt sie an, sie sind
Starr und stumm
Ihr bringt mir alle die Dinge um[16].

Für Rilke entscheidet Sprache als Ausdruck des Verhältnisses des Menschen zur Welt über dessen Weltoffenheit oder Verschlossenheit. Worte bilden sich nicht nur durch lange Gewohnheit und beliebige Erfindung von Zeichen, sondern auch durch das Vernehmen der Sprache der Dinge. Die lautlose Sprache der Dinge und die Sprache der Natur werden übersetzt in die so völlig anders geartete Sprache des Menschen.

In welchem Sinne aber können Rilke und vor ihm schon Novalis von der Sprache der Dinge reden? Ein jegliches Ding in der Welt hat eine bestimmte Ausdruckskraft, durch die es in die Welt hineinwirkt. Ein Stein in einem Bachbett erzählt seine Geschichte. Er berichtet, wie er entstanden ist und wie er in einer langen Wanderung von den Höhen eines Berges durch einen Gletscher über viele Kilometer mitgeschleppt schließlich in diesen Fluß gelangte und dort durch das Wasser abgeschliffen und gerundet wurde. Er erzählt ein Stück Erdgeschichte. Er berichtet von einem Geschehen, das unabhängig vom Menschen stattgefunden hat, dem der Mensch als Erkennender und Sprechender in mancher Hinsicht sogar erst seine Existenz verdankt. Aber auch technische Gegenstände haben ihre Sprache: Sie kann von völliger Kargheit und Härte, die in die Umwelt brutal und verletzend einschneiden bis zu jener eigentümlichen ästhetischen Nüchternheit reichen, die vielleicht eine moderne Brücke ausstrahlt. Die Sprache der Technik vermittelt als Dienerin der Menschen behutsame Planung und Hilfe; als Ausdruck eines blinden Verfügungswillens und

Rausches grenzenloser Machbarkeit droht sie ihren Schöpfer, den Menschen, zu ersticken. Die Sprache der Dichtung unterscheidet sich nicht nur aufgrund unterschiedlicher Inhalte von der der Naturwissenschaften: Beide sprechen vielleicht über Natur. Aber die Weise, wie sie es tun, ist eine völlig andere. In der Sprache der Kunst drückt sich nicht nur das Selbstverständnis des einzelnen Künstlers aus. Musik, Plastik oder Malerei stellen eine Sicht der Wirklichkeit dar, die der Künstler seiner Zeit abgelauscht hat und die durch die Kraft ihrer Aussage Jahrhunderte überdauern kann. Benjamin sagt: "Man kann von einer Sprache der Musik und der Plastik reden, von einer Sprache der Justiz, die nichts mit denjenigen, in denen deutsche oder englische Rechtssprüche abgefaßt sind, unmittelbar zu tun hat, von einer Sprache der Technik, die nicht die Fachsprache der Techniker ist."[17]

Um die Sprache der Dinge zu vernehmen muß der Mensch eine andere Haltung einnehmen, als wenn er Sprache benutzt, um sich mitzuteilen, Welt zu ordnen und sie zu ergreifen. Er muß lernen zu schweigen und hinzuhören. Die unaufhörliche Flut seiner eigenen Gedanken, durch die er die Sprache der Dinge fast ständig übertönt, muß für einige Augenblike versiegen. Erst aus dieser Stille heraus, die die Sprache der Dinge empfängt, entsteht wieder die eigene spontane Äußerung. Sie ist bereichert durch die Berührung mit einer Wirklichkeit, die den eigenen Sprachhorizont überschreitet.

Aber auch für den Menschen selbst ist Sprache mehr als die lauthafte Sprache der Worte auszusagen vermag. Vieles, was nicht in Worten ausgesprochen wird, teilt sich durch die Körpersprache mit. Mimik, Blicke und Gesten unterstreichen das Gesagte, verraten Verschwiegenes, teilen etwas mit, was vielleicht dem Sprecher selbst unbewußt bleibt. Die eigentümliche Klangfarbe der Worte offenbart den Gefühlszustand des Sprechenden. Sie vermittelt Ärger und Freude, Wahrhaftigkeit und Tiefe des Erlebten oder auch Unsicherheit. Über den begrenzten Inhalt eines Wortes hinaus teilt sich in Sprache die Ganzheit der menschlichen Person mehr oder weniger unmittelbar mit.

Erst die Fähigkeit, sich mit anderen Menschen verständigen zu können, macht menschliche Gemeinschaft möglich. Bereits Aristoteles hatte den Menschen aufgrund der Verbindung von Sprache und Vernunft als Gemeinschaftswesen, als 'zoon politicon' definiert. Im Unterschied zu gemeinschaftsbildenden Tieren, etwa Bienen oder Ameisen oder in Rudeln und Herden lebenden Tieren ist die Weise, in der Menschen zusammenleben, nicht determiniert. Sie können die Form ihres Zusammenlebens frei gestalten. Sie bedarf stets neuer Abwägungen und Entscheidungen, Argumente und Korrekturen. Nur durch Sprache besteht die Möglichkeit, eine Gemeinschaft auf der Grundlage des Gespräches und des wechselseitigen Konsenses zu bilden.

Das Gelingen eines Gespräches hängt zunächst ab von der Erkenntnis des

Anderen. Sieht man ihn nur verworren durch viele Projektionen, Erwartungen und Befürchtungen gleichsam schattenhaft, dann zielen die an ihn gerichteten Worte nur auf diese oberflächliche Wahrnehmung. Auch die Welt wird nur unscharf durch das Raster dieser Befürchtungen oder Wünsche wahrgenommen. Die verstellte Erkenntnis des Anderen und der Welt spiegelt wiederum die eigene schattenhafte Selbsterkenntnis. Je unschärfer die Wahrnehmung der eigenen Person, je weniger jemand bei sich selbst ist, desto unwirklicher wird das Gespräch mit dem anderen. Es entartet, wie Martin Heidegger sagt, zum bloßen 'Gerede' und inhaltsleeren Geschwätz, zum Austausch haltloser Meinungen. Platon skizziert im 'Höhlengleichnis' die Weise, wie Menschen, die diese Welt der Schatten und Projektionen für die einzig wirkliche Welt halten, auch miteinander nur über unstete und schwankende Schatten kommunizieren: "meinst du wohl, daß dergleichen Menschen von sich selbst und voneinander etwas anderes zu sehen bekommen als die Schatten, welche das Feuer auf die ihnen gegenüberstehende Wand wirft? ... Wenn sie nun miteinander reden könnten, glaubst du nicht, daß sie auch pflegen würden, dieses Vorhandene (, nämlich die Schatten) zu benennen...? ... Und ... wenn ihr Kerker auch einen Widerhall hätte ... meinst du, wenn einer von den Vorübergehenden spräche, sie würden denken, etwas anderes rede als der eben vorübergehende Schatten?"[18]

Doch der Dialog zwischen zwei Menschen erschöpft sich nicht in dem, was diese sich inhaltlich an Informationen und Gedanken mitteilen mögen. Worte können tief verletzen, trösten oder beruhigen. Daß Sprache mehr ist als Worte aussagen, zeigt das Beispiel von Parcival: Als junger Mann, der sich gerade mühsam die strengen Verhaltensregeln des Ritters eingeprägt hat, gelangt er zu Anfortas, der an einer Wunde schwer leidet. Allein die Frage, woran Anfortas leide, könnte diesen erlösen. Doch obwohl Parcival dessen Qual sieht, hält er die erlösenden Worte zurück. Noch halten ihn die Vorschriften gefangen, nach denen die Äußerung von Mitleid für einen Ritter unwürdig ist. Parcival sieht noch nicht, daß erst gelebte und durchdrungene Normen wirklich formende Kraft haben. Sie würden ihm eine spontane Reaktion des Herzens erlauben, ohne daß er seine Haltung als Ritter verlieren würde. Niemand darf ihn allerdings auf die gebotene Reaktion aufmerksam machen. Würde er nur aus purer Höflichkeit fragen, hätten seine Worte keine erlösende Kraft mehr. So hält sich Parcival an die erlernten Konventionen und handelt gegen sein Herz, das ihn zur Frage drängt. Dadurch versäumt er nicht nur die Erlösung des Anfortas von seinen unerträglichen Qualen, sondern muß selbst einen langen, mühevollen Weg zurücklegen, bis er sich eine erneute Chance erkämpft hat. Nach langer Wanderung gelangt er schließlich zu dem Einsiedler Trevrizent, der ihm erzählt, auf welche Weise Anfortas von seinen Qualen hätte erlöst werden können: "ein Ritter würde kommen. Sollte er mitleidig nach dem Geschick des Königs fragen, dann hätte alles Elend ein Ende. Doch dürfe ihn niemand auf die Wichtigkeit der Frage hinweisen, sonst würde sie nicht helfen. Die Wunde bliebe dann unverändert, ja sie bereite noch größere Schmerzen als vorher. ... Später kam wirklich der angekündigte ... Ritter zum Gral geritten. Wäre er lieber gar nicht erst erschienen! Er hat nur Schande auf sich geladen! Obwohl das qualvolle Elend des Hausherrn gar nicht zu übersehen war, kamen ihm nicht die Worte in den Sinn: "Herr, was fehlt Euch?""[19]

Gerade durch das, worin Sprache nicht mehr begrenzte Information ist, erlangt sie im Gespräch ihre eigentümliche Wirksamkeit. Erst in der Ansprache, die den Anderen meint, so wie er ist, kann dieser zu sich selbst erwachen. Er begreift sich in seiner eigenen Unverwechselbarkeit nicht dadurch, daß ihm Fakten vermittelt werden, sondern dadurch, daß er als Mensch in seiner Einzigartigkeit von einem anderen Menschen angesprochen wird. Vor allem ein Kind braucht nicht nur die Vermittlung von Zeichen und Inhalten, sondern die Ansprache, um sich seiner selbst bewußt zu werden und zu lernen, sich in der Welt eigenständig zu orientieren. Sprache hat eine dialogische Dimension, in der der Andere nicht mehr Mittel zu irgendeinem Ziel ist. Er wird nicht zu etwas gebraucht noch wird etwas von ihm erwartet. Er ist im Sinne des kategorischen Imperativs von Kant Selbstzweck. Allein dies garantiert ihm seine Würde als Person. Sprechen wird dann zugleich zum Vernehmen des Anderen, so daß Bei-Sich-Sein und Beim-Anderen-Sein koinzidieren. Erst durch das Wechselspiel von Rede und Gegenrede kommt der Mensch zu sich selbst. So entsteht für Martin Buber durch Sprache ein Zwischenraum, in dem sich Ich und Du begegnen können. "Geist in seiner menschlichen Kundgebung ist Antwort des Menschen an sein Du. Der Mensch redet in vielen Zungen, Zungen der Sprache, der Kunst, der Handlung, aber der Geist ist einer ... Geist ist Wort. Und wie die sprachliche Rede wohl erst im Gehirn des Menschen sich worten, dann in seiner Kehle sich lauten mag, beides aber sind nur Brechungen des wahren Vorgangs, in Wahrheit nämlich steckt die Sprache nicht im Menschen, sondern der Mensch steht in der Sprache und redet aus ihr, - so alles Wort, so aller Geist. Geist ist nicht im Ich, sondern zwischen Ich und Du. Er ist nicht wie das Blut, das in dir kreist, sondern wie die Luft, in der du atmest."[20]

Gibt es Dialog nur mit Menschen? Buber unterscheidet drei Seinsstufen, zu denen der Mensch in ein Verhältnis treten kann, so daß in je anderer Weise von Sprache gesprochen werden muß. In einem umfassenden Sinne verstanden kann der Mensch in ein Gespräch treten mit der Natur, mit anderen Menschen und mit geistigen Dimensionen wie Kunstwerken und Literatur, schließlich vor allem mit Gott. "Drei sind die Sphären, in denen sich die Welt der Beziehung errichtet. Die erste: das Leben mit der Natur. Da ist die Beziehung im Dunkel schwingend und untersprachlich. Die Kreaturen regen sich uns gegenüber, aber sie vermögen nicht zu uns zu kommen, und unser Du-Sagen zu ihnen haftet an der Schwelle der Sprache. - Die zweite: das Leben mit den Menschen. Da ist die Beziehung offenbar und sprachgestaltig. Wir können das Du geben und empfangen. - Die dritte: das Leben mit den geistigen Wesenheiten. Da ist die Beziehung in Wolke gehüllt, aber sich offenbarend, sprachlos, aber sprachzeugend. Wie vernehmen kein Du und fühlen uns doch angerufen, wir antworten - bildend, denkend, handelnd".[21]

Natur spricht eine Sprache, die nicht die Sprache der Menschen ist. Tiere haben ihre Sprache, in der sie sich ausdrücken und einander mitteilen. Höhere Tiere artikulieren in Lauten Gefühle wie Freude, Gereiztheit, Wut und Schmerz. Papageien können in einem gewissen Umfang menschliche Worte nachahmen und sogar neue Verbindungen erfinden. Doch die umfangreichen Verständigungssysteme der Tiere sind weitgehend stammesgeschichtliches Erbe, während es nur sehr wenig Austausch über je besondere Erfahrungen gibt. Tiere haben kein Wissen um sich selbst, so daß ihnen ihre Erfahrungen nicht bewußt werden. Ihnen fehlt die Freiheit, sie denkend zu durchdringen und aus ihnen Schlußfolgerungen für ihr zukünftiges Leben zu ziehen. Mit dem Selbstbewußtsein fehlt auch die Fähigkeit, ein anderes Ich als vom eigenen Ich Unterschiedenes anzusprechen und über die Differenz hinweg mit ihm in ein Gespräch, in Rede und Gegenrede einzutreten. Können Tiere noch unmittelbar Gefühle ausdrücken und auf menschliches Verhalten reagieren, so bleibt für uns das dunkle Fühlen der Pflanzen ohne Antwort. Deshalb ist für den Menschen kein wirkliches Gespräch im Sinne echter Wechselseitigkeit mit Tieren oder Pflanzen möglich.

Dies wußte schon die 'Genesis', die Adam nach dem Benennen der Tiere sich nach einer Gefährtin sehnen ließ, die ihm ebenbürtig wäre. Während die Tiere die Benennung empfingen, brauchte Adam offensichtlich ein Gegenüber, das mit ihm in Rede und Gegenrede würde eintreten können. Zum vollen Menschsein bedurfte er nicht nur etwas, was dem Seinsrang nach unter ihm stand, sondern eines Wesens, das ihm gleichgestellt war. Eva muß im gleichen Sinne mit Sprache und Erkenntnis begabt sein wie Adam, um das fehlende Gegenüber sein zu können. Um die Grenzen der Tiersprache zu verdeutlichen, wählt Buber das Beispiel einer Katze, die häufig vor seinem Haus saß: "Diese Katze begann ihren Blick unbestreitbar damit, mich mit dem unter dem Anhauch meines Blicks aufglimmenden zu fragen: "Kann das sein, daß du mich meinst? Willst du wirklich nicht bloß, daß ich dir Späße vormache? Gehe ich dich an? ..." 'Ich' ist hier eine Umschreibung für ein Wort der ichlosen Selbstbezeichnung, das wir nicht haben... Da war der Blick des Tiers, die Sprache der

Bangigkeit, groß aufgegangen - und da ging er schon unter. Mein Blick war freilich ausdauernder"... "Ganz anders verhält es sich mit jenen Bezirken der Natur, denen die uns mit dem Tier gemeinsame Spontaneität fehlt. Zu unserem Begriff der Pflanze gehört, daß sie auf unsere Aktion zu ihr hin nicht reagieren, daß sie nicht 'erwidern' kann. Doch bedeutet dies nicht, daß uns hier schlechthin keinerlei Reziprozität zuteil werde. Die Tat oder Handlung eines Einzelwesens gibt es hier freilich nicht, wohl aber eine Reziprozität des Seins selber, eine nichts als seiende."[22]

Nur mit Menschen ist eine volle Wechselseitigkeit von Rede und Gegenrede, von Sprechen und Vernehmen möglich. Selbst zwischen zwei nach Rasse, Herkunft und Weltanschauung gänzlich voneinander verschiedenen Menschen gibt es wirkliche Begegnung. Beim Menschen dient Sprache in hohem Maße dem Austausch individueller Erfahrungen und dem individuellen Lernen. Lernen vollzieht sich nicht nur durch Erfahrungen, sondern auch durch gedankliche Auseinandersetzung mit Erzähltem oder Gelesenem. Der einzelne Mensch vermag über Jahrtausende hinweg aus dem kulturellen Erbe der Menschheit zu schöpfen.

Während das Benutzen der Sprache als Zeichensystem dem menschlichen Willen untersteht, ist die Unmittelbarkeit zwischen Sprechendem und Angesprochenem nicht durch irgendeine Absicht herstellbar. Sie ist unverfügbar, obwohl es der gesammelten Aufmerksamkeit des Sprechenden bedarf. Verstellte Unmittelbarkeit zwischen Menschen erzeugt Leiden und das schmerzhafte Gefühl von Isolation selbst da, wo man mitten unter Menschen ist. Die sprechende Person, nicht nur der Sinn der Worte wird dann von anderen nicht wahrgenommen.

Schon mit geistigen Wesenheiten ist, wie Buber betont, keine volle Wechselseitigkeit mehr möglich. Lesen wir einen Text oder vertiefen wir uns in ein Kunstwerk, so nehmen wir dessen Gehalt mehr oder weniger unmittelbar auf. Wir sind Empfangende und werden erst im eigenen Schaffen oder in einem Gespräch mit anderen wieder zu Gebenden. Auch hier ist, wenn auch in anderer Weise als mit der Natur, keine volle Wechselseitigkeit mehr möglich.

In einem anderen Sinne als gegenüber der Natur werden die Grenzen der menschlichen Sprache im *Verhältnis zu Gott* deutlich. Jede *Rede über Gott* in menschlichen Worten muß letztlich scheitern: Während Gott als absolute Seinsfülle jenseits von Raum und Zeit ist, sind die Begriffe der Alltagssprache geprägt durch Erfahrungen in Raum und Zeit. Mystiker ringen immer wieder neu darum, religiöse Erfahrungen, in denen in der mystischen Einung für ein zeitloses Nu eine Vision Gottes erlangt wurde, in menschlicher Rede darzustellen. Gleichnisse, Metaphern oder Symbole verweisen auf jene unaussagbare Sphäre. Paradoxien, die den Satz vom Widerspruch aufheben, drücken aus, daß Gott, wie der Kardinal Nikolaus von Kues im 15. Jahrhundert sagte, jenseits der Gegensätze ist. "Gott ist nicht Wurzel und Ursprung des Widerspruchs, sondern die Einfachheit, die vor jedem Ursprung steht. Daher kann man dies, daß er sagbar und unsagbar ist, auch nicht behaupten. ... Er ist der eine Ursprungsgrund und steht vor jedem Gedanken, den man von ihm bilden könnte.... Er ist weder nichts noch ist er nicht, noch ist er und ist er nicht, sondern er ist die Quelle und der Ursprung aller Gründe des Seins und Nichtseins."[23]

Unzutreffend sind sowohl positive Aussagen über Gott, wie zum Beispiel daß er die Wahrheit und das Gute schlechthin sei; jede bejahende Rede über Gott entstammt dem endlichen menschlichen Denken. Unangemessen ist aber ebenso die Verneinung dieser positiven Aussagen, denn auch die Verneinung bezieht sich noch auf menschliche Vorstellungen. Weder Bejahung noch Verneinung erreichen Gott. Der Neuplatoniker Plotin sprach in Metaphern wie Sonne, Baum und Wurzel oder Quelle: Es sind Sinnbilder, die an die alltägliche Erfahrung anknüpfen, um die Unerschöpflichkeit, Lauterkeit, Durchlichtetheit und Anfangslosigkeit Gottes zu veranschaulichen. Meister Eckhart, der große Prediger, Theologe und Mystiker der 14. Jahrhunderts bedient sich der Metapher der Sonne und der Wolken, um seinen Hörern die Allgegenwart Gottes zu vergegenwärtigen. Gott ist, so sagt Eckhart, auch dann anwesend, wenn wir ihn aufgrund einer falschen Blickrichtung und unzureichenden Erkenntnis nicht sehen können, so wie die Sonne auch dann scheint, wenn Wolken sie für uns verbergen. "Die Sonne scheint ohne Unterlaß; jedoch, wenn eine Wolke oder Nebel zwischen uns und der Sonne ist, so nehmen wir den Schein nicht wahr. Ebenso auch, wenn das Auge in sich selbst krank ist und siech oder verschleiert, so ist ihm der Schein nicht erkennbar."[24]

Die letzte Sinnebene von Sprache zu reden ist Sprache verstanden als das *Wort Gottes* selbst: Diese Sprache teilt als schöpferisches Wort und unendliche Seinsfülle rein sich selbst ohne irgendeinen Inhalt im menschlichen Sinne mit. Jede Mitteilung im Sinne einer endlichen Aussage wäre bereits eine Minderung und Beschränkung dieser unendlichen Fülle. Sie ist das göttliche Wort, der Logos, der im Anfang vor aller Zeit war, die reine Sprache, die Benjamin in seinen sprachmystischen Schriften umkreist. "Im Wort wurde geschaffen, und Gottes sprachliches Wesen ist das Wort. ... Die Unendlichkeit aller menschlichen Sprache bleibt immer eingeschränkten und analytischen Wesens im Vergleich mit der absoluten uneingeschränkten und schaffenden Unendlichkeit des Gotteswortes."[25]

Das Wort Gottes ist als geistiges, überzeitliches und schöpferisches Prinzip reine, bewegende Kraft. Lange vor der Entstehung des Christentums war in den Kosmogonien der Babylonier, Sumerer und Ägypter die Lehre vom göttlichen Schöpfungswort und vom Namen Gottes unabhängig von magischen Praktiken verbreitet. Im Christentum ist der Logos, von dem der Prolog des Johannesevangeliums berichtet, zugleich geistiges Licht. Die jüdische Mystik spricht vom Namen Gottes als weltschöpferischer Seinsmacht. In der islamischen Mystik wird die Welt nicht nur durch Gottes Wort hervorgebracht, sondern durch seinen Größten Namen, der im vollkommenen Menschen, dem Pol, anwesend ist, immer wieder mit ihm verbunden. Für den religiösen Menschen ist das Wort Gottes als Ursprung allen Seins zugleich Ursprung der vielen Sprachen der Natur wie des Menschen, mögen diese sich auch erst im Laufe der Evolution gebildet haben.

Offenbarung ist die Vermittlung dieses zeitlosen schöpferischen Wortes in die Zeit. Der Mensch in seiner geschichtlichen Bedingtheit, eingebunden in einen bestimmten kulturellen Kontext und mit seiner besonderen psychischen Konstellation ist Empfänger dieses zeitlosen Wortes. Martin Buber beschreibt die Begegnung zwischen dem unendlichen schöpferischen Gotteswort und dem menschlichen Empfänger folgendermaßen: "Die tatsächliche Offenbarung bedeutet die Brechung des einigen göttlichen Lichtes in der menschlichen Vielfältigkeit, das heißt, die Brechung der Einheit im Widerspruch. ... Das tatsächliche Offenbarungsereignis in der Geschichte ... bedeutet nicht, daß sich ein göttlicher Inhalt in ein leeres menschliches Gefäß gieße. ... Wir kennen keine andere Offenbarung als die der *Begegnung* von Göttlichem und Menschlichem, an der das Menschliche faktisch beteiligt ist. Das Göttliche ist ein Feuer, das das menschliche Erz umschmilzt, aber was sich ergibt, ist nicht von der Art des Feuers. Wir können daher nichts, was direkt oder indirekt (sei es durch schriftliche oder mündliche Tradition) aus der tatsächlichen Offenbarung hervorgeht, ob Wort oder Brauch oder Institution, so wie wir es besitzen, als von Gott gesprochen oder von Gott eingesetzt verstehen. Es ist uns aber auch nicht gegeben, innerhalb davon schlechthin ... zwischen Göttlichem und Menschlichem zu scheiden."[26] Die eine göttliche Sprache, die sich in keiner begrenzten Aussage erschöpft, bricht sich für Buber in den vielen Reden der Menschen über Gott. Da Offenbarung eine Begegnung zwischen Göttlichem und Menschlichem, Ewigem und Zeitlichem ist, trifft die göttliche Seinsmitteilung nicht auf einen völlig leeren und ungeprägten Empfänger. Sie ergießt sich in einen Menschen mit einer bestimmten personalen Struktur, eingebunden in einen zeitgeschichtlichen und kulturellen Horizont. Die jeweiligen Sprachgewohnheiten, Symbole, Sitten und Gebräuche bestimmen wiederum die Weise, in der der Empfänger der Offenbarung zu seinen Mitmenschen sprechen kann. Er muß an bestehende Lebensgewohnheiten und Bilder anknüpfen, um seine Botschaft anderen verständlich machen zu können. Die göttliche Sprache ist für Buber eine einzige für alle Menschen - doch für die Menschen, die in der Zeitlichkeit leben, ist sie immer nur bruchstückhaft und näherungsweise erfaßbar. Daher bestehen für die Menschen Widersprüche, während im Urgrund selbst, wie Cusanus sagte, alle Gegensätze aufgehoben sind. Es ist die unabschließbare Aufgabe des Menschen, immer wieder neu zu versuchen, den ursprünglichen Sinn des göttlichen Wortes zu vernehmen.

Die Sprache Gottes ist überzeitlich, so daß auch das Offenbarungsgeschehen in Zeit und Geschichte unabschließbar ist: Gott, der Ursprung, ist 'im Anfang', über aller Zeit und über jedem Raum, so daß es in ihm kein zeitliches Nacheinander der Offenbarungsereignisse gibt. Es sind die Menschen, die das Offenbarungsgeschehen in den chronologischen Fortgang der Geschichte einordnen, es nach dem Früher und Später in die Abfolge der Jahrhunderte eingliedern. Als reine zeitlose Gegenwärtigkeit kann sich der göttliche Ursprung als Offenbarung immer wieder neu in Zeit und Raum vermitteln. Dies wußte Meister Eckhart ebenso wie Angelus Silesius, als sie von der Geburt des Logos in jeder Menschenseele in allen Zeiten sprachen. Angelus Silesius dichtet:

"Dort in der Ewigkeit geschiehet alls zugleich:
Es ist kein Vor noch Nach wie hier im Zeitenreich."
"So du das Ewge Wort in dir willst hören sprechen,
So mußt du dich zuvor vom Hören ganz entbrechen."
"Je mehr du Gott erkennst, je mehr wirst du bekennen,
Daß du je weniger ihn, was er *ist*, kannst nennen."
"Das Wort, das dich und mich und alle Dinge trägt,
Wird wiederum von mir getragen und gehegt."[27]

Auf diese Weise schließt sich der Kreis der Überlegungen. Die Frage, was Sprache sei und welche Bedeutung sie für den Menschen hat führte in einem weiten Bogen vom ersten Erlernen der Sprache als Zeichen über die Bedeutung der Sprache für das Gemeinschaftsleben bis zur Sprache Gottes. In jeder Weise, über Sprache zu reden, erschließt sich eine andere Sinnebene von Sprache. Die Rede über Gott aufgrund von Offenbarung mündet wiederum in einen bestimmten kulturellen Kontext ein. Dieser gibt einem Kind, das diese Sprache lernt, auch die Frage nach der Sprache Gottes mit auf seinen Weg.

Anmerkungen

1 Augustinus: Confessiones/ Bekenntnisse I, 8,13, (Einltg., Übers. u. Erl. v. J.Bernhart, München, 1980, 31ff.
2 Vgl. Regine Kather: 'Über Sprache überhaupt und über die Sprache des Menschen'. Die Sprachphilosophie Walter Benjamins, Frankfurt/M./ Bern/ New York/ Paris 1989.
3 W.Benjamin: Die Lehre vom Ähnlichen, in: Gesammelte Schriften II,1, (Hg.: R.Tiedemann/ H.Schweppenhäuser), Werkausgabe Edition Suhrkamp, Frankfurt/M., 1980, 204f.
4 Genesis 11, 1-7.
5 G.W.Leibniz: Dialog über die Verknüpfung zwischen Dingen und Worten, in: Hauptschriften zur Philosophie, Bd. I, (Hg.: E.Cassirer; Übers.: A.Buchenau), Hamburg 1966^{3}, 19f.
6 G.W.Leibniz: Unvorgreifliche Gedanken, in: Hauptschriften..., op.cit. Bd. II, 519.
7 W.v.Humboldt: Über das vergleichende Sprachstudium in Beziehung auf die verschiedenen Epochen der Sprachentwicklung, in: Werke in fünf Bänden, Bd. III: Schriften zur Sprachphilosophie, (Hg.: A.Flitner; K.Giel), Darmstadt 1988^{6}, 6.
8 P. Bellwood: Frühe Landwirtschaft und die Ausbreitung des Austronesischen, in: Spektrum der Wissenschaft, 9/1991, 106-117. - C.Renfrew: Der Ursprung der indoeuropäischen Sprachfamilie, in: Spektrum der Wissenschaft, 12/1989, 114-122.
9 Walter Benjamin: Die Aufgabe des Übersetzers, in: Ges.Werke... op.cit., IV, 1, 16.
10 J.W.v.Goethe: Westöstlicher Divan, in: Goethes Werke, Hamburger Ausgabe in 14 Bänden, (Hg.: E.Trunz), München 1982^{13}, Bd. 2, 258.
11 T.W.Adorno: Jargon der Eigentlichkeit. Zur deutschen Ideologie, Frankfurt/M. 1977^{8}, 11.
12 Platon: Phaidros, 271 b - 277a, in: Werke in acht Bänden, gr.-dt., Bd. V, (Hg.: G.Eigler; Übers.: F.Schleiermacher; Berab.: D.Kurz), Darmstadt, 1983.
13 W.v.Humboldt: Über die Sprache, Ausgewählte Schriften, (Hg.: J. Trabant), München 1985, 15.
14 W.v.Humboldt: Über die Sprache, op.cit., 21.
15 Novalis: Die Lehrlinge zu Sais, in: Werke in einem Band, Bibliothek deutscher Klassiker, (Hg.: H.-J. Mähl/ R.Samuel), München/ Wien 1982, 218.
16 Rainer Maria Rilke: Die Gedichte, Frankfurt/M., 1987^{3}, 188.
17 W.Benjamin: Über Sprache überhaupt..., op.cit. Bd.II,1, 140.
18 Platon: Politeia 515a-b, in: Werke... op. cit. Bd. IV. Darmstadt 1971.
19 W.v.Eschenbach: Parzival, Bd.2, (Übers.: W.Spiewok), Stuttgart, 1981, 91-93.
20 M.Buber: Ich und du, in: Das dialogische Prinzip, Heidelberg 1979, 41.
21 M.Buber: Ich und Du, in: op.cit., 10.
22 M.Buber: Ich und Du, op.cit., 99; 125.
23 Nikolaus von Kues: Der verborgene Gott, (De Deo abscondito), in: Philosophisch -Theologische Schriften, (Studien- und Jubiläumsausgabe, lat. -dt.),.(Hg.: L.Gabriel; Übers.: D.u.W. Dupré), Wien, 1982, (Nachdr. 1964), Bd. I, 305-307.
24 Meister Eckhart: Vom edlen Menschen, in: Deutsche Predigten und Traktate, (Hg. u. Übers.: J.Quint), München 1979, 143f.
25 Walter Benjamin: Über Sprache ..., op.cit., Bd. II,1, 149.
26 M.Buber: Nachlese, Heidelberg 1966, 108f.
27 Angelus Silesius: Cherubinischer Wandersmann, (Hg.: L.Gnädinger nach dem Text von Glatz 1675), Zürich, 1986, 334;53;306;64.

Zeit und Ewigkeit

Zur Vielschichtigkeit des Zeiterlebens

"Was ist also 'Zeit'? Wenn mich niemand danach fragt, weiß ich es; will ich einem Fragenden es erklären, weiß ich es nicht. Aber zuversichtlich behaupte ich zu wissen, daß es vergangene Zeit nicht gäbe, wenn nichts verginge, und nicht künftige Zeit, wenn nichts herankäme, und nicht gegenwärtige Zeit, wenn nichts seiend wäre."[1]

Einprägsam sprechen diese berühmt gewordenen Worte von *Augustinus* den selbstverständlichen und unhinterfragten Umgang mit Zeit aus. Sie erscheint als vertraut und bekannt, bestimmt sie doch alles menschliche Denken und Handeln, Hoffen und Leiden. Wir sprechen von gestern, heute und morgen und teilen den Tagesablauf in Stunden und Minuten ein. Diese Zeitmarken erlauben die Koordination von Handlungen im gesellschaftlichen Leben und bilden das Maß für die Dauer, den Abstand und die Reihenfolge einzelner Geschehnisse. Zeit ist nicht nur meßbar und quantifizierbar, sondern kann als unerträglich gedehnt oder als unsagbar kurz erscheinen. Dennoch bleibt Zeit unfaßbar für denjenigen, der fragt, *was* sie denn eigentlich sei. Die vielfältigen Antworten auf diese Frage werfen ein Licht auf die Vielschichtigkeit menschlicher Zeiterfahrungen. Als Lebenszeit steht Zeit in unmittelbarem Bezug zu Leben und Tod, Langeweile und Lebensintensität; durch das Bewußtsein von Zeit ist der Mensch ein geschichtliches Wesen, das verbunden ist mit der langen Abfolge von Generationen und Kulturen; seine Leiblichkeit wiederum bindet ihn in das physische Universum und dessen Gesetzmäßigkeiten ein. Im Laufe des Evolutionsprozesses entstand der Mensch als ein Lebewesen, das sich selbst als zeitlich begreift und seine Zeit zu gestalten vermag. Das Verhältnis des Menschen zur Zeit ist ein Schlüssel für sein Selbst- und Weltverständnis[2].

Als *Lebenszeit* ist Zeit keine abstrakte, auf der Uhr ablesbare Größe, die nur als äußerliches Maß an das Geschehen herangetragen wird. Zeit eignet eine existentielle Dimension, die an dem unaufhaltsamen und unumkehrbaren Wandel der Dinge sichtbar wird. Menschen verändern sich im Laufe der Zeit in der Abfolge der einzelnen Lebensphasen von der Kindheit bis zum Alter. Diese unwiderstehliche Macht der Zeit stellten die Griechen in einem mythischen Bild dar, das auf Hesiod, der im 8. Jahrhundert vor Christus lebte, zurückgeführt wurde. *Kronos*, der Weltenherrscher, verschlingt seine eigenen Kinder, die er selbst mit Rheia gezeugt hat, da er seine Entmachtung durch einen seiner Söhne fürchtet. "Diese alle verschlang der gewaltige Kronos, wer jeweils aus dem heiligen Schoß der Mutter zu ihren Knien kam, darauf sinnend, daß nicht von den ehrwürdigen Himmelsabkömmlingen ein anderer unter den Unsterblichen die Königswürde innehätte. ... Deshalb hielt Kronos nicht unachtsam Wacht, sondern auf der Lauer liegend, verschlang er seine Kinder."[3]

Der Gott Kronos, dem der Planet Saturn zugeordnet wurde, verschlingt als Sinnbild der Zeit alles, was er selbst hervorgebracht hat. Die kosmologisch verstandene Zeit ist Ursache eines unaufhörlichen Werdens und Vergehens, von Geburt und Tod in der ganzen Welt. In ihrer Doppelgesichtigkeit wurde die Zeit, wie Proklos, ein Platon-Interpret des 5.Jahrhunderts berichtet, zum Gleichnis für das Naturgeschehen: Die Natur nimmt die Samen, die sie aufgehen läßt, wieder in sich zurück und erzeugt so den regelmäßigen Kreislauf der Jahreszeiten[4]. Das Vergehen des Samens in der Erde ist die Voraussetzung für das Wachstum der Pflanze. Die Entfaltung von Möglichkeiten vollzieht sich ebenso in Zeit wie Verfall und Tod. Diese mit chronos, der Zeit verbundene innere Gegensätzlichkeit spiegelt sich noch in Goethes tiefer Einsicht vom 'Stirb und Werde' als Grundgesetz des Lebens und jeder Erneuerung.

Aristoteles beschreibt die Zeitlichkeit von allem, was in irgendeiner Weise dem Wandel unterliegt, folgendermaßen: "alles somit, was *vergänglich* ist und *entstehen kann*, und überhaupt, was zu einer Zeit ist, zu einer anderen nicht, muß notwendig in der Zeit sein... Und folglich *widerfährt* ihm etwas durch die Zeit, wie wir ja auch zu sagen gewohnt sind: 'die Zeit läßt es schwinden', und 'alles altert mit der Zeit' und 'man vergißt im Laufe der Zeit'... *Denn an und für sich genommen ist die Zeit Urheberin eher von Verfall*".[5] Durch die Gebundenheit an Zeit ist jede Existenzform begrenzt und endlich. Einerseits unterscheidet sie sich durch ihre unverwechselbare Eigentümlichkeit und Einzigartigkeit erst von anderem und läßt das bunte, vielfältige und lebendige Bild des Geschehens entstehen. Andererseits bringt die Endlichkeit auch den unausweichlichen Verfall der Lebensform mit sich. Für Lebewesen, die sich, wie der Mensch, ihrer selbst bewußt sind, ist die Erfahrung unerbittlicher Vergänglichkeit leidvoll. Im Unterschied zur Existenzphilosophie Heideggers erlebte der antike Mensch diese Vergänglichkeit als schreckenerfüllte Entmächtigung, als Ausdruck einer schattenhaften Unwirklichkeit seines eigenen Daseins. Unaufhaltsam wird sich der Mensch durch die Unumkehrbarkeit der Lebenszeit seiner selbst entrissen. Der im 5. vorchristlichen Jahrhundert lebende Dichter Pindar drückt dieses Lebensgefühl in der achten pythischen Ode mit folgenden Worten aus:

"Wir Flüchtigen! Was wir sind,
schon sind wir's nicht mehr. Ein Traum
des Schattens, das ist der Mensch."[6]

Mehr als 2000 Jahre später verleiht *Hölderlin* im 'Schicksalslied' seines Romans 'Hyperion' dieser leidvollen Erfahrung noch einmal Ausdruck. Während die Seligen den Göttern gleich über jede Macht des Schicksals erhaben sind, werden die Menschen von der Gewalt des Zeitgeschehens hilflos mitgerissen. Hier versagt alles eigene Wollen und Planen. Ungewißheit über das, was die nächste Stunde bringen mag, ist ihr Los.

Ihr wandelt droben im Licht
Auf weichem Boden, selige Genien!
Glänzende Götterlüfte
Rühren euch leicht,
Wie die Finger der Künstlerin
Heilige Saiten.

Schicksallos, wie der schlafende
Säugling, atmen die Himmlischen;
Keusch bewahrt
In bescheidner Knospe,
Blühet ewig
Ihnen der Geist,
Und die seligen Augen
Blicken in stiller
Ewiger Klarheit.

Doch uns ist gegeben,
Auf keiner Stätte zu ruhn,
Es schwinden, es fallen
Die leidenden Menschen
Blindlings von einer
Stunde zu andern,
Wie Wasser von Klippe
Zu Klippe geworfen,
Jahr lang ins Ungewisse hinab.[7]

Was aber an der Zeit ist es eigentlich, das ihr diese Macht verleiht? Anders als ausgedehnte Gegenstände im Raum bleibt die Zeit, die nicht sinnlich wahrnehmbar ist, auf eigentümliche Weise unfaßbar. Alles Vergangene ist nicht mehr und alles Zukünftige ist noch nicht; die Gegenwart aber ist lediglich jener unvorstellbar kleine, nicht meßbare Augenblick, in dem sich der Umschlag von Vergangenheit in Zukunft vollzieht. Schon *Augustinus* klagt in seinen 'Bekenntnissen' verwirrt über diese Unfaßbarkeit der Zeit: "Diese beiden Zeiten, Vergangenheit und Zukunft, wie sollten sie seiend sein, da das Vergangene doch nicht mehr 'ist', das Zukünftige noch nicht 'ist'? Die Gegenwart hinwieder, wenn sie stetsfort Gegenwart wäre und nicht in Vergangenheit überginge, wäre nicht mehr Zeit, sondern Ewigkeit. Wenn also die Gegenwart nur dadurch zu Zeit wird, daß sie in Vergangenheit übergeht, wie können wir dann auch nur von der Gegenwartszeit sagen, daß sie ist, da doch ihr Seinsgrund eben der ist, daß sie nicht sein wird? Rechtens also nennen wir sie Zeit nur deshalb, weil sie dem Nichtsein zuflieht. Und dennoch sprechen wir von langer Zeit und kurzer Zeit... Doch wie kann denn lang oder kurz sein, was nicht 'ist'?"[8]

Vergangenheit, die unwiderruflich vorbei ist und Zukunft, die noch aussteht, sind asymmetrisch zueinander: Während die Zukunft noch offen und in gewissem Maße unbestimmt ist, kann man auf die Vergangenheit nicht mehr einwirken. Gleichwohl wirkt sie bestimmend in die Zukunft hinein, indem sie den Rahmen für Künftiges festlegt. In dieser Asymmetrie drückt sich die unumkehrbare und einsinnige Gerichtetheit der Lebenszeit aus. Allein die Gegenwart steht zum Handeln zur Verfügung.

Ist der Mensch wie Pflanzen und Tiere in den unaufhaltsamen und gleichförmigen Rhythmus des Werdens und Vergehens abstandslos eingebunden, oder vermag er seine Lebenszeit zu gestalten? Kann er sich selbst zeitigen und so der reinen Vergängnis wenigstens momenthaft entrinnen? Die leidvolle Erfahrung der eigenen Entmächtigung führte die Griechen dazu, der *Gegenwart* eine besondere Bedeutung beizulegen. Das Jetzt gewinnt eine andere Dignität, indem es nicht nur jener flüchtige Übergang ist, sondern als der entscheidende Moment des Handelns qualitativ bestimmt wird. Als Kairos, als der rechte Augenblick, gewinnt das Jetzt Intensität, indem es den Handelnden auf einzigartige Weise mit dem Gesamtgeschehen verbindet. Auch die jüdisch-christliche Tradition kennt diese qualitative Zeit, die im Sprachgebrauch noch lebendig ist in dem Ausspruch: 'Ein jedes Ding hat seine Zeit'.

Aristoteles betrachtet in seiner Nikomachischen Ethik den *Kairos* als das Ideal, im geeigneten Augenblick zu handeln und die Gunst der Stunde zu nutzen. Allen Prozessen in der Natur ist eine Tendenz auf Einordnung in das Gesamtgeschehen eigentümlich. Dies Streben, das auch im Menschen wirksam ist, veranlaßt ihn dazu, das Sinnvolle und Angemessene in einer durch unvorhersehbare Anforderungen gekennzeichneten Situation aufzuspüren. Die Orientierung in einem unüberschaubaren und einmaligen Zusammenspiel von Ereignissen wird geleitet von der Überzeugung, daß alle Geschehnisse untereinander verflochten sind. Kairos ist dann die Konvergenz und Kohärenz komplexer und einzigartiger Konstellationen. Nur durch vielfältige Erfahrungen verbunden mit einem hohen Maß an Reflexion entwickelt der Einzelne ein Gespür für den Kairos. Obwohl das Gelingen der Handlung von diesem untrüglichen Gefühl für den rechten Augenblick abhängt, bringt die Tyche, der Zufall eine gewisse Unsicherheit für den Ausgang der Handlung mit sich. Der rechte Augenblick entzieht sich dem planenden und verfügenden Zugriff. Doch erst dies Moment der Offenheit für den Beginn einer Handlung wie für deren Erfüllung erlaubt es, von deren Gelingen zu sprechen. Diesen glückhaften Zusammenfall eigenen Geschicks mit den äußeren Umständen schildert Aristoteles als zeitlos. Es ist "schwer, tugendhaft zu sein... So ist es auch jedermanns Sache und ein Leichtes, zornig zu werden und Geld zu verschenken und zu verzehren. Aber das Geld zu geben, wem man soll und wie viel man soll, und wann und weswegen und wie, das ist nicht mehr jedermanns Sache und nicht leicht." "ist die Tugend und der Tugendhafte jedes Dinges Maß, so folgt auch, *daß wahre Freuden jene sind, die er dafür hält.*" Diese Lust "ist ein Ganzes, und es läßt sich in keinem Zeitmoment eine Lust aufweisen, deren Form durch die Verlängerung ihrer Dauer erst vollendet würde."[9]

Für die *Stoiker* gewinnt der Kairos noch eine weitere Dimension: Maxime des Handelns wird das Streben, sich in die Ordnung des Weltganzen einzupassen, so daß Naturabläufe und ethisches Handeln vollendet zusammenspielen. Immer wieder muß sich der Mensch wie in einer meditativen Übung einprägen, daß ihm nur der gegenwärtige Augenblick zur Verfügung steht, so daß er seine Aufmerksamkeit völlig rein auf das jetzt Mögliche sammelt. Der Philosophen-Kaiser *Marc Aurel*, der von 121 bis 180 nach Christus in Rom lebte, schreibt in seinen 'Selbstbetrachtungen': "Dies bringt die Vollkommenheit des Charakters mit sich, jeden Tag, als ob er der letzte wäre, zu durchleben, und weder sich aufzuregen noch abgestumpft zu sein, noch zu heucheln."[10]

Wesentliches und Unwesentliches scheiden sich voneinander. Präsenz stellt sich ein, reine Aufmerksamkeit für die Gegenwart, die unbelastet von allen zerstreuenden Sorgen um Künftiges und frei von allen sehnsuchtsvollen oder schmerzhaften Erinnerungen ist. Dann tritt die einzelne Handlung in Bezug zum Kosmos, weitet sich beglückend aus auf das Zeitganze. Daraus entspringt jene befreiende Erkenntnis, die eigene unverwechselbare Stelle innerhalb des Weltganzen für einen zeitlosen Augenblick gefunden zu haben. Die Gegenwart gewinnt in dieser Konzentration auf Wesentliches eine ungeahnte Intensität. Kairos ist der erfüllte Einklang mit sich und dem Geschehen in der Welt, der auch noch den Tod als ein Moment der gesamten Ordnung der Natur anzunehmen vermag. Lassen wir noch einmal Marc Aurel zu Wort kommen: "Wem das Rechtzeitige allein gut ist, und wem nach der rechten Vernunft mehr Taten oder weniger zu vollführen auf dasselbe herauskommt, und wem es gleichgültig ist, ob er die Welt längere oder kürzere Zeit betrachtet, dem ist auch der Tod nicht schreckhaft." "Wer das Jetzige gesehen hat, der hat alles gesehen, was seit Ewigkeit geschah und was ins Unendliche sein wird. Denn alles ist wesensverwandt und gleichförmig."[11]

Einen anderen Versuch, der Vergänglichkeit zu entrinnen, formulierte die platonische Schule: Vor allem der Neuplatoniker *Plotin* thematisierte eindrücklich die Spannung von *Ewigkeit und Zeit*. 205 n. Chr. in Ägypten geboren und in Alexandrien Schüler des berühmten Ammonios Sakkas, lehrte er lange Zeit bis zu seinem Tod im Jahre 270 in Rom. Zu seinen Schülern gehörten nicht nur politisch einflußreiche Römer, sondern, was für die damalige Zeit ungewöhnlich war, auch Frauen, da die Neuplatoniker, wie Proklos es formulierte, von der Gleichheit von Frau und Mann ausgingen. Damit wurde die Einübung in die rechte Lebenshaltung und den angemessenen Umgang mit Zeit auch Frauen möglich: "Platon hatte recht, den Lehrsatz aufzustellen, daß die Tugenden für Frauen und Männer dieselben sind, weil er der Meinung ist, daß es nur ein einziges Urbild des Menschen gibt und er nicht zwei unterschiedliche Formen, die eine für das Männliche und die andere für das Weibliche ansetzt. ... Andere dagegen weigern sich zuzugeben, daß die Tugenden beiden gemeinsam sind, obwohl sie zugeben, daß es keine Differenz in Hinblick auf das menschliche Urbild gibt, obwohl Platon gezeigt hat, daß es sowohl möglich wie vorteilhaft ist. Möglich, weil es die Geschichte bestätigt: man sieht tatsächlich, daß es Frauen gegeben hat, die nach einer guten Erziehung Männern weit überlegen waren. Vorteilhaft, weil es besser ist, wenn die, die in ihrem Handeln tugendhaft sind, doppelt so viele sind als nur die Hälfte."[12]

Für Plotin ist Zeit gekennzeichnet durch das stete Nacheinander aller Ereignisse und Handlungen. Nie ist es möglich, die vollkommene Erfüllung zu bewahren und im Kairos zu bleiben. Dies weckt im Menschen die schmerzliche Sehnsucht, alles gleichzeitig erleben zu können. Sie ist Ausdruck des tiefen Verlangens nach einer Ganzheit, in der alles gegenwärtig wäre. Diese wäre dann als Leitbild auch Grund des Lebens in der Zeit. Glück, das nicht mehr bedroht wäre durch den Umschlag in Leid, ist das Ziel der Sehnsucht, die in der Zeit keine Erfüllung finden kann: "indem er all das ansieht, erblickt er die Ewigkeit, ein ...Leben, welches immer im Selbigen bleibt und immer das Gesamt gegenwärtig hat, nicht etwa jetzt dies und jetzt jenes, sondern alles zumal, nicht jetzt dies und jetzt jenes, sondern teillose Vollendung ist, wobei so wie in einem Punkte alles versammelt ist..., sie ...ist immer in der Gegenwärtigkeit, denn nichts an ihr ist vergangen oder erst zukünftig".[13]

Ewigkeit ist gekennzeichnet als eine raum- und zeitlose Gleichzeitigkeit. Dennoch ist Ewigkeit kein langweiliger Stillstand, keine endlose zeitliche Dauer, denn dies hieße, sie lediglich von ihrem Gegenteil, der zeitlichen Dynamik her zu begreifen. Ewigkeit aber ist nicht mit denselben Kategorien zu erfassen wie zeitliches Geschehen. Obwohl in ihr kein Werden und Vergehen im zeitlichen Sinne stattfindet, es keinen Mangel und kein Streben nach Erfüllung gibt, ist sie für Plotin Leben im höchsten Sinne. Sie ist Ausdruck des zu sich selbst gekommenen, erfüllten Lebens und als Aufhebung des Mangels an Gegenwart unerschöpfliche Fülle. "Will man also hiernach die Ewigkeit bezeichnen als ein Leben, welches in der Unendlichkeit steht, indem es die Ganzheit des Lebens ist und nichts von sich aufzehrt, es kennt ja kein Vergangensein und kein Bevorstehen ...: so wäre man einer Definition schon nahe gekommen".[14]

Die Sehnsucht nach der Möglichkeit, alles zugleich, unversehrt und unzerstörbar inne zu haben, kennzeichnet eine wesentliche Spannung menschlicher Existenz. Indem Plotin das Verhältnis von Ewigkeit und Zeit thematisiert, formuliert er den Aspekt von Zeit, der für jedes religiöse Selbstverständnis bis in die Gegenwart hinein grundlegend ist. Jede Diskussion über die Unsterblichkeit des Menschen verweist in allen Religionen auf eine überzeitliche Sphäre reiner Seinsfülle.

Die kosmologische Bestimmung von Zeit, die für Philosophie, Theologie und Physik bis ins 17.Jahrhundert bestimmend blieb, berührt nicht nur Leben und Tod des einzelnen Menschen, sondern ist zugleich mit der Frage nach dem Ursprung der Welt verknüpft: Wenn die Welt als Ganze zeitlich ist in dem Sinne, daß in ihr alles werdend und vergehend ist, dann muß die Zeit mit der Weltschöpfung entstanden sein. Das 'Eine' Plotins oder der 'Gott' der Christen sind als weltschöpferisches Prinzip überzeitlich. Die in zeitlichen Worten gestellte Frage, was 'vor' der Entstehung der Welt gewesen sei und warum sie nicht früher erschaffen wurde, wird hinfällig. Unbewußt werden Begriffe wie 'vor' und 'danach' auf die Ewigkeit übertragen, während die Zeit, in deren Sphäre sie gelten, erst mit dem Kosmos entstand. Ironisch beantwortet Augustinus daher diese Frage folgendermaßen: "Wie - stecken sie nicht in ihrem alten Wahn, die Leute, die uns entgegenhalten: "Was tat denn Gott, ehvor er Himmel und Erde erschuf?"...Ich antworte nicht mit dem Spaßwort, das einer, der Wucht der Frage ausweichend, erwidert haben soll: "Er hat Höllen hergerichtet für Leute, die so hohe Geheimnisse ergrübeln wollen." ... Eben diese Zeit auch hattest doch Du erschaffen, und Zeiten konnten nicht verfließen, ehe Du Zeiten erschufst. ... Du gehst den Zeiten nicht in Zeit voraus; ... Du gehst allen vergangenen Zeiten voraus durch die zeitlose Erhabenheit stets gegenwärtiger Ewigkeit".[15] Diese in theologischer Sprache formulierte Erörterung hat ihre Aktualität nicht eingebüßt. Wir werden ihr bei der Darstellung der physikalischen Zeit wieder begegnen.

Gibt es Zeit ohne *menschliches Bewußtsein* von ihr? Wo eigentlich werden die Abfolge von Vergangenheit, Gegenwart und Zukunft, die lange Reihe der Lebensjahre und die unübersehbare Vielfalt einzelner Erlebnisse zu einer Ganzheit umschlossen? Im steten Fluß des Geschehens weiß sich der Mensch mit sich identisch, indem er sich in seinem Tun über den Wandel seiner Lebensformen und Ansichten hinweg wiedererkennt. Noch der alte Mensch sieht in sich das Kind, das er vor vielen Jahren einmal war. Erinnerung ist somit mehr als ein Speichern von Informationen, denn nur durch das Gedächtnis können wir von Vergangenem, das nicht mehr ist und Zukünftigem, das noch nicht ist, wissen und es als Momente des eigenen Lebens begreifen.

Zeit und Bewußtsein sind, wie schon Aristoteles betont, untrennbar. Aber erst *Augustinus*, der 354 in Tagaste, in Nordafrika also, geboren wurde und 430 in Hippo Regius bei Karthago starb, analysiert die unverzichtbare Bedeutung des Gedächtnisses für menschliches Zeiterleben. Der Eindruck, daß ein Ereignis weit zurückliegt, eine Reise lange gedauert hat oder eine ersehnte Begegnung kurz bevorsteht, dies alles ist nicht an den Geschehnissen ablesbar. "Und gleichwohl ... nehmen wir Zeiträume wahr und vergleichen sie miteinander und sprechen von längeren und kürzeren. Wir messen auch, um wieviel diese Zeitspanne länger oder kürzer ist als jene, und sagen, sie sei doppelt so lang oder dreimal so lang im Vergleich zu dieser einfachen, oder sie sei ebenso lang wie diese. Aber wir messen die Zeiten nur in ihrem Vorübergehen, wenn wir eben wahrnehmend sie messen".[16]Allein das *Gedächtnis* kann Vergangenes wieder in die Gegenwart zurückrufen. Allerdings, und hier zeigt sich wiederum die Unumkehrbarkeit der Lebenszeit, das Geschehen kann nicht noch einmal gelebt werden. Gegenwärtig ist es lediglich im Gedächtnis, als Bild, als Erinnerung an gesprochene Worte, als Schmerz über versäumte Möglichkeiten, als Schuld oder auch als Freude über geglückte Begegnungen. "Freilich werden, wenn man Vergangenes der Wahrheit getreu erzählt, nicht die Wirklichkeiten selbst hervorgeholt, die nun einmal vergangen sind, sondern nur Worte, geschöpft aus Bildern, die im Geiste, als sie durch unsere Sinne hindurchzogen, gleichsam Spuren eingedrückt haben. ... Das allerdings weiß ich, daß wir gewöhnlich unsere künftigen Handlungen vorbedenken und daß dieses Vorbedenken gegenwärtig ist, während das Handeln, das wir vorbedenken, noch nicht 'ist', weil es künftig ist".[17]

Die Vergegenwärtigung des Gewesenen wird bedeutsam für die Lebensgestaltung, für zukünftiges Denken, Wünschen und Handeln. Das Gedächtnis verknüpft die Vergangenheit mit der Zukunft zur Kontinuität gelebten Lebens, zur Ganzheit der Person. Die vielen einzelnen Zeitmomente werden zu einer Einheit verschmolzen, die durch jedes neue Erlebnis, jede tiefe Erkenntnis verwandelt wird. Vergangene Fehler können korrigiert, Traumata erhellt und gelöst und Erfahrungen aufgegriffen werden. Weder durch Triebe oder den Reiz des Augenblicks noch durch frühere Erfahrungen ist der Mensch vollständig determiniert, da er durch Vergegenwärtigung für die Zukunft lernen und Neues von Gewesenem unterscheiden kann. Dies verleiht ihm eine Offenheit für die Zukunft, die ihn gleichzeitig in die Verantwortung für sein Handeln stellt: Im Vorgriff auf Künftiges kann er Ziele und Zwecke setzen, die Folgen seines Handelns abschätzen, Verfehltes korrigieren und gefährliche Tendenzen erkennen. Durch das Gedächtnis ist der Mensch nicht nur in die Zeit hineingeworfen und passiv von ihr getrieben, sondern er kann aus dem naturhaften Rhythmus des Geschehens heraustreten und Zeit gestalten. Er vermag zerstreuenden Tendenzen entgegenzuwirken, sich selbst zu sammeln und seine Möglichkeiten im Durchgang durch die Zeit entfalten. Damit tritt die andere Seite der Doppelgesichtigkeit der Zeit in den Blick: Zeit verschlingt nicht nur wie Kronos ihre Kinder, sondern in ihr entwickelt sich der Mensch.

Im Laufe der Geschlechterfolge bildet sich ein Traditionszusammenhang, aus dem die einzelnen Generationen schöpfen können. Der Einzelne muß nicht alle Erfahrungen noch einmal machen und erschöpft, im Unterschied zu den Tieren, nicht die Möglichkeiten der ganzen Gattung. Eine weitere Dimension von Zeit tritt in den Blick: Die Geschichtlichkeit des Menschen ist an die Erinnerung gebunden. Durch sie sieht er sich in einem Traditionszusammenhang und weiß um die Verantwortung der Generationen füreinander. Leidvoll muß er verfehlte Geschichte austragen und bestimmt durch sein vorausschauendes Handeln die Lebensmöglichkeiten künftiger Generationen mit. Schließlich verdankt der Mensch für Augustinus dem Gedächtnis auch die Möglichkeit zur Religion: Die Erinnerung an den göttlichen Ursprung des Menschen ist die Voraussetzung für eine freie Rückwendung zu Gott und die Antwort auf die Frage nach dem Lebenssinn.

Erst in Hinblick auf menschliches Bewußtsein ist es sinnvoll, vom kontinuierlichen Ablauf der Ereignisse, ihrer ursächlich bedingten Reihenfolge und ihrer Dauer zu sprechen. Es ist der menschliche Geist, der Zeiten mißt, sie untereinander in Beziehung setzt um sie so miteinander zu vergleichen. Nicht die Dinge und der Fluß des Geschehens werden gemessen, sondern die Eindrücke von den vorübereilenden Ereignissen, die das Gedächtnis bewahrt. Augustinus beschließt daher seine Analyse der Zeit mit folgenden Worten: "Daraus folgt: Nicht die gehörten Silben selbst, die nicht mehr 'sind', messe ich, ich messe etwas in meinem Gedächtnis, was dort als Eindruck haftet. In dir, mein Geist, messe ich die Zeiten.... Es ist so; lärme mir nicht dagegen mit dem Schwall deiner sinnlichen Eindrücke! In dir, sage ich, messe ich die Zeiten. Der Eindruck, der von den Erscheinungen bei ihrem Vorüberziehen in dir erzeugt wird und dir zurückbleibt, wenn die Erscheinungen vorüber sind, der ist es, den ich messe als etwas Gegenwärtiges, nicht das, was da, den Eindruck erzeugend, vorüberging; nur ihn, den Eindruck messe ich, wenn ich Zeiten messe."[18]

Steht für Augustinus die Zeitlichkeit der ganzen Welt durch die Schöpfung noch, wie bei Plotin, in der Spannung zur Ewigkeit, so vollzieht *Kant* auch in Hinblick auf das Zeitverständnis eine 'kopernikanische Wende': Eine Aussage darüber, ob die Geschehnisse in der Welt sich tatsächlich in zeitlichem Nacheinander aufreihen, ist für ihn nicht mehr möglich. Er beschränkt sich auf die fundamentale Feststellung, daß Zeit die Form des inneren Sinnes des Menschen ist, sowie der Raum die Form des äußeren Sinnes. Daß die Geschehnisse also in zeitlicher Reihenfolge erscheinen, ist allein eine Leistung des Bewußtseins, das diese Zeitlichkeit erst erzeugt. Damit entwickelt Kant einen Aspekt des Zeiterlebens bis zu seinem äußersten Extrem: Nur weil der Mensch unabhängig von allen einzelnen zeitlichen Erlebnissen schon die Fähigkeit, überhaupt Zeit wahrnehmen zu können in sich trägt, gibt es *für ihn* die zeitliche Kontinuität und Ordnung der äußeren Welt. Ohne diese Fähigkeit könnte der Mensch, selbst wenn es Zeit in der äußeren Welt gäbe, davon überhaupt nichts wissen. "Die Zeit ist kein empirischer Begriff, der irgend von einer Erfahrung abgezogen worden. Denn das Zugleichsein oder Aufeinanderfolgen würde selbst nicht in die Wahrnehmung kommen, wenn die Vorstellung der Zeit nicht a priori zum Grunde läge."[19]

Aufgrund der Spontaneität des menschlichen Bewußtseins folgen alle Vorstellungen, die ein Mensch von den äußeren Erscheinungen hat, kontinuierlich nacheinander. Alle alltäglichen Erlebnisse und Erfahrungen treten in eine zeitliche Reihenfolge. Diese Ordnung ist, obwohl sie für Kant nur dem menschlichen Bewußtsein entspringt, dennoch allgemeingültig. Alle Menschen können sich darüber miteinander verständigen, weil diese Struktur des menschlichen Bewußtseins allen gleichermaßen eigentümlich ist. "Die Zeit ist nichts anders, als die Form des innern Sinnes, d.i. des Anschauens unserer selbst und unsers innern Zustandes. ... sie gehöret weder zu einer Gestalt, oder Lage etc., dagegen bestimmt sie das Verhältnis der Vorstellungen in unserm innern Zustande."[20]

Kant orientiert sich an dem durch Newton entwickelten Zeitbegriff der klassischen Mechanik und beschränkt sich auf die sinnlich erfahrbare Welt. Im Unterschied zu Newton ist Zeit allerdings für ihn keine Wirklichkeit mehr, die dem Geschehen in der Welt und der Welt als ganzer zukäme. Auch Ewigkeit als eine alles Zeitliche übersteigende Dimension ist für Kant dem menschlichen Bewußtsein unzugänglich, so daß über sie keinerlei Aussagen möglich sind. Die Bedeutung des individuellen Lebensrhythmus, wie ihn Henri Bergson betonen wird, bleibt ihm ebenso verschlossen wie der Wandel der Natur, den die Griechen beschrieben.

1700 Jahre nach Plotin und Augustinus greift *Edmund Husserl*, der von 1859 bis 1938 lebte, in seiner 'Phänomenologie des inneren Zeitbewußtseins' die *Bedeutung des menschlichen Gedächtnisses* noch einmal auf und betont seine Bedeutung für alltägliche Wahrnehmungen: Nur durch Erinnerung und Erwartung schließt sich das gegenwärtig Erlebte zu einer Erlebnisganzheit zusammen. Es tritt aus seinem bloß punktuellen, isolierten Vorhandensein in einen bedeutungsvollen Zusammenhang. Die ungeordnete Vielzahl alltäglicher Wahrnehmungen, die sich aufgrund sinnlicher Reize einstellen, werden erst durch die Spontaneität des Bewußtseins zu einer Gestaltganzheit umschlossen. Hören wir ein Musikstück, so bleibt es nicht beim Nacheinander von Tönen durch die bloße Erregung von Nerven, wie Husserl beobachtet: "Die Sache scheint zunächst sehr einfach: wir hören die Melodie, d.h. wir nehmen sie wahr, denn Hören ist ja Wahrnehmen. Indessen der erste Ton erklingt, kommt der zweite, dann der dritte usw. Müssen wir nicht sagen: wenn der zweite Ton erklingt, so höre ich *ihn*, aber ich höre den ersten nicht mehr usw.? Ich höre also in Wahrheit nicht die Melodie, sondern nur den einzelnen gegenwärtigen Ton. Daß das abgelaufene Stück der Melodie für mich gegenständlich ist, verdanke ich ... der Erinnerung; und daß ich, bei dem jeweiligen Ton angekommen, nicht voraussetze, daß das *alles* sei, verdanke ich der vorblickenden Erwartung."[21] Musik ist weder das bloß additive Nacheinander von Tönen, noch der ungeordnete Zusammenklang aller Töne ohne zeitlichen Zusammenhang. Die Ausdruckskraft einer Melodie wird nicht erfaßt, wenn jeder einzelne Ton unabhängig von dem ganzen Kontext, in dem er erklingt, analysiert wird. Erst die mit einer Zeitbestimmtheit wahrgenommene Tonfolge rundet sich zur Melodie[22].

"Wenn der neue Ton erklingt, ist der vorangegangene nicht spurlos verschwunden, sonst wären wir ja auch unfähig, die Verhältnisse aufeinanderfolgender Töne zu bemerken, wir hätten in jedem Augenblick einen Ton, evtl. in der Zwischenzeit zwischen dem Anschlag zweier Töne eine leere Phase, niemals aber die Vorstellung einer Melodie. Andererseits hat es mit dem Verbleiben der Tonvorstellungen im Bewußtsein nicht sein Bewenden. Würden sie unmodifiziert bleiben, dann hätten wir statt einer Melodie einen Akkord gleichzeitiger Töne oder vielmehr ein disharmonisches Tongewirr, wie wir es erhalten, wenn wir alle Töne, soweit sie bereits erklungen sind, gleichzeitig anschlagen. Erst dadurch, daß jene eigentümliche Modifikation eintritt, daß jede Tonempfindung, nachdem der erzeugende Reiz verschwunden ist, aus sich selbst heraus eine ... mit einer Zeitbestimmtheit versehene Vorstellung erweckt, ... kann es zur Vorstellung einer Melodie kommen, in welcher die einzelnen Töne ihre bestimmten Plätze und ihre bestimmten Zeitmaße haben."[23] Die Zeitbestimmtheit der Melodie wird gebildet durch die Synthese der vergangenen Töne mit den gegenwärtig erklingenden und der offenen Erwartung auf noch folgende Töne. Eine Erlebniseinheit entsteht, die es ermöglicht, von einem Musikstück, einem Gespräch oder einem Gedicht zu sprechen. Ein gelingendes Gespräch ist nie nur eine Mitteilung zusammenhangloser Fakten oder gar das bloße Nacheinander von Worten. Erst das Verbinden des schon Gehörten und Gewußten mit dem gerade Gesprochenen ergibt die Sinnganzheit einer Mitteilung. In dieser fortgesetzten und unabschließbaren Synthese gewinnt das menschliche Bewußtsein seine Offenheit für die Zukunft. Lebendigkeit und geistige Beweglichkeit verdankt es der Fähigkeit, unabschließbar Neues in den schon bekannten Erlebnishorizont zu integrieren, diesen zu erweitern und zu verwandeln.

Henri Bergson vertieft die Einsichten Husserls unter einer anderen Perspektive: Bergson, der von 1859 bis 1941 lebte und seit 1900 in Paris am Collège de France lehrte, beeinflußte die französische Gegenwartsphilosophie über viele Jahrzehnte. Im Brennpunkt seiner Erörterung steht die Frage, was denn eigentlich die Dauer der Person und ihren *individuellen Lebensrhythmus* kennzeichne. Die Dauer der Person, so argumentiert Bergson, wird durch die quantitativ und messend verfahrenden Naturwissenschaften nicht erfaßt. Das Lebendige entzieht sich dem zergliedernden und streng analytisch verfahrenden Denken und ist allein der Intuition zugänglich. Intuition erfaßt die unzerlegbare Mannigfaltigkeit und Vielschichtigkeit der Person, die sich frei nach einer ihr innewohnenden Kraft, dem élan vital und nach einer qualitativ bestimmten Zeit schöpferisch entfaltet. "Es gibt eine Realität ..., die wir alle von innen, durch Intuition und nicht durch bloße Analyse ergreifen. Es ist unsere eigene Person in ihrem Verlauf durch die Zeit. Es ist unser Ich, das dauert."[24] Das Ich dauert im unzerlegbaren Zusammenspiel der Vielheit einzelner und zeitlich weit auseinanderliegender Erlebnisse. Die Analyse mannigfaltiger Erfahrungen und Zustände führt nie zur Ganzheit der Person. Diese ist, im Unterschied zu dem am Beginn des 20. Jahrhunderts weit verbreiteten Modell des Maschinenmenschen, kein bloßes Bündel einzelner Mechanismen oder Triebe. Während die Analyse nur voneinander isolierbare Teile erfaßt, bleibt ihr das Leben als schöpferische Aktivität unzugänglich. Leben ist Bewegtheit aus sich heraus. Seine Dauer bildet sich als lebendige Synthese vieler, einzelner Erlebnisse. Jeder Mensch hat eine ihm allein eigentümliche, einzigartige Rhythmik des Zeiterlebens. Es erstreckt sich zwischen den Polen von Zerstreuung und Sammlung, Langeweile und Lebensintensität. Als äußerste Intensität gewinnt das Zeiterleben eine Dichte, die es der Ewigkeit als reiner Gegenwärtigkeit annähert: "in beiden Fällen können wir uns durch eine immer kräftigere Anstrengung ins Unbegrenzte erweitern, in beiden Fällen gehen wir über uns selbst hinaus. Im ersten gehen wir auf eine immer zerstreutere Dauer zu, deren Pulsschläge schneller als die unseren sind, indem sie unsere einfache Wahrnehmung zerteilen, ihre Qualität in Quantität verdünnen: an der Grenze wäre das rein Homogene, die reine *Wiederholung*, durch welche wir die Materialität definieren. In der andern Richtung gehen wir auf eine Dauer zu, die sich immer mehr in sich spannt, sich zusammenzieht, immer intensiver wird: an der Grenze würde die Ewigkeit sein."[25]

Die Betrachtung der Lebenszeit führte von der leidvollen Erfahrung der Vergänglichkeit zunächst zu der Suche nach einer Gegenwart, die als Kairos oder gar als Ewigkeit Fülle aller Zeiten wäre. Doch erst das Gedächtnis, das Augustinus in den Blick rückt, ermöglicht den bewußten Umgang mit Zeit, in dem sich der Mensch als geschichtliches Wesen begreift. Während Kant die Bedeutung des menschlichen Bewußtseins für die zeitliche Ordnung aller Geschehnisse hervorhebt, knüpft Husserl an die Analyse des Gedächtnisses an, das alltägliche Wahrnehmungen erst ermöglicht. Bergson schließt den Kreis dieser Überlegungen, indem er die Dauer der Person und die Einzigartigkeit des individuellen Lebensrhythmus betrachtet.

Doch Zeit erlebt der Mensch nicht nur für sich alleine, denn *als geschichtliches und soziales Wesen* lebt er mit anderen Menschen gemeinsam, bildet Traditionen und schöpft aus ihnen. Die Vielheit der Menschen stellt eine Ordnung eigener Art dar. Sprache, Gewissensbildung, Trieb- und Affektbewältigung, die gleichermaßen entscheidend für die Entwicklung menschlicher Identität wie für die soziale Orientierung sind, lassen sich erst aus dem Zusammenleben verstehen. Durch Sprache vermag der einzelne Mensch anderen seine Vorstellungen und Ziele mitzuteilen, sich mit ihnen auf gemeinsame Zeiteinteilungen zu einigen und so die einzelnen Geschehnisse in einen zeitlichen Zusammenhang zueinander zu bringen. Der Umgang mit sozialer Zeit wird in einem langen, generationenübergreifenden Prozeß erworben. Der Soziologe *Norbert Elias* sagt über die Verklammerung von individueller, sozialer und naturhafter Zeitrhythmik: "Der Einzelne scheint sich oft als isoliertes Wesen der ganzen Welt gegenüber zu sehen und verhält sich dementsprechend. Auch Gesellschaft und Natur erscheinen oft als getrennte Welten. Die Beschäftigung mit der Zeit kann vielleicht dazu beitragen, dieses Bild einer Welt mit hermetisch geschlossenen Abteilen zu korrigieren. Man kommt bei dieser Beschäftigung nicht recht weiter, wenn man sich der Tatsache verschließt, daß Natur, Gesellschaft und Individuen ineinander eingebettet ... sind."[26]

Gemeinschaftliche Zeitbestimmungen sind unverzichtbar für die Koordination von Handlungen, des Erwerbslebens, wirtschaftlicher wie politischer Interessen. Um sich an einem gemeinsamen Ort treffen zu können, muß ein Zeitpunkt abgesprochen und Gleichzeitigkeit bestimmt werden. Zeit in ihrer sozialen Funktion als Orientierungsmittel bildet einen Bezugsrahmen, der einer Gruppe von Menschen und letztlich der Menschheit ein Gespräch über geschichtliche Ereignisse und ihre Zusammenhänge wie gemeinsame Zielvorstellungen ermöglicht. Zeit erscheint nun als ein von Menschen und für sie geschaffenes Symbol, das auf Übereinkunft beruht. Dies zeigt auf eindrucksvolle Weise die Route eines mittelalterlichen Reisenden, der aufgrund unterschiedlicher Kalendereinteilungen in den einzelnen Staaten mehrfach zwischen den Jahren hin- und herwechseln mußte. "Stellen wir uns einen Reisenden vor, der Venedig am 1.März 1245 verläßt, dem ersten Tag des venezianischen Jahres, und sich nach Florenz begibt. Bei seiner Ankunft müßte er feststellen, daß man dort noch das Jahr 1244 schreibt. Reist er nach kurzem Aufenthalt nach Pisa weiter, wäre dort aber schon das Jahr 1246 angebrochen. Setzt er seine Reise westwärts fort, so wäre er in der Provence wieder in das Jahr 1245 zurückversetzt, während in Frankreich, wenn er dort noch vor Ostern (16.April) ankäme, das Jahr 1244 geschrieben würde."[27]

Erst die Erfindung des Kalenders erlaubt den zielgerichteten, planenden Umgang mit Zeit und eine genaue Datierung von Ereignissen. Schon bei den archaischen Kulturen wird die Entwicklung des Kalenders mit der Einführung des Ackerbaus notwendig. Von Aussaat und Ernte abhängig muß eine Gemeinschaft den Verbrauch der Güter planen und Ackerbau und Handel vorausschauend in das Naturgeschehen einordnen. Kalendern und Uhren liegen regelmäßige Naturprozesse zugrunde, die soziale Abläufe koordinieren. In früheren Zeiten waren Naturabläufe, die sich durch ihre gleichförmige Rhythmik für die Bestimmung des Zeitmaßes eigneten, die Planetenumläufe. Heute wird das Zeitnormal durch einen anderen, viel weniger anschaulichen Naturprozeß festgelegt: Die Schwingungsfrequenz der Spektrallinie eines Übergangs innerhalb des Cäsium-Atoms gibt das Maß für die Einteilung zeitlicher Abstände. Eine Sekunde wird definiert als die Zeitdauer von 9 192 631 770 Schwingungen des Übergangs zwischen zwei Hyperfeinstrukturniveaus des 133-Cäsium-Atoms. Beim Kalender dagegen ist noch mühelos erkennbar, wie soziale Abläufe Naturprozessen einander unmittelbar zugeordnet werden. "Die Kalenderzeit veranschaulicht ... die Einbettung des einzelnen Menschen in eine Welt, in der es viele andere Menschen gibt, eine soziale Welt, und viele andere Naturabläufe, ein natürliches Universum."[28]

Da der Mensch nicht mehr fest in Naturrhythmen eingebunden ist, muß er den Umgang mit der sozialen Zeit wie seinen eigenen *Lebensrythmus* erlernen. Nur in Gemeinschaft mit anderen Menschen und eingebunden in die soziale Zeit entwickelt sich das Kind zum erwachsenen Menschen mit einer individuellen Persönlichkeitsstruktur. Mit der Entfaltung der Sprachfähigkeit bildet sich allmählich ein Zeitgefühl heraus. Ereignisse werden zunehmend in eine Beziehung zueinander gesetzt und das Gedächtnis entwickelt sich. Die Vorstellung, die ein einzelner Mensch von der sozialen Zeit gewinnt, hängt vom Lebenstakt der Gemeinschaft ab, den er von klein auf erfährt. Dies Zeitgefühl ist nicht angeboren und entwickelt sich erst durch allmähliche Gewöhnung.

Aber auch die innere, psychologische Zeit, die ihre eigene Rhythmik hat, bedarf der Anregung durch eine äußere Metrik, um erweckt zu werden. Sie kann mit dem äußeren Zeitgefühl in Konflikt geraten, wenn ihre eigene Bedeutung nicht genügend berücksichtigt wird. *Jean Piaget* sagt in seinen Studien über 'Die Bildung des Zeitbegriffs beim Kinde': "Die Operationen der psychologischen Zeit sind im allgemeinen auf das rein Qualitative beschränkt. Aber gibt es keine innere zeitliche Metrik? Die schönsten Bilder, an denen das Werk Bergsons so reich ist, sind der Musik entliehen, und wenn dieser Meister der Introspektion das ... Auf-nichts-anderes-Zurückführbare der schöpferischen Dauer ausdrücken will, so greift er zu Worten der Melodie, des Rhythmus und der Symphonie. Aber die Musik ist ja gerade die innere Mathematik... Daß die psychologische Zeit zu ihrer Entwicklung die physikalische Zeit braucht, das versteht sich von selbst ... das eigene Gedächtnis ist ja ... ein Gedächtnis ... für die nach außen entfaltete Tätigkeit wie für die inneren Zustände".[29]

Die unterschiedlichen *Weisen, Zeit zu messen,* beeinflussen das Lebensgefühl einer Epoche und stehen in engem Zusammenhang mit der jeweiligen Naturerklärung. So ging die Erfindung der mechanischen Uhr in der beginnenden Neuzeit mit einem tiefgreifenden Wandel im Naturverständnis einher. Zu den ersten urkundlich belegten mechanischen Uhren gehört die der Palastkapelle der Visconti in Mailand aus dem Jahre 1335. Schon Nikolaus von Oresme, der von 1323 bis 1382 lebte, verglich in seinem 'Traité du ciel' die verläßliche Bewegung der Himmelskörper mit dem gleichförmigen Gang der Räder eines Uhrwerks. Eine neue Naturerklärung bahnte sich an, die sich darum bemühte, die Regelmäßigkeit der Naturabläufe ohne ständige göttliche Einwirkung zu erklären. Fasziniert sieht Johannes Kepler im Universum eine große uhrwerksähnliche Maschine. Gerade die unnachahmliche Verläßlichkeit und Präzision der Weltmaschine galt als Ausdruck der Schöpferkraft Gottes. Die Analogie, die zwischen der Beschreibung der Naturvorgänge und der der Zeit besteht, verdeutlicht ein Vergleich des englischen Chemikers und Philosophen Robert Boyle, der von 1627 bis 1691 lebte: Das Universum "gleicht ...einer seltenen Uhr, etwa der des Straßburger Münsters, in der alle Dinge so klug ersonnen sind, daß sie, nachdem die Maschine einmal in Gang gesetzt ist, nach dem ursprünglichen Entwurf des Erbauers von alleine funktionieren und die Bewegungen ... keine besonderen Eingriffe von seiten des Erbauers oder irgendeines von ihm beauftragten, vernunftbegabten Wesens erfordern. Sie erfüllt vielmehr ihre Aufgaben zu bestimmten Zeiten, wie dies in dem allgemeinen und primitiven Entwurf der Maschine vorgesehen ist."[30]

Die Meßbarkeit von Zeit tritt in den Vordergrund. Die mechanische Uhr spielte für die Entwicklung der Naturwissenschaften und der mechanistischen Naturkonzeption eine große Rolle, erlaubte sie doch erste Präzisionsmessungen und damit die empirische Überprüfung von Theorien. Darüberhinaus übte die Erfindung der mechanischen Uhr auch auf die Vorstellung von der Zeit einen tiefgreifenden Einfluß aus. Ihr gleichmäßiges Ticken förderte nicht nur den Glauben an den von äußeren Geschehnissen unabhängigen, gleichförmigen und kontinuierlichen Gang der Zeit, sondern ermöglichte auch die genaue quantitative Einteilung von Arbeitsprozessen. Arbeitsleistungen werden meßbar und es gilt, die Zeit ökonomisch so gut wie möglich zu nutzen: Zeit ist Geld. Die Bedeutung der Muße geht verloren: Sie gilt nicht mehr als Ausdruck selbstbestimmten und daher freien, nicht auf Erwerb und Nutzen gerichteten Tätigseins, sondern wird zunehmend zur unfruchtbaren Vergeudung von Zeit. Schon im späten Mittelalter schrieb die Gattin des Kaufmanns von Prato an ihren Gemahl: "Angesichts all der Aufgaben, die Du zu bewältigen hast, erscheint mir jede Stunde, die Du verschenkst, wie tausend ... Denn nichts halt ich in Deinem Interesse für so kostbar für Leib und Seele wie die Zeit, und es scheint mir, daß Du sie zu gering achtest."[31]

Die zunehmende Technisierung und Verflechtung von Reisen und Handel, die sich durch Eisenbahnen, Flugzeuge, Telefone, Rundfunksender bis hin zur Raumfahrt vollzog, machte eine immer präzisere Koordination der Zeit und eine immer exaktere Zeitmessung erforderlich. Die Uhr mit ihrem gleichförmigen Gang ermöglicht die weltweite Vereinheitlichung der Zeit und wird zum Sinnbild eines auf Quantität und Planbarkeit ausgerichteten Lebensgefühls. Da die anderen Dimensionen von Zeit nahezu vollständig vergessen sind, wird der gegenwärtige Augenblick immer mehr zum bloßen Übergang und verliert jede Intensität, seinen Sinnzusammenhang und seine Bedeutung. Die Vorstellung der totalen Verfügbarkeit der Zeit führt schließlich zu deren Entleerung.

Während für alle Menschen die Grundbestimmungen des Zeiterlebens gelten, die Einteilung in gestern, heute und morgen und die Erfahrung der Vergänglichkeit, so nimmt doch die soziale Zeit in *unterschiedlichen Epochen und Kulturen* jeweils verschiedene Ausprägungen an[32]. Die Weisen, Zeit zu messen und Ereignisse zu ordnen und zu werten unterscheiden sich oft tiefgreifend. Schon innerhalb unserer Kultur gibt es verschiedene Zeit- und Geschichtsvorstellungen: Vertraten die Stoiker die Lehre von der kreisförmigen Wiederholung allen Geschehens, von Welterschaffung und Weltenbrand, so ist die neuzeitliche Zeitauffassung weitgehend von einem linearen Fortschrittsdenken geprägt. Die Inder dagegen sind der Überzeugung, daß der Kosmos in unendlich langen Zeiträumen immer wieder die Zyklen von einem goldenen Zeitalter bis zur Auflösung der Welt durchlaufe, da die Verwerflichkeit der Menschen ständig zunehme. Andere Vorstellungen von Zeit führen zu anderen sozialen Organisationsformen. Die Dimension der Geschichtlichkeit, die bereits bei Augustinus in den Blick trat, gewinnt ihre eigentümliche Bedeutung im Vergleich verschiedener Kulturen: Jede Kultur prägt ihre eigene Vorstellung von Geschichte aus. Das Zeitverständnis ist seinerseits zeitlich.

Der Mensch ist weder nur individuelle Person noch nur Gemeinschaftswesen, sondern durch seine Leiblichkeit außerdem in die *Natur* eingebunden. Die Wahrnehmung von Zeit hat auch *biologische Grundlagen*. Biologische Rhythmen beeinflussen die Leistungskurve und sind auf die Koordination mit äußeren, physikalischen Rhythmen angewiesen. Das Erleben von Dauer wiederum ist verknüpft mit der Reichhaltigkeit der im Bewußtsein verarbeiteten Informationen. Nur eine begrenzte Anzahl an Reizen kann innerhalb einer bestimmten Zeiteinheit unterschieden werden. Was als gleichzeitig erscheint, hängt davon ab, welche Reize noch als voneinander unterschieden entziffert werden können[33].

Darüberhinaus ist das Leben des Menschen als leib-geistiger Ganzheit eingebettet in die ihn umgebenden *physikalischen Abläufe*[34]. Die Verbindung der sozialen Zeit mit der physikalischen zeigte sich schon an der Meßbarkeit der Zeit mit Hilfe regelmäßiger Naturprozesse. Zeit sei Zahl und Maß der Bewegung sagte schon Aristoteles in seiner 'Physik'. Die Betonung der Quantifizierbarkeit von Zeit spiegelt sich in der Entstehung der modernen Naturwissenschaften: Galilei stellte beim Studium des freien Falles die Bewegung in Abhängigkeit von einer äußeren, universellen Größe, der Zeit, dar. In den Galileischen Fallgesetzen wird Zeit zu einer physikalischen Variablen, die für jede Art von Ortsbewegung grundlegend ist. Newton präzisiert Galileis Erkenntnis, indem er in seiner Dynamik der Zeit einen absoluten Charakter verleiht. Alle Ortsbewegungen können auf eine in allen Bezugssystemen gleichermaßen gültige Zeitskala bezogen werden. Allmählich wird auch der an den Planetenumläufen ausgerichtete Kalender durch eine absolute Chronologie ersetzt. Sie wird im Sinne des Newtonschen Zeitbegriffs als objektiv vorhandene Zeit vorgestellt, die gleichförmig an den Dingen vorüberzieht und als einheitlicher Maßstab dient. Newton selbst formuliert seine Vorstellung der absoluten Zeit in folgenden Worten: "Die *absolute, wahre* und *mathematische Zeit* verfließt an sich und vermöge ihrer Natur gleichförmig, und ohne Beziehung auf irgend einen äussern Gegenstand. Sie wird so auch mit dem Namen: Dauer belegt. Die *relative, scheinbare* und *gewöhnliche Zeit* ist ein fühlbares und äußerliches, entweder genaues oder ungleiches, Mass der Dauer, dessen man sich gewöhnlich statt der wahren Zeit bedient, wie Stunde, Tag, Monat, Jahr."[35]

Erst die Relativitätstheorie gibt die Vorstellung absoluter Gleichzeitigkeit auf: Gleichzeitigkeit muß definiert werden, da sie abhängig ist von der relativen Bewegung zweier Bezugssysteme gegeneinander[36]. Albert Einstein, der sich mit seiner relativistischen Zeitkonzeption Leibniz nähert, sagt: "Die bis zur Aufstellung der Relativitäts-Theorie herrschende Illusion, es sei vom Erlebnisstandpunkte priori klar, was Gleichzeitigkeit in bezug auf räumlich distantes Geschehen und damit physikalische Zeit überhaupt bedeute, hat ihren Grund darin, daß wir in der Alltags-Erfahrung die Ausbreitungszeit des Lichtes vernachlässigen können. Wir pflegen daher "gleichzeitig sehen" und "gleichzeitig gesehen" nicht zu unterscheiden, wodurch der Unterschied zwischen Zeit und Lokalzeit verwischt wird."[37]

Während die Lebenszeit eine einsinnige Gerichtetheit aufweist, lassen die Gleichungen der klassischen Mechanik keine zeitliche Ausrichtung des Geschehens erkennen: Vergangenheit und Zukunft eines Bewegungsablaufes werden nur durch die Anfangsbedingungen, nicht durch die Gesetze, die den Ablauf beschreiben, unterschieden. Der Widerspruch zwischen Alltagserfahrung und physikalischem Zeitverständnis mündet - wie bei Plotin und Augustinus - in die Frage nach dem Ursprung der Welt. Möglicherweise läßt sich der überall im Universum zu beobachtende Zeitpfeil auf die Anfangsbedingungen zurückführen, die die Entstehung und Entwicklung des Universums steuerten[38]. Noch von einer anderen Seite bahnt sich in der Physik eine Revision des physikalischen Zeitbegriffs an: Die Thermodynamik wirft die entscheidende Frage auf, ob es auch bei physikalischen Prozessen eine einsinnige Gerichtetheit des Geschehens gibt. Die Theorien der Selbstorganisation der Materie führen zu einer Ausdifferenzierung des Zeitbegriffs, da die Evolution, aus der auch der Mensch hervorging, eine eindeutige und unumkehrbare Gerichtetheit des Geschehens einschließt. Die Vielschichtigkeit und geschichtliche Wandelbarkeit allein des physikalischen Zeitbegriffs von Newton zur Relativitätstheorie bis zur Thermodynamik kommentiert der Nobelpreisträger Manfred Eigen: "Wir sollten uns der Tatsache bewußt sein, daß eine Beschreibung der Welt nur aspekthaft sein kann, da *wir* - die beobachten und reflektieren - uns niemals aus der Beschreibung ausschließen können."[39]

Zeit lotet die ganze Spannweite von kosmologischer Zeit, sozialer Zeit und Lebenszeit, Geschichte und Ewigkeit, Intensität und Dauer aus. Jede Fragestellung führt zu einer anderen Antwort. Und doch gehören die unterschiedlichen Aspekte von Zeit zusammen, ist doch der Mensch gleichsam ihr Schnittpunkt. Indem er in seiner Einzigartigkeit mit anderen Menschen gemeinsam inmitten der Natur lebt, nimmt er an den unterschiedlichen Ordnungen der Wirklichkeit teil. Norbert Elias faßt die Aspekthaftigkeit der Zeit in folgenden Worten prägnant zusammen: "Nicht "Mensch" und "Natur" als zwei getrennte Gegebenheiten, sondern "Menschen in der Natur" ist die Grundvorstellung, derer man bedarf, um "Zeit" zu verstehen. So erleichtert das Bemühen darum herauszufinden, was es mit der Zeit auf sich hat, auch das Verständnis dafür, daß die Zweiteilung der Welt in die "Natur", das Forschungsgebiet der Naturwissenschaften, und die menschlichen Gesellschaften, das Forschungsgebiet der Sozial- oder Menschenwissenschaften, eine Spaltung der Welt vortäuscht, die das Kunstprodukt einer wissenschaftlichen Fehlentwicklung ist."[40]

Anmerkungen

1 Augustinus: Confessiones/ Bekenntnisse, lat.-dt. (Einltg., Übers. u. Erl.: Joseph Bernhart), München, 1980^{4}1., 629.

2 Vgl. als Überblick: G.Böhme: Zeit und Zahl. Studien zur Zeittheorie bei Platon, Aristoteles, Leibniz und Kant, Frankfurt/M. 1974.

3 Hesiod: Theogonie, (Hg., Übers. u. Erl.: K.Albert), Sankt Augustin 1983^{2}, 83.

4 vgl. Proklos: Commentaire sur la République, (Trad. par A.J.Festugière), Tome II, Paris 1970, 172 (61, 20-25). - Auch: Augustinus: Vom Gottesstaat Bd.I, (Übers. u. Erl.: W.Thimme), Zürich/ München, 1978^{2}, 334f.

5 Aristoteles: Physik. Vorlesung über Natur, Bd.I, (Übers., Einltg., Anm. u. Hg.: Hans Günter Zekl), Hamburg, 1987, 221a - 221b.

6 Pindar: Die Dichtungen und Fragmente, (Übers. u. Erl.: L. Wolde), Wiesbaden, 1958, 106.

7 Friedrich Hölderlin: Werke in zwei Bänden, Bd.I, in: Bibliothek deutscher Klassiker, Bd.20, (Hg.: Günther Mieth), München/ Wien 1982, 772.

8 Augustinus: Confessiones/ Bekenntnisse, op. cit. 629.

9 Aristoteles: Nikomachische Ethik, (Hg.: Günther Bien; Übers.: E.Rolfes), Hamburg 1985^{4}, 1. 1109 a 24ff; 2. 1176 a 15ff; 3. 1174 a 18ff.

10 Marc Aurel: Wege zu sich selbst, gr.-dt., (Hg. u. Übers. v. Willy Theiler), Darmstadt, 1984^{3}, VII, 69.

11 Marc Aurel: Wege ..., op.cit. 1.: XII,35; 2.: VI,37.

12 Proklos: Commentaire sur le Timée, (Trad. par A.J.Festugière), Tome I, Paris, 1966, 46 1-15, (dt.: Regine Kather).

13 Plotin: Über Ewigkeit und Zeit (Enn.III 7,3), in: Plotins Schriften Bd.I-V, (gr.-dt.), (Übers.: R. Harder; Neub.: R. Beutler/W. Theiler), Hamburg 1967, Bd. IV, 311.

14 Plotin: Über Ewigkeit ... III,7,5, op.cit. 319.

15 Augustinus: Confessiones, op.cit. 621ff.

16 Augustinus: Confessiones, op.cit. 635.

17 Augustinus: Confessiones, op.cit. 639.

18 Augustinus: Confessiones, op.cit. 661.

19 I.Kant: Kritik der reinen Vernunft B46, 47/ A31, in: Werkausgabe Bd. III, (Hg.: W.Weischedel), Frankfurt/M. 1980^{4}, 78.

20 I.Kant: KrV B49/ A33, op.cit. 80f.

21 E.Husserl: Vorlesungen zur Phänomenologie des inneren Zeitbewußtseins, (Hg.: M.Heidegger), Tübingen 1980^{2}, 385.

22 D.Epstein: Das Erlebnis der Zeit in der Musik. Struktur und Prozeß, in: (H.: Gumin/ H.Meier): Die Zeit. Dauer und Augenblick, München/ Zürich, 1989, 345-364.
23 E.Husserl: Vorlesungen..., op.cit. 375.
24 Henri Bergson: Dauer und Intuition. Zit. in: (Hg.: P.C.Aichelburg): Zeit im Wandel der Zeit, Braunschweig/ Wiesbaden 1988, 104.
25 H.Bergson: Dauer..., op.cit. 108.
26 N.Elias: Über die Zeit. Arbeiten zur Wissenssoziologie II, (Hg.: Michael Schröter), Frankfurt/M. 1990^{3}, XXIV.
27 R.L.Poole: Zit. in: G.J.Whitrow: Die Erfindung der Zeit, (Übers.: Doris Gerstner), Hamburg 1991, 136.
28 N.Elias: Über die Zeit, op.cit., XXXVIII.
29 Jean Piaget: Die Bildung des Zeitbegriffs beim Kinde. Zit. in: (Hg.: P.C.Aichelburg): Zeit im Wandel..., op.cit. 156f.
30 Robert Boyle: The Works of the Honourable Robert Boyle, (Hg.: T.Birch), London 1772, Bd. V, 163: Zit. in: G.J. Whitrow: Die Erfindung..., op.cit., 189.
31 I.Origo: The Merchant of Prato, London 1957, 177. Zit. in: G.J. Whitrow: Die Erfindung..., op.cit. 173.
32 Vgl. P.Ricoer (Ed.): Les cultures et le temps, Etudes préparés pour l'Unesco, Paris 1975; vgl. die Beiträge von J.Assmann: Das Doppelgesicht der Zeit im altägyptischen Denken, C. Colpe: die Zeit in drei asiatischen Hochkulturen (Babylon, Iran, Indien) und H.Cancik: Die Rechtfertigung Gottes durch den 'Fortschritt der Zeiten'. Zur Differenz jüdisch-christlicher und hellenisch-römischer Zeit- und Geschichtsvorstellung, in: (Hg.: H.Gumin/ H.Meier): Die Zeit. op.cit..
33 O.-J.Grüsser: Zeitliche Aspekte der Signalverarbeitung in den Sinnesorganen und im Zentralnervensystem und J.Aschoff: Die innere Uhr des Menschen, in: (Hg.: H.Gumin/ H.Meier: Die Zeit. op. cit..
34 Vgl. J.-P.Blaser: Die Zeit in der Physik und J.A.Wheeler: Jenseits aller Zeitlichkeit. Anfang und Ende der physikalischen Zeitskala, in: (Hg.: H.Gumin/ H.Meier): Die Zeit, op.cit..
35 I.Newton: Raum und Zeit. zit. in: (Hg.: K.v.Meyenn): Triumph und Krise der Mechanik. Ein Lesebuch zur Geschichte der Physik, München/ Zürich 1990, 227.
36 Vgl.: J.Audretsch/ K.Mainzer (Hg.): Philosophie und Physik der Raum-Zeit, Mannheim/Wien/Zürich 1988.
37 A. Einstein: Aus meinen späten Jahren, Stuttgart 1979, 74.
38 Vgl.G.A.Tammann: Die Bestätigung des Urknalls durch Beobachtungen, in: J.Audretsch/ K.Mainzer (Hg.): Vom Anfang der Welt. Wissenschaft, Philosophie, Religion, Mythos, München 1989, 114-133. -S.W.Hawking: Eine kurze Geschichte der Zeit. Die Suche nach der Urkraft des Universums, Hamburg 1988, 211-218. - G.Vollmer: Woher stammt die Asymmetrie der Zeit? Zeitpfeile in Physik und Kosmologie, in: Was können wir wissen, Bd.2: Die Erkenntnis der Natur, Stuttgart 1988^{2}, 234-257.
39 H.Gumin/ H.Meier (Hg.): Die Zeit. op.cit. 57.
40 N.Elias: Über die Zeit, ... op.cit. XV.